CON BRIO

GUSTAF HANNAR

© Gustaf Hannar, 2024

Redaktör: Sofia Hannar

Sättning: Gustaf Hannar

Omslag: Gustaf Hannar

Omslagsbild: Shutterstock

Förlag: BoD • Books on Demand, Stockholm, Sverige

Tryck: Libri Plureos GmbH, Hamburg, Tyskland

ISBN: 978-91-8080-073-0

con brio (från italienskan) – *besjälat, livligt, med stormande känsla* – är en term som syftar på med vilken karaktär ett musikstycke ska spelas.

PROLOG

Johannes väger kniven i handen, osäker på om han ska våga använda den.

Det är visserligen inte första gången som han håller i samma kniv, men vid det förra tillfället – för drygt ett år sedan – hade Johannes varit så fokuserad på sin uppgift att han inte ägnat det tjugofem centimeter långa silverföremålet någon större uppmärksamhet.

Han håller upp brevkniven i det sparsamma ljuset och granskar det invecklade mönstret på skaftet. I brist på regelbunden puts har filigransarbetet svartnat och det är bara inskriptionen i guld som blänker mot honom: *fidelis ad mortem* – trogen till döden.

Orden står som motto för den starka vänskapen mellan två män – Enrico och Antonio – som nu båda är döda. Johannes är dock övertygad om att orden är riktade även till honom, och att Antonio högst medvetet har valt att sända honom detta vänskapsbevis från andra sidan graven.

Han låter fingrarna vandra längs knivskaftet tills de når änden, som avslutas med en liten utsmyckning i form av ett E. Det råder ingen tvekan om att bokstaven står för Enrico, men Johannes vet också att E:et fungerar som axet på en nyckel – en nyckel som passar i låset till det lönnfack som han en gång tidigare har gläntat på. Den gången väckte han liv i en hemlighet som under tvåhundra år legat begravd här i *la casa della strega* – huset som hans mormor fått i arv.

Samtidigt som en rysning kryper längs ryggraden undrar

7

Johannes vad han kommer att hitta den här gången.

Hans hand sluter sig om knivskaftet och tankarna återvänder till de händelser som har lett fram till att han nu står tvekande inför uppgiften att för andra gången glänta på locket till Pandoras ask.

* * *

Det var Johannes mamma, Bianca, som först nåddes av nyheten om Antonios död. Det kändes sorgligt, men kom ändå inte som någon större överraskning: Antonio var åttionio år och led av flera allvarliga krämpor, varav kärlkramp var den som ändade hans liv.

En vecka efter dödsbudet tog Johannes och Bianca flyget från Stockholm till Milano – varifrån de fortsatte med tåg till den lilla staden Laveno där begravningen skulle ske.

Efter jordfästningen samlades en utvald skara av de sörjande i Antonios palatsliknande hus på Viale de Angeli, där hans dotter Marina hade arrangerat en minnesstund som startade i förstämning, men som efterhand utvecklades till en glad fest.

Det var då, strax innan Bianca meddelade att det var dags att bryta upp, som Marina tog Johannes i armen och ledde in honom i Antonios tidigare arbetsrum. Med allvarlig röst förklarade hon att Antonio hade varit mycket angelägen om att Johannes skulle få överta ett föremål som betytt mycket för honom själv och som – med Marinas ord – "symboliserade de varma känslor som Antonio hyste för Johannes".

Överraskad och rörd över omtanken tog Johannes emot paketet som Marina räckte över till honom.

"Du bör nog vänta med att öppna det tills ni är tillbaka i *la casa della strega*", svarade Marina på Johannes fråga om hon visste vad som fanns i den platta asken som var inslagen i grovt, brunt papper.

Johannes tankar dröjer sig kvar vid Antonio. Trots en ålders-
skillnad på över sjuttio år hade Johannes lärt sig att upp-
skatta den äldre mannen som en nära vän – ja, nästan som
en familjemedlem. Under den händelserika veckan för ett
år sedan hade Antonio, trots sin sviktande hälsa, osjälviskt
ställt upp för att hjälpa Johannes och hans familj. Dessutom
var det genom Antonios försorg som Johannes mormor,
Daniella, kunde flytta in i huset där Johannes nu befinner sig
– huset som går under namnet *la casa della strega.*

Johannes ruskar på huvudet för att göra sig fri från alla
tankar och minnen.

Han har en uppgift framför sig.

Långsamt sjunker han ner på knä och letar längs bräd-
golvet tills han hittar den nästan osynliga springan mellan
två golvplankor.

Med fingrar som darrar av både spänning och iver vänder
han brevkniven så att E:et riktas mot springan.

Sakta för han in axet i låset.

Och vrider om ...

Giovanni

Mitt namn är Giovanni Navarro, son till Vincenzo Navarro och hemmahörande i byn Castello Cabiaglio, Lombardiet.

Emedan jag själv ej är tillräckligt förfaren i skrivkonsten har denna skildring nedtecknats under tystnadsplikt av prästen Jacopo Bertolini i traktens församling. Redogörelsen är samtidigt en bekännelse varigenom jag hoppas erhålla absolution för de synder som jag har begått.

Min berättelse tar sin början år 1802 då jag vid 17 års ålder trädde i tjänst som betjänt åt den ryktbare violinisten Niccolò Paganini. Denne befann sig då i sitt tjugonde levnadsår och var redan firad över hela landet, både som solist och kompositör.

Att jag, en obildad son till en finsnickare, hamnade i tjänst hos en så framstående och begåvad person som Paganini har två förklaringar, varav den första helt måste tillskrivas slumpen: på min fars uppdrag befann jag mig, tillsammans med en gesäll, i Milano för att leverera en uppsättning möbler till en i staden bosatt släkting. Vid samma tid fanns även Niccolò Paganini i Milano för att ge en konsert på Teatro alla Scala. Lockad av den stora folkmassa som samlats framför operahuset, i förhoppning om att få en glimt av den ryktbare mästerviolinisten, begav jag mig dit och hamnade av en tillfällighet vid artistingången. Efter bara några minuter rullade en täckt vagn fram till entrén, och ett följe om fyra personer klev ur. En av dessa – en gänglig ung man med magert ansikte och axellångt, kolsvart hår – uppträdde märkbart förtretat

10

gentemot en äldre, kortvuxen person som var klädd i en sliten och fläckig livré. Mannen fick sig en rejäl uppsträckning som avslutades med orden: "Du är fullkomligt oduglig för uppgiften som min betjänt, Marco, och jag skulle kunna byta ut dig mot vilken fårskalle som helst." Han avbröt sig och spanade ut över folksamlingen, där jag råkade stå i första ledet. "Du där, till exempel", sa han och pekade på mig, "vad säger du om att träda i tjänst hos Niccolò Paganini, världens främste violinist?"

Jag måste tillstå att jag först stod som förlamad, oförmögen att få fram ett ljud. Men sedan föddes en tanke om att fru Fortuna kanske hade pekat på en väg bort från min fars snickarverkstad. Jag samlade mod och svarade: "Volentieri, signore."

1

"Hur lång tid ska det egentligen behöva ta för gubben att dö?"

Alla människor som hade samlats i köket vände sig mot Gianluigi och granskade honom med ögon som utstrålade en blandning av misstro och uppskattning. Att någon vågade sätta ord på det som de flesta tänkte var inte bara vanvördigt, utan faktiskt ganska befriande.

I nästan en vecka hade de suttit vid Enrico Pontis sjukbädd och inväntat att den gamle mannen skulle ge upp andan. Ibland hade det verkat som om slutet verkligen var nära, Enrico hade börjat andas stötvis och viskat osammanhängande ord som vädjade om hans själs frälsning. Men så hade hans andetag blivit lugnare igen och en smula färg hade återvänt på kinderna.

Hur många gånger som detta hade upprepats kunde ingen av de närvarande släktingarna säga. Däremot var alla eniga om att Enrico betedde sig lika halsstarrigt inför döden som han hade gjort under hela sitt långa liv.

I rättvisans namn bör sägas att, trots Gianluigis krassa yttrande, ingen av Enricos släktingar på allvar önskade livet ur honom (möjligen undantaget systersonen Bernardo, som blivit lurad att investera i ett av gubbens många dåraktiga affärsprojekt). Men vid 92 års ålder, och med tilltagande kroppsligt och mentalt förfall, var det egentligen bara en tidsfråga innan det var dags för Enrico att lämna in det sista bokslutet.

Även om Enrico själv var barnlös, hade han ett stort antal anförvanter, bosatta både i Laveno och på andra ställen i Italien. Uppgiften att sitta vid Enricos sida var därför inte särskilt betungande, snarare enformig, vilket bidrog till den irriterade stämningen i gubbens kök: det hade funnits förhoppningar om en snabbt avklarad begravning och ett lika snabbt genomfört arvsskifte enligt det testamente som på Enricos uttryckliga befallning inte fick öppnas förrän efter hans död.

Förväntningarna var högt ställda bland de presumtiva arvtagarna. Enricos tre systrar hade tillsammans tio barn, och antalet barnbarn (och barnbarnsbarn) var i det närmaste omöjligt att räkna – i synnerhet då flera hade fötts utanför äktenskapet. Att alla dessa, äkta såväl som oäkta, släktingar skulle få en del av arvet efter Enrico var det väl ingen som trodde, men att det skulle bli en rejäl slant till de närmaste familjemedlemmarna verkade högst sannolikt. Visserligen hade Enrico under de senaste femton åren levt ett tillbakadraget och närmast asketiskt liv, men att han satt på en smärre förmögenhet, främst i form av fastigheter, var det ingen som tvivlade på.

* * *

Familjen Ponti, där Enrico var äldst bland fyra syskon, hade inte bara överlevt krigsåren, de hade dessutom kunnat leva gott på inkomsterna från svartabörshandeln med allt från tobak till kaffe. Familjens överhuvud, den lika sluge som koleriske Franco Ponti, lyckades (av tvivelaktiga skäl) undgå att kallas in till krigsmakten och kunde istället ägna sig åt den illegala affärsverksamhet som gjorde honom till en av de mest förmögna – och samtidigt minst uppskattade – invånarna i Laveno.

Franco fick själv inte möjlighet att njuta av sina rikedomar någon längre tid eftersom han, under oklara omständigheter, omkom i en bilolycka i början av 1950-talet. När Enrico – nyss fyllda tjugotvå år – motvilligt övertog ansvaret för familjeföretaget stod familjen Pontis namn inte särskilt högt i kurs.

I avsikt att rentvå familjenamnet, och samtidigt få avkastning på de ärvda pengarna, inledde Enrico en ny karriär som (någorlunda) hederlig fastighetsägare. Under förevändning att vilja hjälpa människor som kommit på obestånd under kriget köpte han upp villor och flerfamiljshus i centrala Laveno, för att därefter hyra ut bostäderna till de tidigare ägarna. Verksamheten expanderade efterhand till att även omfatta finasiering av nybyggnationer – i första hand samhällsnyttiga lokaler som skolor och sjukhus.

Vid tjugofem var Enrico den största privata fastighetsägaren i Laveno – och en av de mest eftertraktade ungkarlarna. Hans tre systrar gjorde ihärdiga försök att sammanföra honom med diverse kvinnor från några av Lavenos "bättre" familjer, men det visade sig fruktlöst eftersom den unge mannen förhöll sig kallsinnig till all uppvaktning. Åtminstone fram tills han mötte Giovanna Liuzzi – eller Gia som hon föredrog att kallas.

Medlemmarna i familjen Ponti var i stort sett okunniga om förhållandet med denna Gia, och det var först sedan relationen hade upphört som den avslöjades för Enricos systrar – vars samfällda lättnad gjorde Enrico starkt upprörd. Han var dessutom besviken och sårad över Gias plötsliga beslut att lämna honom. Faktum är att han inte ens fick höra det från hennes egen mun: en dag var hon bara försvunnen från hemorten Varese, för att aldrig mer höras av.

Enrico dövade sin frustration genom att hänge sig åt affärerna. Metodiskt fortsatte han med att bygga upp sitt lilla fastighetsimperium, samtidigt som han – förmodligen med baktanken att främja sina egna intressen – gav sig in i lokalpolitiken som representant för det konservativa parti som senare skulle utvecklas till *Lega Lombarda*.

De ekonomiska (och politiska) framgångarna för Enrico kunde förmodligen ha fortsatt om han inte hade drabbats av något som hans systrar, i efterhand, tolkade som storhetsvansinne – eller möjligen ren fartblindhet. I slutet av 1980-talet, när regionens ekonomi blomstrade, beslutade provinsstyret i Varese (där Enrico satt som ledamot) att man skulle satsa stort på turismen. Lago Maggiore utövade visserligen sedan länge en stark dragningskraft på såväl utländska som inhemska besökare, men själva turistnäringen var dåligt utvecklad. Som en första åtgärd tog man beslut om att bygga ett nytt hotell i Laveno, i nära anslutning till sjön och med all nödvändig lyx för att locka välbeställda turister till området. Som av en händelse gick uppdraget att genomföra projektet till Enricos företag, med aktiv uppbackning från det lokala näringslivet.

När Albergo Maggiore stod färdigt 1991 hade bygget sprängt budgeten flera gånger om och, vad som var ännu värre: landet skakades av en politisk och ekonomisk kris som fick kännbara konsekvenser på alla områden, inte minst turismen. Staden Laveno kunde nu ståta med ett nybyggt lyxhotell, som mycket få människor hade råd att besöka.

I konkursen som följde var det inte bara Enrico som drabbades, i stort sett alla som hade gått in med kapital i projektet (inklusive Enricos systerson Bernardo) förlorade sina investerade pengar.

Förödmjukad av motgångarna drog sig Enrico tillbaka för att slicka sina sår. Hans företag var visserligen dränerat på kapital, men hans fastigheter fanns kvar och tack vare dem kunde han leva ett bekvämt, om än inte något överdådigt liv. Under åren som följde gjorde Enrico flera halvhjärtade försök att återinträda på den ekonomiska och politiska arenan, men det var uppenbart att hans storhetstid var över.

Den alltmer demente mannen tillbringade sina sista år isolerad i sitt hus, oavbrutet ältande alla de orättvisor som livet hade utsatt honom för. Trots att han fortfarande ägde ett stort fastighetsbestånd, kunde han inte släppa tanken på de stora summor som han hade förlorat på dåliga affärer. Dessutom hade hans bitterhet – åtminstone enligt de tre gifta systrarna – sin främsta orsak i det faktum att han aldrig hade stadgat sig och bildat familj. När man har familjen omkring sig, hävdade systrarna med en mun, slipper man att oavbrutet utsättas för sig själv.

* * *

På den sjunde dagen dog Enrico. En sista sorgsen suck från den gamle mannen följdes av en högre, samfälld suck av lättnad från de församlade släktingarna.

Gianluigi, maken till en av Enricos systerdöttrar, var den som återigen gav uttryck för mångas åsikt: "Nu ser vi till att få tag på gubbens advokat så snabbt som möjligt. Det ska bli oerhört intressant att se vad det där testamentet innehåller."

"Vi kanske ska tänka på jordfästningen också", invände en av Enricos systrar, den åttiosexåriga Vittoria.

"Självklart, men det viktigaste först. Eller som det gamla talesättet lyder: det ordnar sig med blommor bara gubben är död."

Det respektlösa yttrandet fick många av de närvarande släktingarna att haja till, innan de erinrade sig att Gianluigi hade arbetat som fastighetsförvaltare åt Enrico under många år, och hunsats svårt av den styvnackade gamle mannen.

Trots att Enricos systrar var upptagna med begravningsförberedelserna, och därför inte kunde närvara, var det många människor som trängdes inne på Antonio Monteverdis kontor dagen därpå. Den spenslige, silverhårige advokaten såg ut att vara endast obetydligt yngre än den avlidne Enrico, och det framgick när han presenterade sig att de bägge männen hade känt varandra sedan ungdomen och att deras samarbete sträckte sig mer än sextio år bakåt i tiden.

Efter att ha uttryckt sitt deltagande i sorgen över Enrico avslöjade advokaten att han sedan länge hade dragit sig tillbaka från verksamheten på den juristfirma som nu drevs av hans dotter och svärson, men att han ändå hade fortsatt samarbetet med Enrico "för gammal vänskaps skull". Av nostalgiska skäl hade Antonio även behållit sitt kontorsrum, dit han begav sig i stort sett varje dag för att, som han uttryckte det, "få lite struktur i vardagen".

Det var i detta kontorsrum som ett tjugotal personer nu hade trängt ihop sig, ivrigt väntande på att Antonio skulle sprätta upp det stora vita kuvertet som vilade på hans skrivbord. Medelåldern i församlingen var relativt hög, några hade redan passerat sjuttio, och de yngsta befann sig i fyrtioårsåldern. Den spända stämningen i rummet fick dock alla att uppträda som förväntansfulla småbarn i väntan på julklappsutdelningen. Släktingar, som i många fall inte hade träffats på flera år, kastade nervösa blickar på varandra i försöken att avgöra vem eller vilka som stått högst i gunst hos Enrico. Inte för att den avlidne mannen hade hyst särskilt varma känslor för någon av sina släktingar, möjligen med undantag för den yngsta systern, Carlotta, men ingen tvivlade på att kvarlåtenskapen skulle fördelas mellan de anhöriga – frågan var bara hur.

Antonio Monteverdi gav sig in i en lång och omständlig redogörelse för hur Enrico under åren hade byggt upp sitt fastighetsbestånd i Laveno, vilka köp och försäljningar som gjorts samt – och detta gav upphov till flera rynkade pannor

– hur stora lån som belastade bolaget. Han avslutade med att konstatera: "Enrico var en man med många strängar på sin lyra, men som affärsman var han kanske inte den mest omdömesgilla. Under åren har jag sett honom pendla mellan att vara förmögen och i det närmaste utfattig..."

"Och hur ser det ut idag?" bröt Gianluigi in. "Jag har ju jobbat för Enrico i många år och jag vet att han har fastigheter över hela staden."

"Tja..." Antonio drog på orden, som om han var ovillig att leverera en dålig nyhet. "Jag kan väl sammanfatta det som ett, hm... nollsummespel där tillgångarna vägs upp av skulderna."

En våg av bestörtning drog genom rummet, besvikelsen stod tydligt skriven i de flestas ansikten. Det var uppenbart att många redan hade räknat med att lämna advokatkontoret som betydligt rikare personer.

"Hur illa är det?" Gianluigi verkade, trots att han var ingift, ha gjort sig till talesman för hela familjen Ponti.

Advokaten skruvade sig besvärat innan han svarade: "Låt mig läsa upp testamentet så att ni allihop får ta del av dess innehåll." Han plockade upp kuvertet, tillsammans med en elegant brevkniv av silver.

Precis innan Antonio skulle sprätta upp kuvertet, hejdade han sig och sa, med urskuldande röst: "Jag vill påpeka att det testamente som jag strax ska läsa upp är dikterat av Enrico själv, för flera år sedan. Jag har inte påverkat dess innehåll, utan endast varit behjälplig i rollen som testamentsexekutor."

"Vi förstår", sa Gianluigi syrligt. "Du friskriver dig från allt ansvar, precis som varenda jurist har gjort i alla tider."

Antonio gav honom en sårad blick innan han sprättade upp kuvertet och drog ut en bunt papper. Han fiskade upp ett par läsglasögon ur fickan och harklade sig lätt innan han sa: "Jag kommer att läsa upp testamentet i dess helhet, och jag ber er att inte avbryta under tiden. Alla eventuella frågor tar vi efteråt och den som så önskar kan få kopior av dokumenten."

Han gjorde en paus och blickade ut över de förväntansfulla, men nu även oroliga, människorna. En flock hyenor, tänkte Antonio, inställda på att hugga tänderna i ett stort byte, men rädda för att endast få några avgnagda ben.

Med en långsam rörelse satte han glasögonen på plats och började läsa från det första arket:

"Laveno, den fjortonde augusti, 2018. Detta, mitt slutgiltiga testamente, är upprättat med benäget bistånd av min mångårige vän och tillika advokat, Antonio Monteverdi. Från min läkare har jag hämtat intyg (bifogas) på att jag är vid mina sinnens fulla bruk, och bägge dessa herrar kan bestyrka att jag inte handlar under tillfällig sinnesförvirring eller tvång.

I den händelse att oförutsedda händelser inträffar – med mina tillgångar, skulder eller familjeförhållanden – kan det bli nödvändigt att senare göra ändringar eller tillägg i testamentet. Tills vidare gäller dock det som föreskrivs nedan:

Jag är övertygad om att många av mina anförvanter hoppas på rik utdelning vid mitt frånfälle, och jag är medveten om att dessa personer kommer att bli besvikna. Det kan förefalla som om jag är en förmögen person, med stora värden i fast egendom, men sanningen är den att mina skulder är nästan lika stora som mina tillgångar.

Samtidigt som jag anar frustrationen hos dem som hoppats på en rejäl summa pengar i arv från 'den grinige gamle gubben', vill jag komma med en liten förmaning – och en påminnelse – om att rikedom bara är ett substitut för lycka.

Jag själv ärvde, som ung man, en ansenlig summa pengar (inte helt ärligt förtjänade, om jag ska vara uppriktig) efter min far. Utan dessa pengar hade jag kanske levt ett annat liv, prövat mig fram i tillvaron, hittat ett passande yrke och varit nöjd med att försörja mig och min familj. Så blev det inte. Jag försakade såväl kärleken som egna intressen – det enda som betydde något var att förvalta kapitalet, få det att växa och se mina ägodelar bli allt fler.

Det kan låta som en klyscha, men jag insåg alltför sent att lyckan inte bor i pengar. I hela mitt liv har jag strävat efter materiell vinning: jag har glatt mig åt affärsframgångar och jag har gråtit över ekonomiska misslyckanden. Det är först på ålderns höst, när det redan var för sent, som jag kom till insikt om att allt har varit fåfängt.

När jag dör gör jag det som en ensam man – en man som valde fel väg i livet. Min enda tröst (som också är min stora sorg) är att jag, helt nyligen, har fått vetskap om att jag lämnar ett mänskligt arv efter mig. Gia, min enda stora kärlek, lät meddela, en kort tid innan hon avled 2016, att hon hade en dotter, och att jag var far till henne.

Förmodligen är det inte många, om ens några, av mina många släktingar som känner till historien om Gia, därför ska jag återge den i korthet.

När jag träffade Gia första gången hade jag nyss fyllt tjugoåtta år. Hon var den första kvinna som tog mig för den jag var, inte för de pengar jag ägde. Vi upplevde en tid av intensiv lycka och mitt liv kunde säkert ha tagit en annan vändning om vårt förhållande hade fortsatt.

I största hemlighet köpte jag ett vackert men fallfärdigt gammalt hus i en liten by som heter Castello Cabiaglio, ungefär halvvägs mellan Laveno och Varese (Gias hemstad). Under ett år lät jag en firma renovera huset för att, som jag hoppades, kunna flytta dit tillsammans med min älskade.

När huset stod klart för inflyttning var min tanke att först fria till Gia och därefter skänka henne huset som bröllopsgåva. Jag var så säker på vår gemensamma framtid att det kom som en fullständig chock när hon plötsligt en dag var försvunnen. Inte ett ord till avsked, inget brev – bara total tystnad. Givetvis undersökte jag alla tänkbara ställen dit hon kunde ha begivit sig. Jag pratade med vänner och släktingar, arbetskamrater och grannar – ingen visste var hon befann sig (eller ville åtminstone inte avslöja det för mig). Till slut vände jag mig till polisen för att anmäla hennes försvinnande, men möttes endast av det cyniska konstaterandet att Gia 'inte var den första unga kvinna som lämnat sin fästman'.

När flera månaders eftersökningar inte hade givit något resultat resignerade jag till slut, och nedbruten av hjärtesorg gav jag mig själv löftet att aldrig någonsin engagera mig känslomässigt i en annan människa.

Jag höll mitt löfte och lät habegär ersätta känslor. Jag gifte mig med mitt företag och våra barn bestod av hus i sten och betong. Istället för att slösa kärlek på någon, ödslade jag tid och kraft på att öka min förmögenhet.

Det kunde ha slutat så, och kanske hade jag idag varit en av de rikaste invånarna i Laveno (vilket många tror att jag är), men girigheten blev mitt fall. Allting började med det olycksaliga hotellet, Albergo Maggiore, som nära nog blev min ruin. För att överleva tvingades jag belåna alla mina fastigheter ända upp till taknocken. Alla utom en: huset i Castello Cabiaglio, som jag lät stå intakt – utan lån och utan invånare – för den händelse att Gia skulle återvända.

Så här har det fortsatt, år efter år. Alla mina ansträngningar att återskapa den förlorade förmögenheten har grusats (mest beroende på mitt dåliga affärssinne) och i skrivande stund råder status quo. Om ingenting förändras under tiden fram till min död, kan mina arvingar se fram emot att bli ägare till ett antal fastigheter i Laveno, som visserligen genererar hyresintäkter, men som är högt belånade och därmed i princip värdelösa (såvida inte fastighetspriserna skulle skjuta kraftigt i höjden).

Men, som jag påpekat tidigare, det ligger en lärdom i detta som jag vill förmedla till alla de människor som nu förmodligen känner sig besvikna: strävan efter materiell rikedom är en villfarelse som skymmer allt det som är viktigt i livet.

Väl medveten om att detta testamente snarare har formen av en bekännelse, vill jag avsluta med att beskriva hur min kvarlåtenskap ska fördelas:

Till mina tre systrar – eller till dem som är i livet vid mitt frånfälle – överlåter jag hela mitt fastighetsbestånd (se bifogad förteckning) på det att de gemensamt beslutar om hur det ska förvaltas. Vid en framtida försäljning av beståndet ska eventuella vinstmedel fördelas mellan mina syskonbarn på ett sätt som mina systrar finner lämpligt. Därigenom friskriver jag mig själv (möjligen av feghet) från att orsaka orättvisor mellan alla de släktingar som annars skulle slåss om arvet. Eftersom mina systrar har visat sig vara betydligt klokare än jag själv, är det min övertygelse att deras beslut i arvsfrågan kommer att bli både förnuftigt och rättvist.

Till detta ska läggas att jag skänker mitt eget (obelånade) hus på Via Caprera, samt alla dess inventarier, till min tidigare förvaltare Gianluigi Marchesi. Detta som ett senkommet bevis på uppskattning för det plikttrogna arbete som denne utfört under åren (samt plåster på såren för den ringaktning jag har visat honom).

Slutligen – och jag vet att detta kommer att uppröra många av mina släktingar – skänker jag fastigheten i Castello Cabiaglio i arv till min dotter, Daniella. Kanske kan det förefalla motsägelsefullt att jag därigenom uppmuntrar till ägande (och i någon mån rikedom), men mitt syfte är snarare att återbörda min dotter till italiensk mark. Enligt det brev som jag mottog från hennes mor, Gia, är nämligen Daniella bosatt i Sverige. Jag vet inte mycket mer än att hon bör vara i sextioårsåldern, men jag känner inte till var i Sverige hon bor. Min förhoppning är dock att min gode vän Antonio Monteverdi vidtar åtgärder för att spåra upp Daniella och informera henne om denna min sista vilja.

I övrigt vill jag önska alla mina otaliga släktingar och fåtaliga vänner, dit jag främst räknar Antonio, ett långt och innehållsrikt liv – fritt från rikedomens belastning och ägodelarnas tyranni. Ni kanske kommer att förbanna 'den gamle snåljåpen' för hans brist på generositet, men jag är ärlig när jag påstår att jag har allas ert bästa i tankarna.

Högaktningsfullt Enrico Ponti."

* * *

Man skulle ha kunnat höra en knappnål falla efter det att Antonio hade avslutat uppläsningen av testamentet. Besvikelsen hos dem som hade förväntat sig plötslig rikedom var påtaglig, men många var också berörda av innehållet i Enricos bekännelse – inte minst den tragiska kärlekshistorien och det överraskande beskedet om dottern, som den gamle mannen aldrig fått tillfälle att träffa.

Det var Gianluigi som, föga förvånande, först bröt tystnaden: "Antonio, du är den som har haft mest kontakt med Enrico under senare år. Hände det något mer med testamentet? Infördes det några tillägg eller ändringar? Det verkar inte klokt att en vilt främmande människa – var det Daniella hon hette? – ska få ärva den troligtvis mest värdefulla av Enricos fastigheter."

Den gamle juristen svepte av sig läsglasögonen och tittade tankfullt på Gianluigi, innan han svarade: "Som ni vet förvärrades Enricos demens under de sista åren, men i klara stunder kunde vi fortfarande kommunicera. Inte sällan tog han själv upp ämnet med dottern och han stod fast vid beslutet att låta henne ärva huset i Castello Cabiaglio. Det var viktigt för honom att Daniella, om hon så önskade, skulle få knyta an till sina italienska rötter, men han var bunden vid ett löfte till Gia om att aldrig någonsin ta kontakt med dottern. Varför vet jag inte, den hemligheten tog Gia med sig i graven."

Gianluigi funderade en lång stund innan han sa: "Vad händer om denna Daniella inte vill, eller kan, överta huset i Castello Cabiaglio? Om hon avsäger sig arvet?"

"Tja, hon skulle kunna överföra äganderätten till sina eventuella barn, förmodar jag, men hon kan också sälja det eller skriftligen avsäga sig huset. Det är ju inte självklart att en kvinna, som idag borde vara drygt sextio år och bosatt i Sverige, är beredd att ta ansvar för ett stort hus på den italienska landsbygden."

"Du har alltså själv sett byggnaden?"

"Ja, jag har varit där en gång för många år sedan. Det är ett vackert hus, flera hundra år gammalt, men pietetsfullt renoverat och därefter väl underhållet, trots att ingen har bott där på drygt sex decennier. Jag gissar att Enrico, under alla dessa år, levde med en förhoppning om att Gia någon gång skulle återvända till honom."

"Vad vet du om Gia? Varför övergav hon Enrico? Och var höll hon hus under alla år som följde?"

"Jag vet i stort sett ingenting. Brevet som hon skrev var, enligt Enrico, ytterst kortfattat och författat strax innan hon dog. Det enda jag känner till är att hon avled på ett sjukhus i Milano, tydligen utan några anhöriga närvarande."

"Och hur tänker du själv gå vidare med det här? Kommer du att försöka spåra upp Daniella i Sverige?" Det var uppenbart att Gianluigi inte tänkte släppa taget.

Antonio log sorgset och sa: "Jag är en gammal man, inte

mycket yngre än Enrico, och jag står snart i tur att göra honom sällskap. Själv har jag varken ork eller förmåga att agera detektiv, det måste andra göra... Men det var så sant, Enrico gjorde faktiskt ett litet tillägg i testamentet för inte så länge sedan, även om det inte förändrar någonting i sak."

"Vad skrev han?" Trots att Gianluigi var den som förmodligen gynnats mest i Enricos testamente, tändes en girig glimt i hans ögon inför utsikten att någonting kunde ha tillkommit som påverkade arvets storlek eller fördelning.

"Ja..." Antonio satte glasögonen på plats och blickade ner mot pappersbunten som han höll i handen. "Det har egentligen ingenting med själva arvsfördelningen att göra, snarare är det en upplysning, eller ett förtydligande, gällande den del i testamentet som berör Daniella."

"Och vad står det?" Besvikelsen gick tydligt att höra i Gianluigis röst.

"Enrico skrev tillägget för hand – bevittnat av mig och min svärson – på den sista sidan i testamentet."

Antonio bläddrade i pappersbunten och fick upp rätt sida, innan han fortsatte: "Så här skriver Enrico: 'Jag vill förtydliga att i min dotter Daniellas arvegods, huset i Castello Cabiaglio, ingår alla inventarier – och då menar jag verkligen *alla*. Till min vän och tillika advokat, Antonio Monteverdi, har jag lämnat upplysningar om dessa inventarier, vilka endast får avslöjas för Daniella.'"

"Var det allt?" Gianluigi lät skeptisk.

"Ja, det var allt som Enrico skrev."

Gianluigi kastade en lång blick på advokaten och ruskade sakta på huvudet. I sitt stilla sinne förbannade han den gamle snålvargen Enrico som lämnade ett stort hus i arv åt en okänd människa, medan han själv fick nöja sig med småsmulor efter alla år som underbetald – och överutnyttjad – fastighetsförvaltare.

En stund senare, när Gianluigi lämnade advokatkontoret i sällskap med sina besvikna släktingar, gnagde en envis tanke i hans bakhuvud: Vilka inventarier hade Enrico syftat på egentligen?

Giovanni

Så kom det sig att mitt liv, från den ena minuten till den andra, tog en ny och oväntad riktning.

Jag lät gesällen, som gjort mig sällskap på resan till Milano, återvända ensam till Castello Cabiaglio med en hälsning till min familj om att jag ämnade upptäcka världen i sällskap med den vördnadsvärde Niccolò Paganini.

Att världen visade sig bestå av ett antal städer i norra Italien samt att Paganini, när det kom till kritan, inte var värd särskilt mycket vördnad – det är saker som jag ska återkomma till. Först vill jag bara nämna den andra, tänkbara, förklaringen till att jag hamnade i Paganinis tjänst: Jag kände inte till det då, men senare fick jag vetskap om att Niccolò kom från samma enkla förhållanden som jag själv – ja, i själva verket ännu enklare eftersom hans far var en simpel hamnarbetare i Genua, låt vara med musikalisk ådra. Det är min övertygelse att Niccolò genast såg en likasinnad i mig, en person med samma bakgrund och enkla vanor som han själv.

Jag trädde omedelbart i tjänst, fick pengar för att kunna köpa en livré och instruerades sedan av Paganini om vilka göromål som ingick i mitt arbete (långt fler än jag hade kunnat föreställa mig). Förutom att städse finnas vid min herres sida och hjälpa honom med vardagsbestyr, såsom påklädning, servering och uppassning, fanns det tusen andra sysslor: jag skulle sköta Paganinis garderob, packa och packa upp hans bagage, ombesörja transporter och inkvartering, inhandla mat och mediciner samt ansvara för den ansenliga mängden instrument som violinisten medförde på sina resor.

Och reste gjorde vi – fram och tillbaka mellan de städer till vilka virtuosen var inbjuden att konsertera. Det syntes mig till en början märkligt att Paganini inte hade någon fast bostad, men jag fick senare veta att han – genom en vän – hade köpt ett hus i närheten av Genua, som han dock aldrig vistades i. Rastlösheten och ärelystnaden drev honom ständigt vidare, och det var sällan som vi stannade mer än en vecka på samma plats.

Emellertid skulle vi, efter några år av turnerande, komma att bli åtminstone temporärt bofasta när Paganini fick ett erbjudande av Elisa Baciocchi om att tillträda tjänsten som orkesterledare och solist vid hovet i Marlia. För den som inte känner till det bör jag nämna att Elisa var syster till den franske kejsaren Napoleon, som vid den här tiden hade erövrat stora delar av Norditalien. Av sin mäktige bror hade hon förlänats titeln prinsessa av Lucca och Piombino och hon styrde sitt lilla rike från palatset Villa Reale di Marlia, strax utanför staden Lucca.

Det kan förefalla som om Elisa Baciocchi var tillsatt ad spectaculum, men faktum är att den kvinnan ägde såväl intelligens som förslagenhet. Dessutom var hon utrustad med en ärelystnad som väl kunde mäta sig med Paganinis, och som senare skulle föra henne till maktens högsta sfärer.

2

Håglöst. Det var så dirigenten hade uttryckt sig efter den tredje genomspelningen av Brahms violinkonsert, med ingen mindre än Anne-Sophie Mutter som solist. Mutter hade visserligen inte själv varit närvarande vid denna inledande repetition, men enligt Esa-Pekka Salonen skulle hon inte ha uppskattat orkestermedlemmarnas insatser.

Bianca kunde inte annat än instämma i kritiken – orkestern lät helt enkelt oinspirerad och försteviolinisten, som tills vidare spelade solostämman, hade gjort ett antal grova missar i de mer krävande partierna.

Kanske är det nervositet, funderade Bianca. Att den firade världsstjärnan skulle göra ett gästspel tillsammans med Kungliga filharmonikerna var en ovanlig och prestigeladdad händelse, jämförbar med ett statsbesök. Ingenting fick gå fel – och förmodligen var det just därför som allting lät så bedrövligt vid detta första övningstillfälle.

Själv kände sig Bianca skamsen, som om hon var personligt ansvarig för det usla genomförandet – som om det var hennes egen distraktion som hade smittat av sig på de övriga. Med tankarna på annat håll hade hon missat flera toner i den andra satsen, vilket resulterat i förvånade blickar från violinisterna intill henne. Det hörde inte till vanligheterna att Bianca gjorde så enkla misstag, och hon kunde bara hoppas att Salonen inte tolkade det som att just hon var anledningen till hela orkesterns disharmoni.

”Vi bryter för idag”, meddelade dirigenten missnöjt. ”Men

jag hoppas på större inspiration, och koncentration, vid morgondagens repetition."

Bianca märkte att Salonen kastade en blick åt hennes håll samtidigt som han betonade ordet *koncentration*, och hon insåg att ingenting undgick denne multibegåvade orkesterledare.

Med sänkt huvud samlade hon ihop sina notblad och skyndade sedan iväg mot artistlogen, utan att stanna upp för att småprata med någon av sina kollegor. Hon ville så snabbt som möjligt komma iväg för att ta itu med de förpliktelser som utgjorde skälet till hennes bristande uppmärksamhet.

Utan att yttra ett ord packade hon ner fiolen i fodralet, tog på sig kappan och gjorde sig beredd att lämna konserthuset.

"Bianca, hur är det med dig?" Radek hade lagt en hand på hennes axel och viskat frågan i hennes öra.

"Bra", svarade hon kort och försökte glida ur hans grepp. "Lite stressad bara." Hon undvek avsiktligt att ge någon närmare förklaring eftersom hon inte ville ha Radeks sympatier, lika lite som hans tafatta närmanden.

Ända sedan det blev allmänt känt att Bianca övergivits av sin man, hade Radek gjort lika enträgna som klumpiga ansträngningar för att uppvakta henne. Fast … kanske misstolkade hon hans beteende, kanske handlade det om enbart sympatiyttringar från den tjeckiske cellisten. Bianca var osäker, men hyste ingen önskan om att ta reda på hur det egentligen förhöll sig.

Hon gjorde sig fri från hans hand och mumlade ett halvhjärtat hej då till sina kollegor innan hon med bultande hjärta satte fart mot utgången. Det kändes som om hon lämnade ett litet katastrofområde för att bege sig till ett stort.

Om hennes tillvaro hade varit problemfylld tidigare så var det ingenting mot det kaos som utbrutit efter Erlands plötsliga beslut att överge familjen och lämna Bianca ensam att ta hand om sonen Johannes. Och som om det inte vore nog hade hennes mamma, Daniella, drabbats av en hjärnblödning som berövat henne talförmågan och gjort högra halvan av kroppen förlamad. Bianca stod nu inför utmaningen att ta hand om två ömtåliga personer samtidigt som hon måste prestera på topp för att behålla sin plats hos filharmonikerna. Konkurrensen var stenhård och om hon, som idag, tappade fokus skulle hon snabbt bli ersatt av någon yngre, hungrig förmåga.

Vinden grep tag i hennes kappa när hon kom ut på Hötorget, där kommersen i marknadsstånden var i full gång. Försäljarna skrek ut sina budskap om "halva priset för dig, kompis", medan hon kryssade över torget med sänkt huvud. Förr, när livet varit enklare, hade hon säkert stannat upp och försökt pruta ner priset på en blombukett eller några grönsaker att ta med hem, men nu fann hon försäljarnas påstridighet enbart besvärande och hon undvek avsiktligt de torgstånd där hon var ett känt ansikte.

Den starka vinden, som fick baldakinerna på stånden att flaxa som segel, var ljum och förde med sig föraningar om vår och sommar, men Bianca var döv och blind för dessa löften – i hennes hjärta hade hösten inrättat sig permanent.

I huvudet gjorde hon upp en prioriteringslista för resten av dagen, samtidigt som hon skamset konstaterade att den i förtid avbrutna repetitionen hade skänkt henne en gnutta mer av bristvaran tid. Först av allt måste hon göra ett besök hos sin mamma på Stockholms sjukhem, där Daniella – sedan två månader – levde i ett katatoniskt tillstånd som ingen kunde gissa hur länge det skulle vara. "Hjärnan är ett märkligt organ", hade läkarna förklarat för Bianca (som om hon inte redan hade kunskap om detta), "och förmågan att reparera skador är ibland häpnadsväckande."

Och visst hade små förbättringar kunnat märkas hos

31

Daniella – hon reagerade på tilltal och verkade förstå det mesta som människor sa till henne. Med ögon- och huvudrörelser kunde hon meddela sig hjälpligt, även om det var omöjligt att veta hur mycket av hennes intellektuella kapacitet som återstod.

Ibland inbillade sig Bianca att mamman var instängd i ett skal, där hela hennes förstånd var intakt, men förmågan att kommunicera brutit samman – som att vara inspärrad i ett ljudisolerat rum. Det var ett tillstånd som hade vissa likheter med det som hennes son befann sig i: det var inget fel på Johannes intellekt, men de kognitiva bristerna gjorde det svårt för honom att interagera socialt.

Tankarna på Johannes ledde till den andra punkten på Biancas prioriteringslista. Efter skoldagens slut skulle hon hämta upp sonen vid S:t Eriks gymnasium för att sedan göra honom sällskap till fiollektionen hos en privatlärare på Hantverkargatan.

Medan Bianca korsade Kungsgatan för att ta bussen till Fridhemsplan, letade sig ett litet leende fram på hennes tidigare sammanpressade läppar. Tanken på Johannes exceptionella musikalitet gjorde henne, som alltid, varm om hjärtat – sonen var något av ett underbarn på sitt instrument, vilket var en källa till både glädje och stolthet.

Men det fanns också en sorg i detta. Vid sexton års ålder var Johannes egentligen redo att ta nästa steg i sin musikaliska karriär, men förmodligen skulle detta aldrig ske: för det första vägrade han att spela tillsammans med andra människor och för det andra tillät han ingen att bestämma vad han skulle spela.

Att Johannes inte skulle ha klarat av att anpassa sig till en renodlad musikskola, som till exempel Adolf Fredrik, var Bianca fullt medveten om – och det estetiska programmet på S:t Eriks gymnasium var trots allt en fungerande lösning

– men hon kunde inte frigöra sig från tanken på att Johannes inte utnyttjade sin fulla potential.

Några minuter senare, när Bianca hade sjunkit ner på ett säte i bussen, började tankarna ofrivilligt att kretsa kring ytterligare ett orosmoln på hennes redan dystra himmel. Trots att det nu hade gått mer än fyra månader sedan Erland helt oväntat meddelade att han ville ta "time out", kunde Bianca fortfarande inte förstå motiven till hans beslut. Erland hade hänvisat till deras "pragmatiska relation" för att rättfärdiga sin desertering, men Bianca anade att det fanns något mer i botten – någonting som hade med Erlands sviktande självförtroende att göra. Och att detta i sin tur bottnade i ett slags avundsjuka gentemot Johannes…

Erlands plötsliga uppbrott hade fått omedelbara konsekvenser för Johannes: hans djupa rädsla för alla slags förändringar i tillvaron hade fått honom att sluta sig inom sitt skal, med korta utbrott av omotiverad ilska, och när Erland ibland kom på besök uppträdde Johannes närmast fientligt och vägrade oftast att samtala med sin pappa.

Under de första veckorna hade Bianca närt en förhoppning om att den spända relationen till sonen skulle få Erland att ångra sitt beslut, och att han skulle flytta hem igen, men så småningom började hon inse att detta inte skulle ske. Och numera var hon inte ens säker på att hon själv ville det: Erland hade förvandlats till en främling, långt ifrån den man som hon en gång hade förälskat sig i.

Medan bussen fortsatte sin färd längs Fleminggatan rullade filmen igång i hennes huvud: dramat om Bianca och Erland, där soundtracket utgjordes av Schumanns pianokonsert i a-moll.

* * *

Givetvis hade ödet spelat in – det gjorde det för alla – men om inte ett falskt ackord hade stört Musikhögskolans elevkonsert, skulle nog ingenting ha hänt mellan Bianca och Erland. En bit in i konsertens andra sats hade Erland, som gjorde sitt första solistframträdande, halkat med ett finger och åstadkommit en falsk ton från pianot, nätt och jämnt märkbar för publiken, men för Erland en personlig katastrof.

Efter konserten, när orkestermedlemmarna firade föreställningen, var Bianca den enda som uppmärksammade att Erland inte fanns med bland de uppsluppna festdeltagarna. Hon kände honom inte särskilt väl, och hade ingen aning om var han bodde, men anade att han grämde sig över det misstag som alla i orkestern antagligen hade hört. Utan att egentligen förstå varför lämnade hon festen för att leta efter den förmodat deppige pianisten.

Hon hittade honom på restaurang Oktav, skolans lunchkrog som hade kvällsöppet med anledning av konserten. Erland satt med huvudet i händerna och hade en flaska billigt rödvin framför sig. Knappt halva innehållet återstod.

"Hej, hur är läget?" undrade Bianca, lite överflödigt, efter att ha noterat hans tillstånd.

"Vad tror du?" mumlade han med dyster röst. "Det går i moll – a-moll för att vara exakt."

"Äh, du överdramatiserar. Alla spelar fel ibland, och så farligt var det inte."

"Ah ..." Erland lyfte sin simmiga blick mot henne. "Jag har övat stenhårt inför den här konserten, och ändå lyckades jag klanta till det."

"Jag kan lova dig att ingen i publiken lade märke till den lilla missen."

Erland såg ut begrunda hennes ord en stund innan han ruskade på huvudet och sprack upp i ett försiktigt leende.

Därefter hade de delat på ytterligare en flaska vin och senare på kvällen fortsatte de hem till Erlands lägenhet på Linnégatan. Någonting tändes den där natten – en insikt om att de inte bara delade kärleken till musiken, utan också att deras kroppar var stämda i samma tonart.

Efter detta preludium snabbspolade Bianca filmen fram till deras bröllop – som bjöd på en försmak av de skillnader i bakgrund, uppfostran och samhällsklass som båda två varit blinda för under de första två åren av förhållandet.

Erlands familj utgjorde en spretig gren av den adliga ätten Steffenhielm, som hade sina rötter i den tyska staden Stralsund, men var fast förankrad i Skåne sedan tidigt 1600-tal. Det var Erlands farfar Wilhelm som hade tagit beslutet att överge släktgodset Steffenhus i närheten av Skurup till förmån för Stockholm. Med ärvda pengar och åtskilliga kontakter inom affärsvärlden hade han startat ett handelshus som sedermera övertogs av Erlands pappa Manfred. När sedan oljekrisen slog till i början av 1970-talet gick det stolta handelshuset till botten – även om kaptenen överlevde.

Manfred hade, precis som sin far före honom, varit klok nog att placera stora delar av förmögenheten i fastigheter och värdepapper. Även om det havererade bolaget var en prestigeförlust, behövde ingen i familjen Steffenhielm svälta eller sakna tak över huvudet.

Erland föddes och växte upp på Strandvägen, gick på Carlssons skola på Kommendörsgatan och påbörjade sedan sina gymnasiestudier på Humanistiska Läroverket i Sigtuna, trots att han helst hade velat ägna sig åt musik. Det dröjde dock ända till det andra läsåret innan Erland började an-sättas av allvarliga tvivel: Följde han verkligen sin sanna natur eller uppfyllde han bara familjens förväntningar?

Tvärt emot sin pappas önskan hoppade han slutligen av

skolan för att istället ägna sig åt musiken. På snirkliga vägar, och via studier på folkhögskolor, kom Erland slutligen in på Kungliga musikhögskolan – samma år som Bianca. Familjen var inte överlycklig, men tröstade sig med att högskolans namn stoltserade med ordet "kungliga" samt att Erlands karriär såg ut att leda till en plats i kulturens finrum. På Östermalm var en plats i Kungliga filharmonikerna eller Radiosymfonikerna lika prestigefylld som en ambassadörspost.

När bröllopet gick av stapeln i maj 2005 hade varken Erland eller Bianca uppnått sina mål att ta plats i den musikaliska eliten – Bianca stretade på i en stråkkvartett och Erland hankade sig fram på vikariat i diverse orkestrar – men de var unga och förhoppningsfulla samt, vilket var viktigast, våldsamt förälskade.

Själva giftermålet föregicks av ett mindre "religionskrig" som hade sin upprinnelse i familjernas olika kulturella bakgrund. Bianca betraktade sig visserligen som helt sekulär, men mamma Daniella, som var född och uppvuxen i Italien, ställde sig skeptisk till att dottern skulle gifta sig i en protestantisk kyrka – något som Erlands familj propsade på, och som både Erland och Bianca motvilligt kunde acceptera.

Efter en tids hätska diskussioner, då Erland var nära att säga upp bekantskapen med sin familj, enades alla parter om en kompromiss: bröllopet skulle bli borgerligt och ske i Stockholms stadshus med efterföljande mottagning i Riddarhuset (familjen Steffenhielm var ju trots allt adlig och missade inget tillfälle att påminna andra om detta faktum).

Under den något stela bröllopsmiddagen fick Bianca en första inblick i det svenska klassamhälle som hon trodde var utrotat sedan länge. De inbjudna gästerna bestod till nittio procent av släktingar och vänner till familjen Steffenhielm, varav flertalet presenterade sig med, för henne, obekanta titlar som justitieråd, generalkonsul och handelsattaché.

Bianca försökte hålla god min i den pompösa samlingen grevar och friherrar, samtidigt som hon ängsligt sneglade mot sin mamma – den enda släkting som hon kunnat bidra med – och det tiotalet egna vänner, som hon var helt säker på saknade aristokratiska rötter.

* * *

När Bianca klev av bussen vid Fridhemsplan dröjde sig ett sorglustigt minne kvar från bröllopsmiddagen: mamma Daniella som i samspråk med en högdragen silverhårig kvinna blev tilltalad i tredje person med frågan: "Hon har utrikes härkomst, förstår jag?" Daniella, som aldrig helt lärt sig behärska det svenska språkets alla irrgångar, hade stridslystet svarat: "Nej, hon är född i Sverige. Pappan, min man, är död. Han var mycket svensk, därför Bianca är svensk."

Bianca log vid tanken på att hennes mamma inte hade förstått att frågan gällde Daniellas *egen* härkomst, och därför ivrigt hade framhållit sin dotters äktsvenska rötter.

Leendet dog dock på Biancas läppar när hon stretade på i blåsten längs Drottningholmsvägen, i riktning mot Stockholms sjukhem. Hennes mamma riskerade inte längre några språkliga missförstånd – hon hade inte ens något språk.

En stund senare satt Bianca på en stol bredvid Daniellas säng och betraktade ömt sin en gång så stolta och frispråkiga mamma. Återigen undrade hon hur mycket som fanns kvar av klart medvetande bakom det uttryckslösa ansiktet. Mindes Daniella bröllopet? Kunde hon erinra sig sitt eget liv? Visste hon ens att Bianca var hennes dotter?

På den sista frågan var Bianca dock säker på svaret – det syntes på glimten av igenkännande i mammans ögon och det märktes på gensvaret när Bianca kramade Daniellas ännu brukbara, vänstra hand.

Bianca fiskade upp en hårborste ur väskan och inledde den ritual som blivit en vana. Med långa mjuka drag lät hon borsten glida genom moderns tjocka svarta hår, där inslagen av grått hade börjat uppträda först sedan Daniella hamnat i sjuksängen.

Modern slöt ögonen och såg ut att njuta av behandlingen, samtidigt som Bianca studerade hennes ansikte – ett ansikte som var så likt hennes eget. De utmejslade anletsdragen, den höga pannan, de bruna mandelformade ögonen och det svarta lockiga håret, var attribut som – tillsammans med den olivfärgade huden – skvallrade om djupa rötter i Medelhavsområdet. Men någonstans där upphörde likheterna mellan mor och dotter. Biancas långa, muskulösa kropp stod i skarp kontrast till Daniellas korta, seniga figur. Det var helt uppenbart varifrån Bianca hade fått sin kroppsform: pappa Mikael hade varit en reslig och atletisk man – med ett förflutet som elitidrottare – innan en hjärtinfarkt satte punkt för hans liv när han bara var fyrtiosex.

Bianca bar fortfarande på outplånliga minnen av den vecka för nästan tjugo år sedan som hade börjat med att hon fått sin första fasta anställning som musiker, och som slutat med att hennes pappa segnade ner under en joggingtur i Liljansskogen. Visserligen hade han snabbt kommit under läkarvård, men han avled några timmar senare utan att ha återfått medvetandet. Det var en klen tröst att hon själv, tillsammans med Daniella, hade hunnit till Karolinska sjukhuset för att ta farväl av Mikael innan han dog.

Medan Bianca, nästan automatiskt, förde borsten genom Daniellas hår fick hon en stark deja vu-upplevelse: precis så här hade hon suttit och strukit sin pappa över håret, under de sista timmarna av hans liv. En hulkande suck undslapp henne vid tanken på att hon kanske snart hade borstat Daniellas hår för sista gången.

Nej, sa hon tyst för sig själv, det ska inte ske. Mamma kommer att hämta sig, hon är av segt norditalienskt virke. Sedan slog det henne att hon faktiskt inte visste särskilt mycket om Daniellas norditalienska rötter – hon kände inte ens till namnen på några släktingar, förutom mormor Gia som var död sedan flera år.

Om det värsta skulle inträffa, fortsatte hon sina funderingar, så vet jag inte vem i Italien jag skulle underrätta. Fanns det ens några släktingar? Självklart måste Daniella ha en pappa, även om hans identitet var höljd i dunkel. Överhuvudtaget visste Bianca oerhört lite om sin mammas uppväxt, det var som om hennes historia började när hon, som artonåring, mötte Mikael på en friidrottstävling i Milano och ett år senare flyttade till Sverige för att förlova sig med honom. Från den dagen hade hon vänt Italien ryggen, med undantag för ett besök varje år hos sin mamma i Milano, och såvitt Bianca visste hade hon aldrig försökt att spåra upp sin pappa, eller några andra släktingar. Gia, som avled i cancer 2016, hade ända in i det sista vägrat att avslöja för Daniella vem som var hennes far. Bianca hade svårt att förstå orsaken till detta hemlighetsmakeri, men hon visste att det hade resulterat i ett livslångt trauma för Daniella och att det var en av anledningarna till hennes kyliga relation med Gia.

Medan tankarna virvlade genom Biancas huvud hade hennes ögon vandrat till en fjärran punkt i rummet, men när hon återvände till nuet och betraktade sin mamma, växte en gryende förhoppning till beslutsamhet. Om du blir frisk, tänkte hon – och rättade sig sedan snabbt: *när* du blir frisk, då ska vi åka till Italien för att forska i ditt förflutna, kanske till och med hitta din pappa – min morfar.

I nästa ögonblick, som om modern hade tagit emot denna tanke genom telepati, öppnade Daniella ögonen och sluddrade fram sina första ord på två månader: *"Voglio morire in Italia."*

Jag vill dö i Italien.

Giovanni

I min diskreta roll som betjänt kunde jag på nära håll studera hur Elisa lindade Paganini runt sitt finger genom att smickra hans ego (som redan tidigare var högst ansenligt). Hon överöste honom med förnäma titlar och bjöd in åtskilliga honoratiores för att lyssna på hans konserter. Dessutom utnyttjade hon det vapen som kvinnor har gjort i alla tider genom att bjuda honom till den egna sängen. Kort sagt, Elisa såg till att hålla Paganini i kort koppel.

Under den tid – två år vill jag minnas – som vi gästade prinsessan Elisas palats förändrades min egen roll som betjänt. Det fanns inte längre behov av att utföra alla de praktiska sysslor som tidigare vilat på mina axlar, istället kom jag att bli mer av en förtrogen till min herre. Jag tvekar att kalla det vänskap, men i den infernaliska röran av hovintriger kände Niccolò förmodligen ett behov av att kunna tala med någon som han kunde lita på, någon som delade hans enkla härkomst och som inte aspirerade på att höja sin status i hovet.

Det var mot denna bakgrund som jag så småningom lärde känna den sanne Niccolò Paganini: bakom masken av högfärd och arrogans dolde sig en osäker och vilsen människa som vigt sitt liv åt musiken, men som ansattes av tvivel på sin egen förmåga. Han jämförde sig ofta med de stora namnen – Mozart, Beethoven, Vivaldi och Schubert – men visste samtidigt att som kompositör var han dem underlägsen. Av det skälet lade han all kraft på att bli den främste violinisten någonsin (vilket han sannolikt också var), utan att någonsin bli helt nöjd med

41

resultatet. Alla dessa våndor fick allvarliga konsekvenser för Niccolòs hälsa: han underlät att sköta om sin kropp och hemföll dessutom åt svårartad hypokondri. I försöken att råda bot på verkliga, och inbillade, sjukdomar vände han sig ofta till kvacksalvare som ordinerade "undergörande" mediciner, vilka ibland var rent livsfarliga.

Jag började dock ana att den främsta orsaken till min herres misär var leda. Han var en rastlös själ vars livsluft var publikens hyllningar, och i Marlia fanns inga ytterligare lagrar att skörda.

Till slut insåg även Elisa att hon måste lätta på tyglarna och gav Paganini nådigt tillstånd att ge sig ut på en längre konsertturné.

Jag ska inte trötta läsaren med att beskriva alla de städer vi besökte, eller det (övervägande) entusiastiska mottagande som Paganini fick varhelst han uppträdde. Inte heller tänker jag uppehålla mig vid den två år långa vistelsen hos Elisas syster, Pauline Borghese, i Turin. Istället vill jag skynda på berättelsen fram till den tidpunkt då vi – ja, jag hade vant mig vid att betrakta Niccolò och mig själv som oskiljaktiga – åter träffade den kvinna som min herre hade valt att kalla sin nemesis divina:

Elisa Baciocchi hade inte legat på latsidan under vår bortavaro. Tack vare hennes egen maktlystnad – och med god hjälp av sin mäktige bror – hade hennes stjärna stigit på himlen och hon ståtade nu med titeln storhertiginna av Toscana. Från Palazzo Pitti i Florens härskade hon under sitt tidigare namn, Maria Anna Bonaparte, efter att ha separerat från sin make, Felice Baciocchi.

Det är inte upp till mig att ifrågasätta de metoder som Elisa använde, eller de svagheter som Paganini uppvisade, men hon lyckades återigen locka honom till sig, med erbjudande om en befattning som musikalisk ledare vid hovet i Florens.

Jag känner inte till om Elisa frestade med den unika violinen redan från början, men jag vet så mycket att Paganini fick instrumentet i gåva strax innan galaföreställningen som skulle hållas med anledning av Joseph Bonapartes trontillträde i Spanien. Jag minns också att Niccolò, i största förtroende, avslöjade för mig att han hade hamnat i ett dilemma. Han brann av iver att få äga, och traktera, det enastående instrumentet, men var samtidigt rädd för konsekvenserna: ett accepterande av gåvan skulle få till följd att han för evigt hamnade i Elisas ledband – Niccolò skulle äga violinen, men Elisa skulle äga honom.

Jag blev vittne till de kval som Niccolò genomled, och jag vet att han, ända fram till konsertdagen, inte vågade röra instrumentet av rädsla för att aldrig vilja skiljas från det. För mig, som inte är drabbad av musikalitetens välsignelse (eller förbannelse, om man så vill), var det omöjligt att förstå hur ett enda instrument kunde framkalla så många känslor, men jag kunde märka att Niccolò blev alltmer besatt av violinen.

Dagen för galaföreställningen närmade sig och Niccolòs nerver var nära att brista. Han sov dåligt och klagade över huvudvärk, magsmärtor och feber. Själv blev jag oavbrutet utsatt för hans omväxlande lynne: ena stunden såg han ivrigt fram emot att få spela på violinen, i nästa ville han krossa instrumentet under sin fot. Mina tafatta försök att lugna honom var gagnlösa.

Men på morgonen, samma dag som konserten skulle hållas, verkade Niccolò lugnare och han avslöjade för mig att han hade fattat sitt beslut. I valet mellan sina "bägge häxor", som han uttryckte det, hade han lyssnat på sitt hjärta och kommit fram till att han inte bara tänkte behålla violinen, utan att han dessutom planerade att rymma med sin nya kärlek. Visserligen riskerade han att drabbas av Elisas vrede, men han avsåg att fly så långt bort att hennes tentakler inte kunde nå honom. "Till England", viskade han i mitt öra. "Vi reser imorgon, Giovanni. Men redan ikväll måste du packa mina väskor."

Det ska erkännas att jag drabbades av en smärre chock, men också av en pirrande känsla av förväntan. Vi skulle förvisso fly från Elisa som två tjuvar i natten, men ett nytt äventyr väntade i ett land som jag aldrig hade besökt, annat än i mina drömmar. När jag hade sansat mig började jag fundera över hur detta skulle ordnas rent praktiskt, men jag fick ingen tid att klä tankarna i ord – förberedelserna inför kvällens konsert pockade på min, och Niccolòs, uppmärksamhet.

3

En lång stund efter det att den siste av Enricos anhöriga äntligen hade lämnat kontorsrummet satt Antonio fundersam kvar vid sitt skrivbord, med hakan lutad mot de ådriga händerna.

Han insåg att ingen av de många släktingarna hade något intresse av att förvalta Enricos lilla fastighetsimperium, de var enbart intresserade av att få veta hur mycket en försäljning av egendomarna skulle inbringa.

Nåja, tänkte Antonio lättat, det är inte min sak att besluta om avyttring, eller fördelning av arvet. Han var inte det minsta avundsjuk på Enricos åldriga systrar, som stod inför den svåra uppgiften att karva fram resterna ur det redan renskrapade bytet och därefter portionera ut dem till de hungriga gamarna.

Antonio reste sig mödosamt ur stolen och gick fram till ett gammalt arkivskåp med snidade trädörrar, som i sin tur dolde ett antikt kassaskåp i grönlackerat stål. Koden till den roterande låsmekanismen behövde han inte ens anstränga sig för att komma ihåg – sextio års nästan daglig övning hade skapat ett osvikligt muskelminne.

När kassaskåpsdörren ljudlöst gled upp på sina välsmorda gångjärn, blev Antonio stående en stund i tankar. Han kunde inte ens gissa vad som dolde sig i det förseglade kuvert som Enrico stuckit i hans hand den där dagen för fem år sedan, men han mindes tydligt vännens förmaning: "Dokumentet måste förbli hemligt fram till min död, Antonio. Och jag ber dig – inte som min advokat, utan som min vän – att hantera det med yttersta försiktighet och diskretion. Kanske har jag fel, men innehållet i dokumentet kan leda till ödesdigra konsekvenser för den som inte använder sitt förstånd."

Med en hand som darrade lätt av ålder, och av plötslig nervositet, greppade Antonio kuvertet och gick med dröjande steg tillbaka mot skrivbordet, men hejdade sig och återvände till arkivskåpet där han plockade ut en flaska grappa och ett litet kristallglas. Han var helt övertygad om att drycken skulle komma att behövas.

När han sjunkit ner på stolen igen tog Antonio fram samma eleganta brevkniv som han, för en timme sedan, hade använt för att öppna kuvertet med Enricos testamente. Han vägde kniven i handen, medan ett sorgset leende for över hans läppar. Det fanns en tragisk symbolik i att han, för andra gången under samma dag, använde den brevkniv som Enrico skänkt honom i gåva för mer än fyrtio år sedan.

Kniven, som var tillverkad i silver med utsökt filigransarbete, bar en inskription i guld – *fidelis ad mortem* – och Antonio konstaterade med en sorgsen suck att han nu måste fortsätta att vara trogen mot Enrico, även *efter* vännens död. Sedan log han lite vemodigt när hans fingrar rörde vid knivens handtag: i yttersta änden på skaftet hade Enrico – kanske av fåfänga – låtit tillverkaren löda dit en liten silverprydnad i formen av bokstaven E.

Antonio gjorde en liten ritual av att hälla upp en skvätt grappa i glaset och putsa sina glasögon, innan han satte brevkniven till kuvertet och i en enda snabb rörelse bröt förseglingen.

Innehållet bestod av nio papper, varav fem såg ut att vara gulnade av ålder. De övriga fyra arken utgjordes av ett långt brev, skrivet för hand med det som Antonio omedelbart kunde identifiera som Enricos eleganta piktur. På den sista sidan i brevet, fästat med ett gem, satt ett mindre papper som såg ut att vara en handritad kartskiss.

Efter att ha placerat pappersbunten på skrivbordet, märkte han att det i botten på kuvertet låg ytterligare en sak – ett hårt, några centimeter långt, objekt. Antonio behövde inte ens plocka upp föremålet för att förstå vad det var: nyckeln till huset i Castello Cabiaglio.

Han kände en rysning löpa längs ryggraden, det var nästan som om han kunde uppleva närvaron av sin gamle vän, och han blev med ens tveksam till om han skulle klara av att läsa det brev som Enrico skrivit medan han ännu var i livet.

För att stärka sig inför uppgiften tog Antonio en försiktig klunk ur glaset. När han sedan började läsa kunde han tydligt höra Enricos hesa röst eka i huvudet: *Amico caro...*

Antonio tog ett djupt andetag och fortsatte läsningen:

Det känns märkligt att skriva till dig med vetskapen om att jag är död när du läser brevet. Som min sanne (och stoiske) vän har du säkert redan uthärdat de verbala angreppen från mina besvikna släktingar – vilket jag beklagar. Säkert har du också börjat fundera över det andra uppdrag som jag har givit dig: att lokalisera och därefter kontakta min dotter, Daniella.

Beträffande Daniella kan jag lugna dig med att uppgiften blir betydligt enklare än du först kanske befarade. I mitt testamente var jag avsiktligt vag med hennes identitet, eftersom jag fruktar att hon kan bli utsatt för påtryckningar från mina anförvanter gällande hennes del av arvet. Jag var inte heller helt sanningsenlig beträffande min kvarlåtenskap – men mer om detta senare.

Först vill jag berätta att jag, i största hemlighet, har gjort egna efterforskningar beträffande min dotter. Som du redan vet blev jag informerad om hennes existens först i samband med Gias död. I hennes brev till mig – författat strax innan hon avled 2016 – nämns endast Daniella vid förnamn, och

Gia avkrävde mig dessutom ett löfte om att jag aldrig någonsin skulle söka kontakt med min dotter.

Jag har stått fast vid mitt löfte, men det har ändå inte hindrat mig från att ta reda på lite mer om Daniella. Till avsevärda kostnader lät jag en detektiv (kallas det så?) spåra upp min dotter och mycket diskret undersöka var, och hur, hon lever. Min enda avsikt med detta "snokande" var att i någon mån "lära känna" mitt barn, även om jag kommer att dö utan att ha fått träffa henne.

Vad som framkom vid dessa efterforskningar är förseglat i mitt hjärta, det viktiga är att Daniella får ta del av sitt arv så som det föreskrivs i mitt testamente. Kanske är det bara en sentimental (och egoistisk) dröm från min sida, men jag önskar dessutom att min dotter får vetskap om att jag är hennes far, samt att arvet är en postum kärleksgåva.

Därför, käre Antonio, vill jag att du informerar Daniella om att fastigheten i Castello Cabiaglio är hennes, och att det står henne fritt att sälja den, eller (vilket jag hoppas) flytta in i huset – precis som jag önskade att Gia skulle göra. Daniellas fullständiga namn och kontaktuppgifter hittar du i slutet av detta brev.

Antonio bläddrade fram den sista sidan i brevet och konstaterade att Daniella var bosatt i Stockholm, på en adress med det märkliga namnet Igeldammsgatan. Precis som Enrico påpekat fanns det inga uppgifter om hennes yrke, civilstånd, eventuella barn eller barnbarn. All sådan kunskap skulle Enrico ta med sig i den grav som hans systrar förmodligen var i full gång med att förbereda.

När Antonio plockade upp papperen för att fortsätta läsningen kände han sig betydligt lättare i sinnet. Genom att Enrico varit så förutseende slapp han oroa sig över att själv behöva spåra upp Daniella – han hade trots allt fyllt åttioåtta och hans krafter var på upphällningen. Uppgiften att skriva ett brev till Daniella kändes i sammanhanget inte alltför betungande.

Det var med en pirrande känsla av både nyfikenhet och bävan som han fortsatte att läsa Enricos redogörelse:

Nu till det ämne som har varit en källa till mycket huvudbry under årens lopp. Det handlar om huset i Castello Cabiaglio, men främst om ett föremål som finns i huset.

Du vet sedan tidigare, Antonio, att jag köpte fastigheten i avsikt att bo där tillsammans med Gia, och du har ju själv besökt huset för många år sedan, när renoveringen var avslutad. Vad du då inte visste var att huset ruvade på en skatt – eller möjligen ett farligt vapen.

Jag hade själv ingen aning om vad jag skulle hitta, när jag förvärvade fastigheten 1959. Det enda jag visste var att huset hade funnits i samma familjs ägo sedan 1700-talet och att säljaren – en barnlös kvinna i nittioårsåldern – var den sista överlevande i släkten Navarro. I samband med överlåtelsen berättade kvinnan valda delar av släktens historia – i ärlighetens namn en tämligen innehållslös skildring som jag glömde bort i samma stund som jag hörde den.

Redan några veckor efter förvärvet av huset – som i byn gick under namnet "la casa della strega", alltså häxans hus – satte jag igång med en totalrenovering. På den tiden stod jag på toppen av min karriär som bygg- och fastighetsentreprenör, därför kunde jag kosta på byggnaden en pietetsfull restaurering som började i källaren och slutade vid taknocken.

Som du känner till, Antonio, är det ett vackert gammalt stenhus, gediget byggt och idylliskt beläget intill den lilla sjön. Min ambition var att behålla exteriören i stort sett intakt, men att skapa en modern och komfortabel inomhusmiljö – ett vackert och trivsamt hem för Gia och mig, helt enkelt.

För att kunna förverkliga mina visioner blev hantverkarna

tvungna att bryta upp en del trägolv, ända ner till trossbotten, samt riva några väggar. Ett minst sagt omfattande projekt.

Jag minns fortfarande tydligt den där dagen då byggledaren ringde mig på kontoret för att berätta om en märklig upptäckt som arbetarna hade gjort. Han förklarade att de hade hittat ett hålrum i trossbotten – ett lönnfack, om du så vill – i vilket ett svart träfodral låg gömt. Byggledaren gissade att fodralet innehöll ett musikinstrument, men han ville att jag själv skulle komma förbi och öppna det. Jag tackade mannen för hans ärlighet och omtanke, men fäste ingen särskild vikt vid upplysningen.

Det hann säkert gå en vecka – och jag hade nästan hunnit glömma det mystiska träfodralet – innan jag besökte huset nästa gång. Redan på tröskeln möttes jag av den upphetsade arbetsledaren som drog med mig till stället där byggjobbarna hade hittat luckan i golvet som ledde till lönnfacket.

Jag är ingen expert, eller musiker, men redan när jag lyfte upp lådan förstod jag att den innehöll en fiol. Och när jag en stund senare öppnade locket, bekräftades mitt antagande: i det sammetsklädda fodralet låg en fiol som såg ut att vara mycket gammal.

Du känner min natur, Antonio, och därför vet du att jag (åtminstone på den tiden) var närmast fixerad vid pengar och ägodelar. Min första tanke när jag såg det antika instrumentet var att det kanske skulle gå att sälja, till och med inbringa en rejäl slant. Mina kunskaper om musik var, som sagt, obefintliga men jag hade hört talas om Stradivarius-fioler som sålts för miljonbelopp. Nu kunde jag ju inte veta om detta var ett värdefullt instrument, men redan den exklusiva lådan skvallrade om att så kunde vara fallet.

Jag beslutade mig för att ta med fiolen till Laveno och söka upp någon som kunde värdera instrumentet.

Det var först när jag hade återvänt till kontoret, och lyft

upp fiolen, som jag hittade brevet (som bifogas i original) –
ett märkligt brev som gjorde mig både upphetsad och oroad.
Som du själv kan läsa handlar det lika mycket om fiolens öde
som om dess påstått märkliga egenskaper. Genom brevet fick
jag även veta att det med största sannolikhet handlade om
ett unikt, och säkert mycket värdefullt, instrument. Men jag
förstod samtidigt att det fanns goda skäl till varför det hade
gömts undan.

Min första impuls var att blunda för de varningar som ut-
färdades i brevet och istället försöka avyttra fiolen, men det
var ändå något som höll mig tillbaka: delvis handlade det
om instrumentets påstådda egenskaper, men främst om ren
girighet. Jag insåg att fiolens värde sannolikt skulle komma
att stiga med tiden, och att den därför kunde utgöra ett slags
"reservkapital" ifall mina ekonomiska omständigheter skulle
försämras. Dessutom levde jag vid den tiden i hopp om att
gifta mig med Gia och att fiolen skulle kunna ingå i min bröl-
lopsgåva till henne (jag har inte nämnt det tidigare, men Gia
var mycket musikalisk, fast hon föredrog piano).

Efter stor tvekan fattade jag beslutet att återbörda fiolen –
men inte brevet, som jag sparade – till sitt forna gömställe i
huset, som vid det här laget stod färdigt för inflyttning.

Som du nu säkert börjar förstå har fiolen blivit kvar på sin
plats i "la casa della strega", även om det har funnits många
tillfällen då jag av ekonomiska skäl varit frestad att bjuda ut
den till försäljning. Skälen till min tvekan blir uppenbara när
du har läst igenom det bifogade dokumentet.

Här slutar historien för min egen del. Men kanske fortsätter
den för min dotter, Daniella – och även för dig, min käre
Antonio.

Min sista vilja, som jag har nämnt tidigare, är att Daniella
tar över huset i Castello Cabiaglio – och därmed ansvaret för
instrumentet. Det står henne fritt att sälja både hus och fiol,

men det är min fromma förhoppning att hon önskar behålla bägge. På goda grunder vet jag att hon åtminstone skulle vara lockad av fiolen (även om det inte är för hennes egen räkning).

Återigen gjorde Antonio en paus i läsandet. Han förstod att fortsättningen på brevet skulle innehålla några förmodat krävande uppgifter för hans del, och han måste skamset erkänna att han helst slapp sådana. Men sedan föll hans blick på brevkniven. De tre orden i guld, *fidelis ad mortem,* lyste som i eldskrift och Antonio insåg att han inte hade något val – han måste vara sin vän trogen till döden.

Med rynkad panna fortsatte Antonio läsningen:

Nu, Antonio, är jag framme vid den punkt då jag måste be dig om en sista tjänst.

Innan du, som jag hoppas och tror, tar itu med ditt uppdrag vill jag uppmana dig att läsa igenom dokumentet som bifogas detta brev. Förmodligen kommer du, precis som jag, att häpna och förbryllas över innehållet i redogörelsen – kanske också betvivla dess äkthet. Visserligen har jag inga säkra bevis, men att döma av de efterforskningar som jag låtit göra är det högst troligt att manuskriptet är äkta – och att det beskriver verkliga, historiska händelser.

Det finns dock delar av berättelsen som starkt går att ifrågasätta – saker som gränsar till vidskepelse och skrönor. Utan verkliga belägg går det inte att känna full tilltro till de mer excentriska beskrivningarna, men jag måste erkänna att jag drabbades av en viss bävan efter att ha läst texten.

Den sista uppgiften som jag ber dig att utföra handlar om att ta personlig kontakt med Daniella, informera henne om det arv som väntar henne i Italien samt att – i största förtroende – avslöja existensen av det gåtfulla musikinstrumentet. Det är absolut nödvändigt att Daniella får ta del av historien om fiolen, och därefter bör ni fatta ett gemensamt beslut om hur ni ska agera. Jag litar som vanligt på ditt kloka huvud när det gäller att lösa problem, stora som små.

Jag är väl medveten om att jag begär mycket av dig, min vän, och jag tänker inte ens erbjuda någon belöning för din insats – vid vår ålder har det materiella knappast någon betydelse – istället litar jag på att vår näst intill livslånga vänskap ska vara skäl nog för att motivera dig.

När du läser detta har jag redan gått vidare till nästa existens. Var jag hamnar återstår att se, men jag ser fram emot att återse dig när din stund är kommen (jag lovar att i god tid ställa upp schackpjäserna och hälla upp grappan). Det enda som i skrivande stund oroar mig är att jag skulle råka överleva dig – något som verkar mindre troligt, med tanke på mitt usla (och ditt goda) hälsotillstånd.

Men eftersom vi inte vet vad ödet har i beredskap åt oss, har jag vidtagit åtgärder för att inte dessa dokument ska falla i orätta händer.

Väl medveten om att jag i detta brev har varit både mångordig och kravfull, vill jag avsluta med att tacka dig för din trofasta vänskap genom åren – ingen har som du visat samma bergfasta lojalitet och fördragsamhet (även under bistra tider). Att du dessutom har hjälpt mig ur diverse ekonomiska trångmål visar hur vänfast du är.

Det är med sorg i hjärtat som jag konstaterar att våra liv snart är till ända. Men även om våra kroppar dör, lever vänskapen för evigt.

Fidelis ad mortem
Enrico Ponti

PS När du, som jag hoppas, beger dig till huset i Castello Cabiaglio tillsammans med Daniella får du inte glömma att ta med dig kartan och kniven. DS

* * *

Antonio lät brevet landa på skrivbordet, tog av sig glasögonen och strök bort en tår ur ögat. Han kunde inte minnas när han senast hade gråtit, men Enricos ord hade rört vid en sträng i hans hjärta. Hur många prövningar hade de inte gått igenom tillsammans? Och hur många gånger hade inte deras vänskap satts på prov? Ändå var det som om banden mellan dem bara blivit starkare med åren.

Fram till nu. För ett dygn sedan hade banden brustit och Antonio kunde känna sorgens tyngd i bröstet. Han släppte självdisciplinen och lät tårarna flöda: grät över tidens flykt och tillvarons förgänglighet. Grät över Enrico, som nekats vetskap om sin dotter, och som alltför sent i livet kommit att ångra sina vägval.

Efter en stund samlade han sig och lät tankarna vandra till den förestående uppgiften. Om Enrico hyste oro för vad den mystiska fiolen kunde orsaka, varför ville han i så fall skänka den till Daniella? Och varför hade han propsat på att Antonio skulle engagera sig i frågan om Daniellas arv?

Han kunde gissa sig till svaret på den senare frågan: Daniella skulle – om hon avsåg att ta arvet i besittning – behöva en bundsförvant i den tvist som förmodades kunna uppstå med Enricos besvikna släktingar. Det var lätt att föreställa sig hur dessa skulle reagera om de fick vetskap om att ett – som det verkade – dyrbart musikinstrument hade undanhållits vid arvskiftet.

Fiolen, ja. Det var hög tid att ta reda på vilka hemligheter den ruvade på.

Antonio strök bort tårarna från kinderna, stärkte sig med en klunk grappa, och plockade upp de fem gulnade pappersarken.

Han skulle just börja läsa när han kom att tänka på de märkliga orden som hade avslutat Enricos brev: "...får du inte glömma att ta med dig kniven och kartan."

Vilken *kniv*? Och varför?

Egentligen fanns det bara ett svar på den första frågan: det måste röra sig om Enricos brevkniv.

Frågan om varför kniven skulle medföras till huset i Castello Cabiaglio var dock höljd i dunkel.

Giovanni

Den kvällen spelade Niccolò Paganini som jag aldrig hört honom göra tidigare, och till och med jag, som har ett klent musiköra, rördes till tårar av de toner som virtuosen lockade fram ur sitt nya instrument. Och jag var inte ensam: stora delar av publiken satt som i salig trans, med tårarna strömmande längs kinderna.

Vid ett tillfälle trodde jag, precis som resten av konsertbesökarna, att förtrollningen skulle brytas när en sträng brast på "La Strega" (Niccolòs namn på det märkliga instrumentet), men han bara fortsatte att spela som om ingenting hade hänt och – sanna mina ord – tonerna lät ännu vackrare, ännu mer gripande, när de spelades på tre strängar.

När den sista tonen i capricciot klingat ut stod jag som fastfrusen, oförmögen att röra mig från min plats bakom scenen. Vartenda hårstrå på min kropp stod rakt ut, och huvudet tycktes vara fyllt av sprittande bubblor. Ett gnyende läte kom ofrivilligt över mina läppar, en blandning av gråt och skratt.

Därefter fortsatte Niccolò att spela för ett publikhav som nu var i fullt uppror: vissa människor kved och grät, andra skrattade högt, och ytterligare några satt som lamslagna och kämpade för att få luft. Till och med musikerna i orkesterdiket hade svårt att hålla tillbaka tårarna.

Paganini själv rörde sig spastiskt över scenen, med ett hänfört uttryck i ansiktet, medan hans fingrar dansade över strängarna på "La Strega". Sällan, eller snarare aldrig, har jag sett sådan lidelse, sådan total hängivelse. Människa och instrument blev till en enda organism som frambringade toner av gudomlig skönhet – eller kanske diabolisk.

Jag var säkert inte den ende som kände både lättnad och sorg när konserten väl var över. Den hypnotiska stämningen släppte och ersattes av ett tomrum – en önskan om att musiken skulle fortsätta för evigt.

Ovationerna ville aldrig ta slut när Niccolò, efter att ha bugat sig stelt mot publiken, lämnade scenen och fortsatte i riktning mot logerna. Själv stod jag redo att ta emot violinen och återbörda den till fodralet, innan jag skyndade efter min herre. Vi hade precis hunnit stänga dörren bakom oss, när ljudet av upprörda röster nådde våra öron – den här gången var det inte jubelrop vi hörde, utan ångestskrik från människor i nöd.

Trots mina protester ville Niccolò nödvändigtvis återvända till salongen för att ta reda på orsaken till tumultet, och medan jag höll mig i bakgrunden stegade han ut på scenen.

Från min plats kunde jag se att en stor mängd människor samlats runt en man som låg stel i sin stol, med vidöppna oseende ögon. I ögonvrån kunde jag också skymta hur storhertiginna Elisa (ja, vi kallade henne fortfarande vid detta namn), i sällskap med sitt följe, skyndade mot den bakre utgången där jag visste att hennes vagn väntade.

Det dröjde inte länge förrän det blev uppenbart att mannen i stolen var död, och det tog ännu kortare tid för folkmassan att rikta sin uppmärksamhet mot Niccolò, som stod orörlig längst fram på scenen med likblekt ansikte. Anklagelser och hotelser utslungades från de uppskakade människorna. Niccolò ruskade avvärjande på huvudet, men gjorde inga ansatser att fly från den rasande folkhopen.

Jag ska inte överdriva min insats, men om jag i den stunden hade tvekat skulle Niccolò med största sannolikhet ha överfallits, kanske till och med skadats, av de hotfulla människorna. Snabbt klev jag fram och tog min herre i armen, ledde honom *ut från scenen och vidare genom korridoren mot den bakre utgången där jag hoppades att storhertiginnan hade lämnat kvar en vagn som kunde ta oss bort från det inferno som konserten hade utvecklats till.*

Och mycket riktigt, en till synes tom vagn stod strax utanför dörren, med kusken redo att sätta fart på hästarna. Men i samma stund som jag öppnade dörren till vagnen för att släppa in min herre, kom jag att tänka på en sak: violinen! I brådskan hade jag glömt att instrumentet fortfarande låg kvar inne i artistlogen.

"Jag är tillbaka om ett ögonblick", viskade jag i örat på Niccolò, men eftersom hans ögon avspeglade såväl chock som förvirring var det osäkert om han hörde mina ord.

Med några snabba steg var jag tillbaka innanför dörren och fortsatte småspringande till logen där jag hade lämnat instrumentet. Det var min absoluta avsikt att genast återvända till vagnen för att slå följe med Niccolò, men när mina händer slöt sig om violinfodralet gick det som en stöt genom kroppen. Jag hävdar inte att det var "La Strega" som talade till mig, men jag slogs av en plötslig insikt: alla känslostormar som jag (och de övriga åhörarna) hade upplevt under konserten kunde bara bero på detta säregna instrument – eller snarare en mans förmåga att behärska instrumentet – vilket innebar att violinen, i händerna på Niccolò Paganini, var lika mycket ett trollspö som ett farligt vapen.

När väl denna tanke slagit rot förstod jag att "La Strega" var ett dubbelriktat vapen, som lika mycket pekade åt Paganinis håll. Sedan lång tid tillbaka kände jag till de (orättfärdiga) ryktena om min herres samröre med mörkrets makter, och det krävdes inget geni för att begripa vad som skulle hända om han fortsatte att uppträda med det fördärvliga instrumentet.

4

Bruset i hans öron steg till ett dån. Bilarna som oavbrutet susade förbi på Fleminggatan bidrog till larmet som hotade att spränga hans huvud, även om det mesta av oljudet kom från hans överbelastade hjärna.

Johannes stod som fastfrusen vid mötesplatsen, med blicken fäst mot armbandsurets sekundvisare. Hans mamma var redan mer än tre minuter försenad – tre minuter och arton sekunder, för att vara exakt. Små otåliga gnyenden kom över hans läppar, vilket fick flera förbipasserande skolelever att vända på huvudet. Johannes lade inte ens märke till dem.

Det hade hänt förr att Bianca varit sen att möta honom, men då hade hon alltid ringt och förvarnat, lugnat honom med att de ändå skulle hinna i tid. Men idag hade hon inte hört av sig! Med stigande panik kunde Johannes konstatera att hans detaljerade tidschema var på väg att spricka: det tog tolv minuter och fyrtio sekunder att gå till Hantverkargatan, ytterligare en och en halv minut att gå uppför trapporna och längs korridoren till övningssalen, samt fem minuter att äta den smörgås som Bianca hade förberett. Exakt klockan 16.30 skulle han stå redo utanför dörren, med fiollådan i ena handen och väskan med skolböcker och notblad i den andra.

Allt det här var viktigt för Johannes. Planering, tider och fasta rutiner skapade ordning och förutsägbarhet i en tillvaro som annars hotade att urarta i förvirring.

Johannes var nu nära gränsen då han skulle förlora kontrollen över sig själv, när paniken skulle ta över och försätta honom i ett tillstånd av tanke- och handlingsförlamning.

Gnyendet hade stegrats till ett klagande ordlöst rop, när han äntligen fick syn på sin mamma som kom springande mot honom med fladdrande kappa och fiolen tryckt mot bröstet. Fyra minuter och tolv sekunder.

"Åh, jag är så ledsen, Johannes", flämtade Bianca fram när hon en kort stund senare stod framför sin son. Hon visste bättre än att försöka ta sonen i famnen och trösta honom, fysisk kontakt fick aldrig förekomma när han var stressad.

"Vi hinner om vi skyndar oss", fortsatte hon, men Johannes bara stirrade på hennes fiollåda. Han kände inte igen den, eller snarare: han kände igen den som Biancas, men var fanns hans egen?

Bianca följde hans blick och förstod direkt vad som skulle komma. "Jag hann inte hämta din fiol", sa hon urskuldande. "Det hände en sak med mormor. Jag förklarar senare, men jag tänkte att du kunde låna min fiol idag."

Johannes bara skakade på huvudet. Hans cirklar var redan rubbade i och med förseningen, och så nu detta med instrumentet... nej, det var för mycket att hantera.

"Förlåt, Johannes", vädjade hon. "Det är mitt fel att det blev så här. Men det är inte hela världen, jag ringer din lärare och förklarar, sedan går vi hem. Du kan öva där istället."

Bianca försökte fånga sonens blick, men hans ögon flackade mellan fiolen och henne – som om han försökte lösa en omöjlig ekvation. Han kunde inte spela på något annat instrument än sitt eget, och det fanns inte tid att hämta upp det. Hur han än gjorde skulle det bli fel.

När Bianca insåg att ett utbrott var på väg greppade hon efter det enda halmstrå som stod till buds: att försöka distrahera Johannes.

"Mormor pratade med mig idag!" utbrast hon i ansträngt optimistisk ton. Det var endast ett fåtal människor som Johannes hyste verklig tillgivenhet för, och Daniella var en av dem.

"Nonna…?" sa han med en röst som avslöjade att han inte fick in sin mormor i den hopplösa ekvation som han brottades med att lösa.

"Ja, och det är därför som jag blev sen. Och glömde fiolen", lade hon till i viskande ton, rädd för att ytterligare förvärra Johannes uppjagade tillstånd.

"Nonna är ju på sjukhuset", konstaterade han, som om detta faktum kunde bringa ordning i den värld som precis hade förvandlats till ett virvlande kaos.

"Sjukhemmet", förtydligade Bianca, eftersom det ordet kändes mindre laddat. "Och jag hälsade på henne strax innan jag kom för att möta dig. Kan du tänka dig, Johannes, mormor pratade med mig! Det betyder att hon är på bättringsvägen, och kanske kommer att bli frisk igen."

En lång stund stod Johannes tyst, med uttryckslös min, innan han sa: "Jag vill träffa nonna. När kommer hon hem?"

"Åh, det kommer nog att dröja, men du kan följa med till henne imorgon när det är besökstid. Idag är det för sent."

Bianca skämdes över sin nödlögn, det skulle definitivt vara möjligt att träffa Daniella idag, men det var osäkert om Johannes var i tillräcklig balans för att följa med till sjukhemmet. Även under normala omständigheter brukade besöken där bli stressande för honom. Dessutom hoppades Bianca att hennes mamma skulle ha repat sig ytterligare, så att sonen kanske kunde föra ett samtal med henne.

För en stund sedan, när hon vinkat adjö till Daniella, hade glädjen över att höra hennes första yttrande på två månader, blandats med sorg över att orden hon uttalat var: *voglio morire in Italia.* Kanske, tänkte Bianca, skulle ett besök av

Daniellas älskade barnbarn kunna få henne att släppa sådana tankar.

* * *

De lika starka som kärleksfulla banden mellan Daniella och Johannes hade utvecklats tidigt.

Redan som mycket liten hade Johannes varit ett överkänsligt barn: han reagerade starkt på ljud, lukter och beröring, och han sov endast korta stunder i taget – något som tog hårt på föräldrarnas krafter. När problemen fortsatte efter sonens första år, och Bianca och Erland började gå på knäna, ingrep Daniella på sitt sedvanliga resoluta sätt: hon såg till att byta bostad så att hon kom att bo bara några hundra meter från sin dotters familj, hon gick ner i tid på sitt arbete som sjuksköterska och – viktigast av allt – hon tog hand om Johannes flera dagar, och nätter, i veckan.

Bianca förstod inte hur Daniella bar sig åt, men Johannes blev märkbart lugnare hos sin mormor. Han sov bättre och de tidigare återkommande, hysteriska utbrotten blev färre. Visserligen var han fortsatt känslig för ljud och lukter, men han började acceptera smekningar, till och med kramar, från sina föräldrar. Mot sin mormor var han nästan överdrivet fysisk och kunde bli sittande länge i hennes knä medan handen strök över hennes kind.

Det var Daniella som först upptäckte dottersonens enastående musikalitet: hon lade märke till att Johannes blev lugnare när han fick höra melodiska stycken av exempelvis Bach eller Beethoven. När han fyllde fyra köpte hon ett enkelt elpiano och lät honom lyssna på Satie. Det tog inte lång stund för Johannes att ta ut melodierna på sitt lilla instrument och sedan framföra dem ur minnet.

"Mitt lilla underbarn", hade Daniella förkunnat, med triumferande röst. "*Renderai tutti felici.*"

Och visst gjorde Johannes alla lyckliga när han utövade sin musik, men det var mycket i vardagen som inte fungerade lika bra. När han började skolan tog det bara två veckor innan hans lärare meddelade att Johannes förmodligen skulle fungera bättre i en specialklass. "Han lär sig snabbare än jag hinner lära ut", hade hon förklarat, "men han har svårt att sortera kunskapen."

Vad läraren inte nämnde, men som Bianca och Erland själva kunde konstatera, var att Johannes även hade svårt med social interaktion: han kunde sällan läsa av människors mimik eller kroppsspråk och uppfattade vanligtvis andras ord som bokstavliga.

Det blev en lättnad för alla när Johannes bytte skola. Vintertullsskolan på Södermalm erbjöd en miljö, och en pedagogik, som uppmuntrade hans talanger och tog hänsyn till hans svårigheter. Erlands familj kallade visserligen skolan en "anstalt för efterblivna", men ett faktum var att Johannes verkade trivas och gjorde betydande framsteg, både socialt och intellektuellt.

Bianca och Erland ansträngde sig hårt för att hjälpa Johannes att utveckla sina talanger. Musiken blev ett gemensamt språk för familjen, och även om Johannes inte ville spela tillsammans med Erland och Bianca, kunde han uppskatta att lyssna på – och själv upprepa – föräldrarnas instrumentövningar.

Daniella, som i många avseenden stod pojken närmast, upptäckte att Johannes dessutom var en utpräglad språkbegåvning och det tog henne bara några månader att lära honom italienska. Det gemensamma, "hemliga" språket stärkte banden mellan Daniella och Johannes till den grad att Bianca – som låtit italienskan ligga i träda – ibland kunde känna sig utanför i samtalen.

Nonna Daniella fortsatte att vara en viktig person i

Johannes liv även när han blev äldre. Eftersom hon bodde endast tre kvarter bort brukade Johannes besöka henne nästan varje dag efter skolan – till och med sedan han hade börjat på gymnasiet. Fasta rutiner var det som styrde hans liv och skänkte honom trygghet – och Daniella ställde villkorslöst upp för att tillgodose sitt dyrkade barnbarns behov.

Det var inte konstigt att Daniellas hjärnblödning blev ett hårt slag för Johannes. Fundamentet på vilket hela hans tillvaro vilade hade plötsligt slagits i spillror, vilket fick honom att reagerade starkt på minsta störning av de rutiner som var så viktiga i hans tillvaro. Som idag, till exempel …

Bianca försökte att läsa av sin sons kroppsspråk. Hon hade lärt sig att tolka tecknen på att en panikattack var förestående och tillsammans hade de hittat en metod som emellanåt fungerade hyggligt.

"Andas med mig, Johannes", viskade hon i hans öra. "Vi tar ett djupt andetag när jag räknat till tre. Är du med?"

Johannes undvek fortfarande att se henne i ögonen, men han nickade lätt till svar, och när Bianca hade räknat klart kunde hon lättad konstatera att sonen följde med i rytmen av hennes andetag.

Medan de andades i takt sneglade Bianca på sin son. Johannes hade ärvt hennes sydeuropeiska drag, med ett utmejslat, nästan skulpterat, ansikte som pryddes av en markerad näsa och mörkbruna ögon. Det kolsvarta håret föll i böljande lockar över kragen och den mörka skäggstubben – som ännu inte hunnit bli särskilt tät – gjorde att han såg äldre ut än sina sexton år. Den långa kroppen hade Johannes ärvt från båda sina resliga föräldrar och Bianca anade att sonen, med tiden, skulle förvandlas från gänglig till muskulös.

Efter några minuter avbröt Johannes djupandningen och sa: "Jag vill åka hem nu, hem till nonna."

"Men älskling, du vet ju att mormor inte är hemma."

"Hon är på sjukhuset, jag vet. Men jag vill känna lukten av nonna."

Bianca suckade djupt. Det här med sonens känsliga näsa kunde ibland vara ett bekymmer. Lika starkt som Johannes reagerade på det han upplevde som otrevliga lukter, lika lugn blev han av välkända, angenäma dofter. Det hände inte alltför sällan att han vägrade att gå in i ett rum bara för att han tyckte sig känna en obehaglig odör. Andra gånger ville han inte lämna en plats eftersom han njöt av dess lukt.

På samma sätt var det med ljud: Johannes känsliga hörsel kunde uppfatta ljud som nästan ingen annan kunde höra, och hans absoluta gehör gjorde att minsta dissonans lät som ett ilsket skorrande i hans öron. Bianca hade själv ett väl utvecklat musiköra, men i jämförelse med sonen måste hon betrakta sig som näst intill tondöv.

"Kan vi gå dit nu?" Johannes visade tydliga tecken på otålighet och Bianca förstod att ett besök i Daniellas lägenhet var oundvikligt för att återställa sonens inre balans. Inte för att hon hade något emot det – de bodde ju nästan grannar och hon behövde själv gå till lägenheten för att vattna blommorna och kolla posten – men av erfarenhet visste hon att det kunde bli ett långt besök. För Johannes var mormoderns bostad en tillflyktsort där han kunde känna hennes närvaro som en trygg filt.

"Ja, vi kan gå upp en stund lite senare, men först måste du öva på fiolen", påminde hon honom, i förhoppning om att hans pliktkänsla skulle segra över saknaden efter mormor.

Innan de gav sig av skickade Bianca ett sms till fiolläraren med beskedet att Johannes skulle utebli från lektionen.

Hon skulle precis lägga ner mobilen i väskan när den gav ifrån sig en ringsignal. Verkligen snabbt svarat, tänkte hon, och sneglade mot telefonen.

Men det var inte Johannes musiklärare som sökte henne, istället stod det "Erland" på skärmen.

Snabbt tryckte hon bort samtalet.

Giovanni

Jag är fullkomligt uppriktig när jag berättar om skälet till mitt beslut att stjäla violinen: jag gjorde det inte för egen vinnings skull, utan enbart med min herres bästa för ögonen. Under min tid som betjänt hade vi kommit att stå varandra nära – utan att jag för den sakens skull vill kalla det äkta vänskap – och jag visste att Niccolò i sin ärelystnad aldrig skulle tveka att använda "La Strega" i syfte att uppnå erkännande och beundran – oavsett vilka konsekvenser det kunde få.

Ända sedan Elisa skänkt honom instrumentet hade jag sett Niccolò kasta lystna, nästan förälskade, blickar på violinen och jag begrep mycket väl vad som rörde sig i hans huvud: med hjälp av "La Strega" skulle han gå till historien som världens främste violinist.

Men efter händelserna under kvällens konsert förstod jag också att instrumentet skulle kunna orsaka hans undergång. Om han redan tidigare, av många människor, fått tillmälet "djävulens förtrogne" kunde jag bara gissa vad han skulle komma att kallas i framtiden. Jag hade till och med hört rykten om att påven övervägde att bannlysa Niccolò Paganini.

Det var under svåra samvetskval som jag bestämde mig för att "rädda" Niccolò från en säker katastrof. Med darrande händer stoppade jag ner instrumentet i min ränsel och begav mig skyndsamt mot utgången. Tack och lov stötte jag inte på en enda människa under min flykt från teatern, och under den fortsatta resan mot min hemby såg jag till att hålla ansiktet dolt för att inte bli igenkänd.

Färden med diligens till Castello Cabiaglio tog två dagar och jag kan försäkra att det vid flera tillfällen var ytterst nära att jag vände tillbaka mot Florens, och min herre.

När jag väl hade anlänt till min hemby kände jag dock en stor lättnad, och en förvissning om att jag hade handlat rätt: Niccolò Paganini var skyddad från "La Stregas" förbannelse och jag själv var befriad från uppgiften att vaka över min herre.

Jag närmar mig nu slutet på en redogörelse som kanske aldrig kommer att läsas av någon, eftersom violinen vilar på ett säkert gömställe, som endast jag har kunskap om.

Men för den händelse att någon, i framtiden, hittar "La Strega" (vilket uppenbarligen måste ha skett) vill jag utfärda en varning: redan det faktum att violinen förmodligen är mycket värdefull skulle tvivelsutan kunna utlösa konflikter. Men framför allt föreligger det en risk för att instrumentet, genom sina märkvärdiga egenskaper, kan bringa olycka åt den som spelar, eller lyssnar, på det.

Som jag tidigare har påpekat är jag ingen musikalisk person, men jag har på nära håll fått se vilka mirakel "La Strega" kan åstadkomma i händerna på rätt (eller kanske snarare fel) person. Jag har också fått erfara hur förhäxad min herre blev av instrumentet – något som skulle kunna drabba andra människor med samma musikaliska genius som Niccolò Paganini.

Jag väljer därför mina ord med omsorg när jag påstår att det vilar en förbannelse över detta instrument och att det kan orsaka stora bekymmer för dess ägare. Samtidigt kan jag intyga att violinen, rätt trakterad, är förmögen att frambringa gudomlig musik.

Många gånger har jag varit frestad att bränna upp "La Strega" för att på så sätt förhindra att instrumentet orsakar lidande. Men någonting har hållit mig tillbaka. Den violin som jag skändligen stal från min herre är tillverkad av den framstående instrumentmakaren Giuseppe Guarneri och är förmodligen unik i sitt slag – åtminstone om man ska tro Niccolò Paganini. Jag skulle därför begå en stor synd (större än att stjäla instrumentet) genom att förstöra "La Strega".

Med dessa ord överlåter jag åt dig som nu har läst min berättelse – och följaktligen återfunnit violinen – att avgöra "La Stregas" vidare öde. Men jag vill samtidigt framföra en uppriktig tillrådan: Tag dig noga i akt!

Anno domini 1844

Giovanni Navarro

5

Tag dig noga i akt!

Antonios blick hade fastnat på den avslutande meningen i Giovanni Navarros brev. En ofrivillig rysning kröp längs ryggraden.

Med dröjande rörelser tog han av sig glasögonen och gned fingrarna över näsryggen. Handen som höll i de gulnade, styva papperen sjönk sakta ner mot skrivbordet. De vattniga grå ögonen riktades, oseende, mot ett fjärran mål.

Precis som Enrico hade förutspått, kände sig Antonio både upphetsad och oroad av innehållet i den berättelse som han precis hade läst, och om inte vännen hade styrkt den historiska sanningshalten, skulle Antonio ha avfärdat alltihop som fantasifoster.

Men, tänkte Antonio, det fanns också någonting djupt alarmerande i berättelsen – en varning som fyllde honom med samma bävan som Enrico hade känt. Och om det så bara låg ett uns av sanning i författarens redogörelse, kunde man definitivt inte avfärda dess varnande ord.

Medan läpparna drogs samman i ett bistert leende, sände Antonio en förebrående tanke till sin gamle vän: du gjorde som du brukade, Enrico, och lämnade åt mig att ta hand om de problem som du inte ville befatta dig med.

Antonio insåg att han bara hade två alternativ: antingen kunde han kasta Navarros brev, och låta instrumentet ligga kvar i sitt gömställe – vilket kändes som den mest lockande utvägen – eller också kunde han lyda Enricos begäran och informera Daniella om både fiolens och brevets existens, något som skulle tvinga honom själv att agera enligt den pliktkänsla som alltid varit hans ledstjärna.

Det enklaste vore naturligtvis att övertyga Daniella om att sälja instrumentet omgående och därmed göra sig kvitt ansvaret för dess fortsatta öde, men han insåg genast vilka problem som detta skulle medföra. För det första var det högst troligt att Enricos övriga släktingar skulle yrka på att få en del av kakan – något som sannolikt skulle leda till en rättstvist med osäker utgång. För det andra fanns det en liten, men ändå uppenbar, risk för att någon släkting till fiolens tidigare ägare skulle dyka upp och hävda anspråk på instrumentet. Även i detta fall, gissade Antonio, skulle ärendet hamna i rätten.

Frågorna surrade i huvudet när han satte glasögonen på näsan, hällde i sig den sista skvätten grappa, och plockade upp de gulnade arken från skrivbordet.

Med ett koncentrerat uttryck i det fårade ansiktet påbörjade han en ny genomläsning av det brev som var författat på sirlig och ålderdomlig italienska.

Brevet som inleddes med orden:

Mitt namn är Giovanni Navarro, son till Giuseppe Navarro och hemmahörande i byn Castello Cabiaglio i Lombardia...

* * *

När det sista pappersarket landade på skrivbordet lät Antonio höra en ny ljudlig suck. Denna andra genomläsning av redogörelsen hade inte gjort honom mycket klokare.

Som tidsdokument var berättelsen intressant och skulle säkert uppskattas av någon musikhistoriker, men beträffande de slutsatser som denne Giovanni Navarro hade kommit fram till kände sig Antonio kluven.

Som vanligt när han befann sig i ett dilemma gick

Antonios tankar till Angela. Hans hustru hade varit den som, med sitt kloka huvud, alltid fann lösningar på såväl stora som små problem. Vad skulle du ha gjort? muttrade han för sig själv, men som vanligt fick han inget svar.

Klockan närmade sig sex och Antonio insåg förvånat att han inte hade ätit någonting under hela dagen. Nu var det för sent att besöka något ställe som serverade lunch – och för tidigt för middag – men han kunde alltid hoppas på att bjuda in sig själv på middag hos Marina och Lorenzo.

På stela ben reste han sig ur stolen, låste in alla papper i kassaskåpet, och lämnade sedan rummet.

Det var bara några få meter till Marinas kontorsrum, och under tiden som han gick dit hann Antonio fundera över om han skulle avslöja sina hemligheter för dottern. I sitt brev hade Enrico visserligen understrukit att det endast var Daniella som skulle få ta del av uppgifterna om arvet, men Antonio kände ett starkt behov av att diskutera testamentet, och de båda breven, med någon som han litade obetingat på. Och Marina var just en sådan person – ja, egentligen den enda förtrogna som Antonio hade kvar i livet.

Precis innan han höjde handen för att knacka på dotterns dörr, hejdades han av en annan tanke som hade dykt upp tidigare under dagen, när han läst upp Enricos testamente för de förhoppningsfulla släktingarna. Fast... om Antonio skulle vara ärlig mot sig själv hade tanken – eller snarare tvivlet – uppenbarat sig redan för fem år sedan, när han hjälpte Enrico att upprätta testamentet. Men vid det tillfället hade han snabbt dragit i handbromsen och tvingat sig själv att begrava den misstanke som börjat spira.

Men nu, i ljuset av det som Enrico hade avslöjat i sitt brev, öppnades en dörr till det förflutna som han trodde var förseglad för alltid. Antonio kunde naturligtvis inte vara säker, men om hans misstankar skulle visa sig riktiga, kunde han stryka ett tjockt streck över det motto som han delat med Enrico: *Fidelis ad mortem.*

Handen darrade lätt när han försiktigt knackade på dörren till dotterns kontor. Han hörde hennes steg över golvet, sedan öppnades dörren.

"*Papà!*" utropade Marina förvånat. "Jag trodde att du hade gått hem för länge sedan. Vad gör du här så sent?"

"Ja, eh..." Antonio tvekade. Egentligen hade han velat anförtro sig nu direkt, både ifråga om de båda breven som låg i hans kassaskåp och det där andra – det som alldeles nyss hade bubblat upp till ytan och redan börjat skava som en sten i skon.

Men någonting – feghet eller försiktighet – hindrade honom. Tiden är inte mogen, tänkte han, jag måste själv vara säker. Måste få veta sanningen först.

"Jo, du vet ju att jag presenterade Enricos testamente för hans släktingar och..."

"Ja, hur gick det?" avbröt Marina. "Inte så mycket att kalasa på för en hungrig vargflock, förmodar jag." Även om Marina inte hade läst testamentet var hon sedan länge informerad om tillståndet för Enricos tynande fastighetsimperium.

"Tja, det blev ändå ganska civiliserat. Jag hade väntat mig fler utfall från den där alfahannen Gianluigi, men han höll sig ganska lugn efter beskedet att han själv inte blev helt lottlös. Men visst, det var många besvikna miner."

"Arvskiften brukar framkalla de lägsta instinkterna hos människor", suckade Marina. "Men, tillbaka till min fråga: Varför är du fortfarande kvar? Enricos släktingar gick väl för flera timmar sedan?"

"Öh..." Antonio stirrade ner i golvet.

"Förresten, har du ätit något?" Marinas fråga satte punkt för det som Antonio haft på tungan.

73

"Nja, inte direkt. Jag blev sittande med en del papper och glömde bort tiden."

Dottern spände blicken i Antonio och sa, med strängt förmanande röst: "Du vet vad både jag och din läkare har sagt. Regelbundna måltider är nyckeln till hälsa. Du har blivit alldeles för mager på sista tiden. Äter du inte av maten som jag lagar åt dig?"

Antonio kände sig med ens skuldmedveten. Marina besökte honom minst en gång i veckan och då gjorde hon middagsmat som skulle räcka i flera dagar. Bara att plocka fram ur kylen eller frysen, och stoppa in i mikron. Om han kom ihåg. Eller kunde förmå sig. Det var så förbannat tråkigt att äta ensam.

Sedan Antonios hustru Angela avled för tolv år sedan, hade hans tillvaro tappat både struktur och mening. Ett gapande tomrum hade öppnat sig efter drygt femtio års äktenskap och när sedan vännerna föll ifrån, en efter en, var det numera bara dottern som i någon mån kunde motivera honom att stiga upp ur sängen på morgnarna. Och så barnbarnen, även om de var vuxna och sedan länge utflyttade från Laveno.

Mitt i ensamheten och livsledan, kände han sig ändå tacksam över att Marina hade valt att bo kvar i Laveno och ta över advokatbyrån tillsammans med sin man, Lorenzo. De tre hade fungerat som ett utmärkt team under flera decennier, ända tills Angela dog och Antonio tappade intresset för livet i allmänhet, och juridiken i synnerhet.

"Självklart äter jag av din mat, Marina", svarade han, inte helt sanningsenligt, på hennes fråga. "Men du vet ju att jag har svårt med aptiten. Ingenting smakar längre."

"Du behöver nog krydda maten med lite sällskap, tror jag. Ikväll bjuder vi på middag. Du kan åka med mig och Lorenzo, vi är precis klara för dagen."

Antonio nickade som en lydig skolpojke. Han kände sig nöjd över att den här omtumlande dagen skulle sluta på ett trevligt sätt. Sedan slog det honom att de kommande dagarna troligen skulle bli ännu mer påfrestande.

Han hade ett digert arbete framför sig, där den första uppgiften var att författa ett brev – ett brev till Daniella i Sverige.

Därefter måste han ta sig till Castello Cabiaglio för att besöka ett gammalt hus.

Ett hus där en häxa kanske väntade.

6

Från Johannes rum svävade tonerna från hans fiol ända ut till köket där Bianca befann sig, och hon hade inga problem med att identifiera den romantiska första satsen i Tjajkovskis violinkonsert.

Knappast någon lämplig bakgrundsmusik, tänkte hon sammanbitet medan hon scrollade fram Erlands telefonnummer på mobilen – en elegi hade passat betydligt bättre.

När Erland svarade efter andra signalen försökte Bianca hålla rösten fri från bitterhet: "Hej, du ringde tidigare, men jag kunde inte svara. Var det något speciellt du ville?"

Egentligen kunde hon ha besvarat frågan själv. Ända sedan Erland flyttade tillbaka till sin gamla lägenhet på Linnégatan hade relationen mellan far och son varit bottenfrusen, och eftersom Johannes aldrig svarade på sin pappas nästan dagliga försök att nå honom blev det istället Bianca som fick ta samtalen.

"Eh ... jag ville bara höra hur det är med Johannes. Ja, och med dig, så klart", skyndade sig Erland att lägga till.

Bianca suckade inombords över den absurda situation som de befann sig i: Erlands abrupta beslut att lämna familjen för att få "betänketid" hade resulterat i att Bianca numera måste lämna nästan dagliga uppdateringar om sonens allmäntillstånd.

"Tja ..." Bianca tvekade inför hur mycket hon skulle berätta. "Det uppstod en liten incident på eftermiddagen, men det har lugnat sig nu."

"Ja, jag kan ju höra att Johannes spelar i bakgrunden. Tjajkovski, eller hur? Det måste betyda att han mår bra."

Egentligen hade Bianca velat svara att Johannes inte alls mådde bra, och att det främst var Erlands fel, men hon hejdade sig och sa istället: "Så bra som det går nu när mamma ligger på sjukhus. Öh, sjukhem, menar jag."

"Ja, hur är det med Daniella?" undrade Erland.

"Bryr du dig på riktigt?" svarade Bianca, mer aggressivt än hon hade avsett.

"Klart att jag bryr mig. Precis som jag bryr mig om dig och Johannes. Att vi har separerat betyder ju inte att jag saknar känslor. Även jag lider av allt det här."

Bianca suckade igen, ljudligt den här gången. Erlands användande av ordet *vi* när det handlade om separationen gjorde henne både besviken och irriterad. Det var inte hon som hade tvingat fram den här situationen, och inte heller Johannes, men på planeten Erland var det alltid han själv som utsattes för flest och svårast plågor.

Hon fick tvinga sig själv att hålla rösten neutral när hon svarade: "Mamma mår bättre och talet har kommit tillbaka, även om det är ganska osammanhängande. Däremot är halva hennes kropp fortfarande förlamad."

"Finns det någon chans att hon blir återställd?"

"Det kan ingen svara på, men läkarna tror inte att hon kommer att kunna gå igen."

"Tråkigt att höra. Jag har alltid gillat Daniella, det vet du. Hon har varit fantastisk med Johannes."

"Ja, du vet ju själv hur fäst Johannes är vid mamma, och nu..." Hon kunde inte hindra rösten från att brista.

"Jag fattar. Det är svårt för honom. Och för dig."

"Nej, jag tror inte att du fattar", snyftade Bianca. "Du lever inte tillsammans med Johannes och du ser inte hur han lider. Hela hans värld har satts i gungning. Först försvinner du och sedan hamnar hans älskade nonna på sjukhem. Det är för mycket att hantera för honom."

"Men jag finns ju kvar", försökte Erland. "Jag tänker inte överge Johannes, han behöver bara lite tid att vänja sig. Att hitta nya rutiner..."

Vänja sig? Hitta nya rutiner? Erland fick det hela att låta så enkelt, som om livet gick ut på att vänja sig, när det i själva verket handlade om att bygga upp och förädla. Precis som de själva hade gjort under hela Johannes uppväxt: en ständig tillförsel av trygghet, tillit och kärlek. Och musik...

Ibland undrade Bianca hur deras tillvaro hade sett ut om inte musiken hade funnits där som ett band mellan dem.

Hon fick en klump i halsen när hon tänkte tillbaka på den förändring som hade skett med Johannes när han var i fyraårsåldern. Nästan över en natt hade hans svårigheter att kommunicera – och den frustration som följt i och med det – förbytts i en iver att uttrycka sig med musik. Det var som om sonen hade fått ett helt nytt språk, fullt av de nyanser och känsloyttringar som han inte klarade att formulera verbalt.

Det lilla elpianot som Johannes mormor hade skänkt honom, fick sällskap av fler instrument, som han snabbt lärde sig att spela på. När han blev något äldre lyssnade han metodiskt igenom föräldrarnas enorma cd-samling och staplade skivorna i två högar: en för musik som han tyckte om och en annan för sådan som han ogillade – det fanns inga gråskalor i Johannes värld, allting var antingen svart eller vitt.

Även om sonen vägrade att spela samstämmigt med sina musikaliskt begåvade föräldrar, hade de ändå fått ett gemensamt uttrycksmedel. Bianca log vid tanken på hur märkligt det måste ha sett ut för en utomstående vid vissa tillfällen: tre familjemedlemmar som spelade några takter på var sitt instrument – som sedan besvarades av någon annan.

Johannes var sex år när han fick sin första fiol, en kvarts-violin som snabbt blev hans käraste ägodel.

I takt med att Johannes utvecklade sin teknik blev fiolen som en förlängd del av hans innersta väsen, och föräldrarna lärde sig snabbt att tolka sonens humör genom den musik som han framförde.

"Bianca, är du kvar?"

Erlands uppfordrande röst väckte henne ur tankarna och hon skulle precis svara på Erlands fråga när det hördes ett skorrande disharmoniskt ljud från Johannes rum – följt av några ljudliga smällar.

"Ledsen, Erland, jag måste sluta nu ..." Bianca kom snabbt på fötter och sprang iväg mot Johannes rum. Framme vid dörren hejdade hon sig – att komma inrusande var ingen bra idé, det skulle bara skrämma honom. Istället knackade hon försiktigt på dörren och försökte låta bli att darra på rösten när hon sa: "Johannes, det är mamma. Får jag komma in?"

Från rummet hördes bara ett stönande, men Bianca tolkade det som att Johannes hade hört henne. Hon öppnade långsamt dörren och klev in.

Johannes satt på sängen med huvudet i händerna och vaggade kroppen från sida till sida, alltmedan han utstötte gnyende ljud. Bianca gick fram till honom, noga med att inte vidröra hans kropp.

Hon sjönk ner på sängkanten, en bit från Johannes och ansträngde sig att hålla rösten stadig när hon sa: "Så, lugna dig, vännen. Det är ingen fara ..."

Medan hon fortsatte att uttala tröstande ord, sneglade Bianca bort mot hörnet där Johannes brukade hålla till när han övade på fiolen. Hon noterade att notstället, tillsammans med ett stort antal notblad, hade vräkts omkull och låg i en hög på golvet. Överst låg fiolen tillsammans med stråken, som var knäckt på mitten. Det gick dock inte att avgöra om själva instrumentet var skadat.

Bianca fick lägga band på sig för att inte flämta till. Det hade aldrig tidigare hänt att Johannes brukat våld på sin älskade fiol och hon funderade på vad som kunde ha utlöst reaktionen: Var det den missade fiollektionen? Saknaden efter Daniella? Eller hade Johannes kanske uppfattat något av samtalet med Erland?

"Ska vi andas, Johannes?" viskade Bianca.

Hennes fråga mötte först ingen reaktion, men efter en stund blev Johannes rörelser lugnare och han lyckades pressa fram några ord mellan sina sammanbitna läppar: "Nonna… jag vill hem till nonna."

"Men, älskling, kan vi inte vänta till efter middagen?"

"Jag vill dit *nu*."

Bianca förstod att hon inte hade något annat val än att gå med på Johannes begäran, men hon var fortfarande förbryllad över vad som kunde ha orsakat sonens utbrott. Det var visserligen inte första gången som det inträffade, men aldrig tidigare hade han varit så destruktiv. Med sorg i hjärtat konstaterade Bianca att alla de framsteg som Johannes hade gjort under de senaste tio åren verkade ha utraderats på bara några månader.

"Okej", sa hon med en suck. "Ta på dig jackan så går vi hem till mormor."

Några minuter senare gick Bianca tillsammans med Johannes den korta sträckan till Daniellas lägenhet på Igeldammsgatan. Det var en befrielse att komma ut en stund och vädra bort den obehagliga eftersmak som samtalet med Erland – och Johannes utbrott – hade framkallat.

I Daniellas lägenhet var det kvavt och luktade instängt. Bianca ställde upp två fönster och släppte in den friska vårluften, medan Johannes kröp upp i soffan med sin mormors favoritsjal tryckt mot näsan.

Bianca betraktade sin son med ömsint blick, samtidigt som hon grubblade på vad som skulle hända i framtiden: även om Daniellas tillstånd skulle förbättras var det ytterst tveksamt om hon någonsin kunde återvända till sin bostad. Hur Johannes skulle reagera på detta gick inte att förutspå, men det fanns anledning att befara det värsta.

Högen med post som låg under brevinkastet var inte särskilt stor och bestod mest av räkningar och reklamutskick. Hon skulle precis släppa ner brevhögen på köksbordet när hennes blick föll på ett kuvert som skilde sig från de övriga: det var tillverkat av tjockt, gräddfärgat papper och Daniellas adress var präntad med sirlig, lite ålderdomlig, handstil. Kuvertet var dessutom försett med italienska frimärken, vilket gjorde Bianca brydd.

Bianca stod obeslutsam en stund med kuvertet i handen och funderade på om hon skulle öppna det, men till slut kom hon fram till att det borde ske i Daniellas närvaro. Med en mental notering om att ta med brevet när hon besökte Daniella nästa gång, stoppade Bianca kuvertet i sin handväska och tog itu med uppgiften att rädda livet på krukväxterna.

När de en halvtimme senare var tillbaka i den egna bostaden, värmde Bianca upp lite rester i mikron till Johannes. Hon kände sig utmattad efter dagen och orkade därför bara bre en smörgås åt sig själv.

Medan Johannes åt passade Bianca på att smita in i hans rum för att röja upp i röran och kontrollera om fiolen var skadad. Hon kunde snabbt konstatera att armen på notstället var böjd – vilket lätt kunde avhjälpas – och att en stämskruv på fiolen var knäckt. Inte heller den skadan var svår att åtgärda.

Det var när Bianca samlade ihop de kringspridda papperen som hon upptäckte att notbladen med Tjajkovskis violinkonsert var genomborrade av stora hål – som om Johannes hade gått lös på dem med något vasst föremål, och hon insåg snabbt att det måste vara den avbrutna stråken som orsakat skadorna.

I samma ögonblick som Bianca erinrade sig att just den här violinkonserten var en av Erlands absoluta favoriter, plingade det till i hennes mobil.

Vad hände? löd det korta meddelandet från Erland.

En lång stund blev Bianca stående och blickade ut över förödelsen i Johannes rum. I tankarna försökte hon formulera ett svar till Erland som beskrev det känslomässiga kaos som sonen befann sig i, men hur hon än ansträngde sig fann hon inte de rätta orden.

Till slut, efter mycket tvekan, fattade hon mod och skrev det som hon innerst inne befarade.

Jag tror att du är på väg att förlora din son.

7

Vinden som drog genom dalgången kändes sval, trots års-
tiden, och Antonio var glad över att han valt att ta på sig
kavajen. Här, på drygt femhundra meters höjd över havet,
hade sommaren inte hunnit riktigt lika långt som nere på
låglandet och växtligheten hade fortfarande den friskt ljus-
gröna ton som, om bara några veckor, skulle ersättas av hög-
sommarens dovare färger.

Han var också glad över att ha lyckats övertala Marina
att följa med på utflykten till Castello Cabiaglio – ja, i själva
verket var det en ren nödvändighet att få sällskap på resan
eftersom han själv inte körde bil längre.

De hade parkerat Marinas Alfa Romeo där skogsvägen
tog slut och därefter promenerat den sista biten längs en
halvt igenvuxen stig. Nu stod de framför grinden till tomten
och blickade ut över den vildvuxna trädgården och det rus-
tika gamla boningshuset i sten.

Antonio försökte förgäves matcha det som han nu såg
med den sextio år gamla minnesbilden av platsen. Han visste
att Enrico, under alla dessa år, låtit en förvaltare underhålla
själva byggnaden, men uppenbarligen hade tomten lämnats
vind för våg. Kastanjeträden, som den senaste gången inte
varit större än buskar, bredde nu ut sina väldiga kronor över
en djungel av björnbärssnår, rododendron och jättelokor.
Och den lilla sjön – egentligen bara en tjärn – var knappt
synlig bakom en ridå av pilträd och starrväxter.

På andra sidan grinden gick en väl upptrampad stig fram

till husets huvudingång, där en stadig, men väderbiten, ek-dörr vittnade om att vintrarna här uppe i bergen kunde vara förvånansvärt bistra.

"Här behövs nog rejälare verktyg än en sekatör", muttrade Antonio. "Märkligt ändå att Enrico försummade tomten, när han var så mån om huset."

"Det har gått sextio år, *papà*", invände Marina. "Och som jag har förstått det var Enricos ekonomi inte den bästa. Han kanske blev tvungen att välja: huset eller trädgården."

"Du har nog rätt. Och det är viktigare att sköta om en byggnad, annars förfaller den snabbt. Den som vill anlägga en trädgård kan helt enkelt rensa bort allting och börja om från början."

När de riktade blickarna mot huset fick de belägg för sin teori: stenväggarna behövde ju knappast underhållas, men takpannorna verkade på sina ställen ha blivit utbytta, lik-som stuprör och hängrännor, och färgen på fönsterbågarna glänste skinande vit.

Redan för flera veckor sedan hade Antonio ringt till för-valtaren för att meddela att Enrico var död och att fastig-heten i Castello Cabiaglio troligen skulle övertas av en släkting. Han hade varit avsiktligt sparsam med informa-tion, eftersom han vid den tidpunkten inte hade en aning om vad som väntade i framtiden: Skulle han lyckas få kon-takt med Enricos dotter? Och i så fall, skulle hon verkligen vilja överta det gamla huset?

Han hade fått vänta i några veckor innan svaret på hans brev till Daniella äntligen dök upp, och när det väl anlände var det inte ens kvinnan själv som skrev, utan hennes dot-ter, Bianca. Antonio hade blivit märkbart bedrövad när han läste om Daniellas hjärnblödning, som begränsade hennes rörelseförmåga och därför gjorde det omöjligt för henne att själv fatta pennan.

I brevet hade Bianca förklarat att modern gjorde lång-
samma framsteg, men att det var för tidigt att fatta några be-
slut rörande arvet från den "släkting" som Antonio avsiktligt
hade utelämnat namnet på.

Ytterligare en tid senare hade Antonio fått ett nytt brev
från Bianca, där det framgick att Daniella återfått talförmå-
gan, men att förlamningen troligtvis skulle bli permanent.
Bianca lät även meddela att hennes mamma hade visat
stort intresse för det ärvda huset i Italien och att hon gärna
skulle besöka det så snart hennes hälsa tillät. För Antonio
lät det som om det skulle kunna dröja väldigt lång tid innan
Daniella kunde resa någonstans överhuvudtaget, allra minst
till ett ensligt beläget hus i höglänt terräng.

Det visade sig dock att Antonio fick fel i sitt antagande: för
några dagar sedan hade han fått ännu ett brev från Bianca
där hon i bekymrade ordalag förklarade att hennes mamma
hade blivit som besatt av tanken på att få återse Italien, och
att hon dessutom var angelägen om att försöka spåra sitt ur-
sprung. Om denne "släkting", som Antonio hade nämnt i
sitt brev, utgjorde en pusselbit till Daniellas förflutna var det
definitivt värt besväret att gräva djupare, för att kanske lösa
mysteriet med vem som var Daniellas pappa. Bianca avslu-
tade sitt brev med hypotesen: "mamma kommer sannolikt
att resa till Italien så snart hon har lämnat sjukhemmet."

Antonio hade läst brevet under stigande oro. Kanske för-
stod Daniella redan att den icke namngivne "släktingen" var
hennes far? Nåja, det skulle ju ändå avslöjas sinom tid, men
han ville helst ge beskedet vid ett samtal mellan fyra ögon.

I det senaste brevet från Bianca hade det framkommit att
Daniella snart var redo att resa till Italien – vilket var skä-
let till att Antonio nu befann sig i Castello Cabiaglio: innan
han träffade Daniella ville han själv inspektera *la casa della
strega.*

Häxans hus? Antonio stod fortfarande kvar vid grinden och spanade upp mot det välhållna huset i den vildvuxna trädgården. Han erinrade sig Enricos kommentar i brevet – att byborna kallade stället för "häxans hus" – och han funderade på om huset hade fått sitt namn efter den barnlösa gamla kvinnan som tydligen hade bott där ensam ända fram tills Enrico köpte stället för mer än ett halvt sekel sedan.

"Ska vi inte gå in?" undrade Marina, som med växande otålighet hade sett sin far försjunka i grubblerier.

"Öh … ja, vi ska väl det." Antonio ruskade på huvudet för att göra sig kvitt alla virvlande tankar.

Medan de gick längs stigen upp till huset, började han fundera över ytterligare ett mysterium: Varför hade Enrico gjort sig så stort besvär, och lagt ut så mycket pengar, för att hålla det här gamla huset i skick? Om han hade förväntat sig att Gia skulle återvända, måste de förhoppningarna ha grusats ganska snart, och uppenbarligen hade Enrico själv aldrig hyst några planer på att flytta hit. Eller… kanske var det så att huset hade fungerat som en säkerhet, en sista möjlig tillflyktsort för den händelse att hela Enricos svajiga fastighetsrörelse skulle gå omkull?

"*Papà!*" Marinas röst väckte honom återigen ur funderingarna. "Se upp med var du sätter fötterna."

Han tittade ner och insåg att han varit nära att kliva rakt ner i något som liknade ett kaninhål.

"Förlåt, Marina", muttrade Antonio. "Jag har tankarna på annat håll."

"Ja, jag märker det. Och jag hoppas bara att du inte har glömt att ta med dig nyckeln."

De kom fram till den bastanta ytterdörren och Antonio halade triumferande fram nyckeln som Enrico hade lämnat efter sig. Han skulle just sätta den i nyckelhålet, när en rysning drog längs ryggraden. Vilka spöken, äkta eller inbillade, skulle de möta innanför dörren? Visserligen hade Enrico, såvitt Antonio kände till, aldrig bott i huset, men det kändes ändå som om hans ande var närvarande.

Kanske hade det varit ett misstag att åka hit och väcka liv i minnena som legat begravda under så lång tid – minnena som egentligen inte hade med själva huset att göra, utan med Enrico och Gia. Antonio kände skuldens tyngd på axlarna när han mindes vem som var orsaken till att Gia aldrig flyttade in i *la casa della strega* – det var han själv.

"Tänker du öppna dörren någon gång?" sa Marina med en irriterad suck. "Du verkar så frånvarande. Mår du inte bra?" lade hon till, med mildare röst.

"Jo, jag mår fint", skyndade sig Antonio att svara. "Jag bara funderar på om den här kvinnan, Daniella, tänker sig att flytta in här."

Egentligen visste han inte varför, men det var flera saker som han ännu inte hade berättat för Marina: hon kände självklart till att Daniella var Enricos dotter och arvinge, samt att hon förväntades dyka upp i Laveno inom några veckor, men han hade inte nämnt något om Navarros efterlämnade dokument, eller den gåtfulla fiolen.

"Vi kan väl börja med att se om det är beboeligt?" sa Marina i saklig ton. "Men om det är lika fint invändigt som på utsidan, skulle jag själv inte ha någonting emot att flytta hit."

Antonio stack äntligen nyckeln i låset och dörren gled upp på väloljade gångjärn. Doften av rengöringsmedel som mötte dem i hallen kunde inte dölja den mer påträngande lukten av fukt och gammal inpyrd rök, något som skvallrade om att huset stått obebott under lång tid.

Hallen slutade i ett stort rum, inrett som salong med – vad det verkade – oanvända möbler från slutet av 1950-talet. En enorm öppen spis tornade upp sig mitt på rummets kortvägg och framme vid altandörrarna stod en svartglänsande flygel.

Genom ett stenvalv klev de in i ett rymligt kök, även detta möblerat med tidstypiska stolar och bord. Under en stor spiskåpa stod en gammal och sotig vedspis intill en helt oanvänd gasspis samt ett bulligt kylskåp, som inte ens var anslutet till elnätet.

"Hu, jag får kalla kårar av det här", viskade Marina. "Hela huset är som en tidskapsel. Det borde visas upp som museum, tycker jag."

"Ja, det är märkligt", muttrade Antonio. "Ingenting har förändrats sedan jag var här för omkring sextio år sedan. Det är ett jäkla mysterium varför Enrico bara lät det stå under alla år – han kunde ju ha sålt huset för länge sedan."

"Berodde det på den där kvinnan... jag minns inte hennes namn?"

"Gia." Antonio slog ner blicken. "Ja, så var det nog. Enrico måste ha varit fullkomligt besatt av henne. Och jag kan förstå varför: hon var en enastående kvinna, vacker och intelligent."

"Va! Har du träffat Gia? Det har du aldrig berättat."

Antonio kunde ha bitit sig i tungan. Var han på väg att bli senil? Först hade han varit så frånvarande att han knappt svarat på Marinas frågor och nu hoppade grodor ur munnen på honom. Om det fortsatte så här skulle han säkert också gå ut offentligt med nyheten att en värdefull fiol låg gömd i Enricos hus.

"Nja, jag träffade henne som hastigast, tillsammans med Enrico, strax innan det tog slut mellan dem." Antonio försökte hålla tonen kort för att slippa följdfrågor.

"Du måste berätta mer om henne...", försökte Marina.

"Finns inte så mycket mer att berätta", avbröt Antonio, och bytte därefter snabbt ämne: "Ska vi titta på sovrummen?

Om jag minns rätt ska det finnas en utsökt liten oljemålning av Crespi i ett av dem."

Marina sneglade skeptiskt på sin far, men gjorde honom sedan sällskap mot trappan som ledde till övervåningen. Precis innan Antonio skulle sätta foten på det första trappsteget stannade han till och kastade en blick upp mot hallen ovanför trappan. Han visste att lönnfacket fanns under en av de breda plankorna. Enrico hade markerat stället med ett kryss på kartskissen som nu låg i Antonios kavajficka tillsammans med brevkniven.

Han fingrade på papperet i fickan. Hur gärna han än ville kontrollera om fiolen låg kvar på sin plats, var han tvungen att ge sig till tåls – instrumentet tillhörde Daniella och det var hon som måste fatta beslut om dess framtida öde. Hans egen uppgift bestod i att åtlyda Enricos begäran om att hjälpa dottern på bästa sätt. Frågan var bara *vilket* sätt som var det bästa…

Återigen dök de avslutande orden i Giovanni Navarros brev upp i minnet: *Tag dig noga i akt!*

8

Bianca lutade sig tillbaka i flygplansstolen och tog ett djupt andetag. De senaste veckorna hade frestat hårt på hennes nerver och hon anade att den närmaste framtiden knappast skulle bli lugnare.

Men nu kunde hon åtminstone se fram emot några timmars sinnesfrid medan planet snabbt förflyttade dem från Stockholm till Milano. Hon sneglade mot Johannes, som tidigare varit märkbart stressad av alla de intryck som den här flygresan förde med sig. Nu såg han dock betydligt lugnare ut, med hörlurarna i öronen och slutna ögon – förmodligen djupt försjunken i något stycke av favoritkompositören Niccolò Paganini.

Ursprungligen hade Bianca tänkt att hon skulle resa tillsammans med enbart sin mamma, men Johannes hade varit envis och ville till varje pris vara nära sin älskade nonna, nu när hon hade blivit tillräckligt frisk för att kunna lämna sjukhemmet. Dessutom hade Johannes vägrat att tillbringa en vecka i Erlands sällskap, vilket hade avgjort saken: om Daniella nu prompt måste till Italien så var det på villkoret att Johannes följde med.

Bianca försökte se positivt på det hela. Kanske skulle den här resan bli välgörande för dem alla tre. Daniella skulle förmodligen bli upplivad av att återse Italien (och kanske sluta tjata om att hon ville återvända dit för att dö) och Johannes skulle få åtminstone en veckas omväxling under det sommarlov som annars såg ut att bli lika monotont som alla tidigare. Inte för att Johannes brukade klaga, han hade inga krav på underhållning eller spännande semesterresor, men för Bianca kändes skolloven oftast som en enda lång transportsträcka.

Hon vände blicken mot sin mamma, som såg ut att halvsova i sin stol. Även om Daniella hade gjort stora framsteg under de senaste veckorna satt hon fortfarande i rullstol och var i behov av mycket hjälp från både hemsjukvården och Bianca. Rent mentalt var dock mamman i det närmaste återställd, med bara en antydan till sluddrande tal. Märkligt nog verkade hon dock ha tappat det mesta av sina tidigare, hyfsat goda, kunskaper i svenska språket och hon meddelade sig numera enbart på italienska.

Du har i alla fall inte förlorat något av din gamla envishet, tänkte Bianca vemodigt, inte ens när det handlar om något så tragiskt som att bestämma platsen för din död.

"Jag skulle dö lycklig om jag bara visste vem som var min far", hade Daniella sagt vid flera tillfällen, vilket hade fått Bianca att rysa inombords.

Nu var de i alla fall på väg och Biancas värsta farhågor om alla praktiska problem som skulle möta dem, hade hittills kommit på skam: på Arlanda hade de fått utmärkt hjälp med att forsla Daniella ut till planet i hennes rullstol, och kabinpersonalen ombord var ytterst tillmötesgående och vänlig. Svårigheterna skulle säkert visa sig när de anlände till Milano, men Bianca kände en viss tillförsikt eftersom Johannes var med och kunde hjälpa till.

När planet nådde marschhöjd, och motorernas dån övergick i ett mer lågmält brummande, verkade Johannes slappna av, och Bianca kunde unna sig lyxen att sluta ögonen och låta tankarna vandra fritt.

Den första bilden som dök upp för hennes inre syn, var den av hennes egen mormor, Gia. Förmodligen berodde minnesbilden på att hon nu, som så många gånger tidigare, satt i ett plan tillsammans med sin mamma, på väg till Italien.

En gång om året, från det att Bianca var liten, hade hon rest med sin mamma till Milano för att besöka Gia. Det var en märklig, och lite skrämmande, upplevelse att träffa mormor: en vacker men reserverad kvinna som försörjde sig som pianolärare och levde ensam i en liten lägenhet i centrala Milano – samma lägenhet som hon alltid hade bott i och som varit Daniellas barndomshem.

Bianca förvånades alltid över att hennes mormor aldrig visade någon glädje eller värme vid deras årliga besök. Istället verkade hon närmast besvärad av deras närvaro, något som ledde till att det med tiden blev allt glesare mellan besöken. När Gia avled i cancer 2016 hade Daniella inte träffat sin mamma på över två år – ja, hon kände faktiskt inte ens till att modern var sjuk.

Bianca anade att den spända relationen mellan mor och dotter till stor del hade att göra med frågan om vem som var Daniellas pappa. Av oförklarliga skäl hade Gia envist vägrat att avslöja denna hemlighet.

Men kanske, tänkte Bianca, kommer mysteriet äntligen att få sin lösning. Den "släkting" som hade skänkt Daniella ett hus i arv kunde mycket väl ge ledtrådar till gåtan om vem som var hennes far. Om nu inte "släktingen" faktiskt *var* Daniellas pappa. Tanken var inte alltför långsökt och Bianca hoppades av hela sitt hjärta att det skulle vara sant. Även om det innebar att han var död, skulle Daniella få svar på den fråga som hade sysselsatt henne under hela livet.

Ju mer Bianca funderade över det mystiska arvet, desto märkligare kändes hela historien, och om hon inte hade kollat upp att den där advokaten, Antonio Monteverdi, verkligen var den som han utgav sig för att vara, skulle hon ha trott att alltihop bara var ett skumt bedrägeriförsök. Men även om både advokaten och arvet var äkta, fanns det flera obesvarade frågor: Hur kom det sig att Daniella hade fått ärva ett helt hus? Och varför hade advokaten varit så angelägen om att träffa Daniella personligen innan han lämnade ut fler detaljer kring testamentet?

Brevväxlingen med Monteverdi hade inte lett till några klargöranden i dessa frågor, men hade åtminstone resulterat i att Biancas förtroende för advokaten hade vuxit: han framstod alltmer som en vänlig och omtänksam gammal man, som tydligen också hade varit god vän med den avlidne "släktingen".

"A cosa stai pensando, Bianca?" Daniella studerade ingående sin dotter.

Ja, vad grunnade hon på? Bianca ville inte avslöja en enda av alla de tankar som hade snurrat i hennes huvud – i synnerhet inte funderingarna kring mormor Gia.

"Jag bara undrar vad du ska göra med ditt ärvda hus", svarade hon i lätt ton, medveten om att hon ibland fick leta efter orden på italienska. "Du tänker väl inte flytta till Italien för gott, hoppas jag?"

Det märktes tydligt att Daniella var på vippen att återigen förklara att hon ville till Italien för att dö, men efter en blick på Johannes ångrade hon sig och sa: "Vi måste först förvissa oss om att det här med arvet verkligen är sant, sedan får vi fundera på vad vi ska göra med huset. Kanske kan vi ha det som sommarbostad, det skulle säkert Johannes uppskatta. Men å andra sidan kanske det bara är ett ruckel och jag har inga pengar att lägga på någon renovering."

Och du kommer inte ens att kunna ta dig till huset för egen maskin, tänkte Bianca när hon erinrade sig Monteverdis beskrivning av husets avskilda läge.

"Stället kanske går att sälja", var allt som Bianca kom på

att säga. "Vem vet, det kanske är ett riktigt palats som inbringar stora pengar."

Daniella gav sin dotter en kritisk blick och sa, med en röst som nästan återfått sin forna skärpa: "Basta! Det finns ingen anledning att spekulera. Den här hushistorien spelar mindre roll, jag är bara tacksam för att vi fick en anledning att göra den här resan tillsammans."

Bianca lade handen på Daniellas fungerande vänstra arm och viskade i hennes öra: "Jag är också tacksam, mamma. Främst för Johannes skull, han är lycklig varje sekund som han får tillbringa med dig."

Daniella log vemodigt mot sin dotter och sa: "Fast jag känner mitt öde, Bianca. Just därför är jag glad över att försynen har gjort det möjligt för mig att återvända till Italien innan…" Hon avbröt sig hastigt och fortsatte sedan ivrigt: "Kanske kommer jag också att få veta sanningen."

"Du menar om din pappa?" Bianca behövde ingen betänketid för att förstå vad Daniella syftade på, och uttrycket i mammans ögon räckte som svar på hennes fråga.

Det kändes som ett välkommet avbrott i det dystra samtalet när en flygvärdinna kom förbi med en vagn och undrade vad de ville ha att dricka till maten. Bianca tvekade en stund, men valde sedan ett glas vin till sig själv och juice till Johannes. Daniella nöjde sig med vatten.

När maten anlände strax därpå vaknade Johannes upp ur sin musikbubbla och plockade ut hörlurarna.

"Jag äter inte sån där mat", sa han och pekade på den plastinpackade pastasalladen.

Bianca suckade djupt, och sa: "Men älskling, du har ju inte ens smakat på maten."

"Men det är plast på. Jag äter inte mat som är i plast", envisades Johannes. "Och förresten gillar jag inte juice, jag vill ha saft. Finns det hallonsaft, tror du?"

Bianca visste bättre än att försöka pressa sin son, det skulle bara sluta med ett utbrott från hans sida. Tack och lov hade hon kommit ihåg att bre räkost på två tunnbröd, innan de lämnade hemmet. Även en flaska saft låg nerpackad i resväskan, men den var inte åtkomlig just nu. Hon bävade lite för hur det skulle gå i fortsättningen: i Italien var tillgången på tunnbröd och räkost förmodligen starkt begränsad.

"Vad lyssnar du på, Johannes?" undrade Daniella, för att avleda Johannes från den känsliga mat- och dryckesfrågan.

"*Paganini. Capriccio numero sette.*"

Bianca upphörde aldrig att förvånas över hur obehindrat sonen växlade över till italienska i samtalen med sin mormor. Hon trodde sig ha läst någonstans att musikaliska människor hade lättare att lära sig nya språk – men tydligen fanns det, som i hennes eget fall, undantag från den regeln.

"Hm...", fortsatte Daniella. "Jag vet inte om jag har hört just det stycket, men jag utgår från att det är bra."

Johannes nickade ivrigt. "Kanske inte som komposition betraktat, men violinstämman är otrolig – och svår. Jag skulle inte klara av att spela den."

"Du då, Bianca? Skulle du kunna spela det där stycket?" Daniella tittade konspiratoriskt på sin dotter, avsikten med det här samtalet var att hindra Johannes från att "fastna" i matfrågan.

"Aldrig!" Bianca lät bestämd. "Inte ens om jag övade under resten av livet. Dessutom har jag inte fingrar för alla flageoletter, parallella oktaver och drillar på terser och sexter."

"Oj, jag vet inte ens vad det där betyder. Men jag har ju hört att Paganini var enastående skicklig på fiol."

"Ja, det har spekulerats i att han led av något som heter Marfans syndrom, vilket gör lederna extremt böjliga och tillåter fingersättningar som är omöjliga för andra människor."

"Har du hört talas om det, Johannes?" Daniella var angelägen om att få med sin dotterson i samtalet.

"Var ligger Parma?" undrade Johannes abrupt, utan att svara på frågan.

"Öh... Parma?" Daniella blev överrumplad av det snabba kastet i konversationen. "Jag tror att den staden ligger någonstans mitt emellan Milano och Florens. Hur så?"

"Paganinis grav finns där. Kan vi åka dit?"

Bianca häpnade över Johannes fråga, han brukade aldrig vilja ta spontana beslut, eller avvika från uppgjorda planer. Inför den här resan, till exempel, hade hon flera gånger gått igenom färdvägen med sin son, visat på kartan vilka platser de skulle besöka, pekat ut hotellet de skulle bo på och prickat av olika datum i almanackan. Ändå insåg hon att det fanns många okända faktorer som skulle kunna påverka planerna, och av egen erfarenhet visste hon att i Italien var risken för överraskningar ständigt överhängande.

"Nej, tyvärr", svarade hon på sonens fråga. "Parma ligger åt helt fel håll mot Laveno, dit vi ska. Minns du att jag pekade ut Laveno på kartan, Johannes?"

"Mmm... jag vet var staden ligger. Men jag skulle vilja åka till Parma ändå."

Bianca anade att en ny fixering var på väg att etablera sig i Johannes huvud och hon bestämde sig för att det var dags att spela ut det sista trumfkortet. Hon grävde i sin väska och fick fram ett paket, inslaget i smörgåspapper.

"Titta vad jag tog med till dig", sa hon triumferande. "Tunnbröd med räkost!"

Johannes sken upp, men blev sedan allvarlig igen. "Och saften?" undrade han.

"Du får den när vi kommer fram. Kan du dricka vatten så länge?"

"Okej då."

Bianca pustade ut. En liten seger var vunnen, nu gällde det bara att fortsätta på den inslagna vägen. Med Daniellas goda inflytande över Johannes var hon säker på att sonen skulle lära sig att acceptera, och kanske till och med uppskatta, upplevelserna under den här resan.

Eller inte...

9

”Mamma, det luktar konstigt.” Johannes hade tvärstannat när han skulle gå in i tågkupén.

Bianca, som var upptagen med att hjälpa tågpersonalen att få upp Daniellas rullstol från perrongen, kastade en stressad blick på sin son. Fan också, tänkte hon, ska det börja krångla nu när allting verkade gå så smidigt. Samtidigt kände hon en viss lättnad över att Johannes hade uttalat sin kritik på svenska, så att inte någon av medpassagerarna riskerade att bli förolämpad.

Flygturen hade på det hela taget varit behaglig, och taxiresan till stationen hade också avlöpt utan missöden – trots den täta trafiken och det hetsiga tempot.

Men nu verkade resans första större orosmoln vara under uppsegling: om Johannes vägrade att gå in i kupén skulle hela deras noggrant planerade schema spricka, i värsta fall skulle de tvingas övernatta i Milano eftersom detta var dagens sista tåg till Laveno.

Situationen räddades av Daniella, som med Biancas hjälp forslades till sin plats. ”Johannes”, sa hon med bestämd röst, ”jag behöver din hjälp med att komma ner i stolen.”

Johannes stod först som fastfrusen, sedan nickade han lätt och hjälpte till att lyfta över sin mormor till tågsätet.

Bianca andades ut, samtidigt som hon kunde konstatera att Johannes hade haft rätt: det luktade verkligen ”konstigt” i kupén – en blandning av matos och parfym, som inte enbart var angenäm. Bianca anade att detta inte skulle vara sista gången under resan som sonen reagerade på nya och främmande dofter.

Tåget gled sakta ut från stationen och medan farten ökade tilltog de exotiska doftsensationerna i kupén, när passagerarna packade upp medhavda matsäckar ur väskor och kassar. Bianca sneglade lite oroligt på Johannes, men han tycktes ha förlikat sig vid lukterna och satt nu med slutna ögon, djupt försjunken i musiken som strömmade in i hans öron. Hon bestämde sig för att följa hans exempel genom att blunda, och i huvudet spela upp Brahmskonserten som hade avslutat vårsäsongen på Konserthuset. Bianca kände sig nöjd över den helgjutna insats som både hon själv och orkestern hade åstadkommit – självklart inspirerade av en Anne-Sophie Mutter i högform.

Några minuter senare vände hon blicken ut mot sceneriet som snabbt passerade förbi utanför fönstret. Milanos trista förorter och industriområden hade ersatts av ett platt jordbrukslandskap med vidsträckta åkerfält så långt ögat nådde. Då och då passerade de genom små sömniga byar där människor rörde sig i makligt tempo, eller satt i skuggan av en baldakin på små kaféer och barer. Hon reflekterade över hur annorlunda livet måste vara här ute på landsbygden, jämfört med i Milano – eller vilken storstad som helst, för den delen. Osökt gick tankarna till det liv som hon själv levde. Så länge hon hade sin anställning hos filharmonikerna var hon bunden till Stockholm, men om hon kunde välja fritt, hur skulle hon då vilja leva och bo? Kanske var det ett slags eskapism, men allt oftare kände hon en längtan efter att överge storstadens stenöken.

Men vem lurade hon egentligen? Hennes arbete krävde att hon var bosatt i någorlunda närhet av Konserthuset, och Johannes skulle förmodligen inte uppskatta ännu en förändring i tillvaron. Dessutom fanns ju Erland att ta hänsyn till, han skulle säkert ha invändningar om Bianca bestämde sig för att lämna Stockholm. Nej, planerna på att fly staden fick nog stanna vid drömmar, i synnerhet som hennes ekonomi aldrig skulle tillåta ett husköp.

Under tiden som Bianca ägnade sig åt dagdrömmeri hade tåget hunnit stanna vid ett antal mindre tätorter och närmade sig nu den något större staden Varese. Det tidigare enformigt platta landskapet hade successivt ersatts av allt högre kullar som i fjärran växte till resliga bergsmassiv. Bianca hade aldrig tidigare besökt dessa trakter, men hon kände till att staden Laveno, som var deras mål, låg precis vid foten av Alperna.

Det pirrade till lite i magen när hon tänkte på hur de närmaste dagarna skulle gestalta sig. Antonio Monteverdi hade lovat att möta dem på stationen och guida dem till hotellet, som bara låg ett par hundra meter bort. I sitt brev till Bianca hade han försäkrat att Albergo Lago Blu hade mycket gott anseende och utmärkt läge.

Bianca hade varit noggrann i sitt val av inkvartering: för Daniellas skull behövde hotellet vara handikappanpassat samt beläget på någorlunda plan mark. Dessutom måste det ligga centralt i Laveno – ett krav som, tack vare stadens ringa storlek, inte var särskilt svårt att uppfylla. Matfrågan skulle, för Johannes vidkommande, förmodligen bli en svår nöt att knäcka, men Bianca hoppades att Daniellas goda inflytande på sitt barnbarn skulle göra underverk. Själv såg hon fram emot att återuppliva de matupplevelser som hon mindes mycket väl från alla tidigare besök i Italien.

Resten av den veckolånga vistelsen i Laveno var än så länge helt oplanerad, men Bianca utgick från att Monteverdi hade för avsikt att ta dem med till det ärvda huset i byn som hon just nu inte kunde minnas namnet på: Castello någonting, var det enda hon mindes – men hur många italienska byar och städer hade inte "castello" i namnet?

Återigen ställde hon sig frågan hur det kom sig att hennes mamma hade blivit arvtagare till ett helt hus i Italien. Hade den mystiska "släktingen" några speciella avsikter med sin donation? Hoppades han – Bianca var inte ens säker på att släktingen var en man – att Daniella skulle flytta in i huset? Och i så fall, av vilket skäl? Det fanns tusen frågor som hon hoppades att den gamle juristen, Antonio Monteverdi, skulle kunna ge svar på.

Tankarna på det ärvda huset ledde Bianca vidare till funderingar kring sin mammas italienska rötter. Daniella hade alltid varit fåordig om sin uppväxt, men Bianca hade dragit sina egna slutsatser utifrån det lilla hon kände till: som dotter till en ensamstående och känslokall mamma, hade Daniella känt sig övergiven som barn. Hon fick aldrig uppleva den trygghet och gemenskap som de flesta italienska familjer värdesätter så högt, istället fick hon tidigt lära sig att stå på egna ben och endast lita till sig själv i alla situationer.

Bianca hade själv fått uppleva den distans som rådde mellan mor och dotter, och hon hade alltid undrat över orsaken. Nu var ju Gia död sedan flera år och Bianca skulle aldrig få svaret på denna gåta, såvida inte hemligheten avslöjades under den här resan.

Bortsett från förtegenheten kring sin uppväxt hade Daniella varit en varm och omtänksam mamma som i det närmaste avgudade sin dotter. Bianca kunde ana att det berodde på att Daniella ville kompensera för sin egen mammas brister och istället ge Bianca all den uppmärksamhet och omsorg som hon själv inte fått uppleva.

Det låg ett ödets ironi i det faktum att tre generationer kvinnor i Biancas familj hade fått barn vid unga år, och dessutom valt att skaffa bara *ett* barn – fast naturligtvis av helt olika skäl.

Samma outgrundliga öde hade dessutom sett till att tre generationer barn hade ensamstående föräldrar – även detta av helt skilda orsaker. Fast i Biancas fall var det kanske felaktigt att prata om ensamstående förälder, eftersom Erland fortfarande fanns med i bilden.

"Mamma, kan vi inte äta snart? Jag börjar bli hungrig." Johannes hade vaknat upp ur sin bubbla och effektivt avbrutit alla hennes funderingar.

"Vi är framme i Laveno om bara en liten stund och vi kan gå direkt till en restaurang om du vill. Är det något speciellt som du är sugen på?" Bianca kände sig starkt oroad över att matfrågan skulle segla upp som nästa hinder på resan.

Men sonen överraskade henne genom att säga: "Pizza, tror jag. Du har alltid pratat om hur goda pizzorna är i Italien."

Bianca sken upp. "Klart att vi ska äta pizza. Eller vad säger du, mamma? Är du sugen på pizza?"

"Pizza?" Daniella vaknade till liv efter att ha halvslumrat en stund. "Jag älskar pizza!"

10

Antonio försökte, så diskret som möjligt, att studera de tre långväga besökarna som satt tillsammans med honom på en uteservering tillhörande Trattoria La Vela, nere vid hamnen i Laveno.

Han var mest nyfiken på den äldre kvinnan, Daniella, eftersom hon var Enricos dotter och arvtagerska. Förgäves sökte han efter likheter mellan den avlidne vännen och kvinnan som satt framför honom. Symmetrin i Daniellas ansikte stördes visserligen något av hennes förlamning, men Antonio kunde ändå konstatera att hon var en, för sin ålder, välbevarad kvinna med vackra anletsdrag, bruna mandelformade ögon och lockigt svart hår med betydande inslag av grått. Enrico, däremot, hade haft ett grovhugget ansikte med bred mun och ständigt kisande grå ögon. Eftersom Enrico blivit tunnhårig redan i tjugofemårsåldern mindes Antonio knappt vilken hårfärg vännen hade haft som ung.

När Daniella satt i sin rullstol hade Antonio svårt att avgöra hennes längd, men hon såg inte ut att ha ärvt ett spår av sin pappas resliga gestalt. Daniellas dotter, däremot, var både lång och kraftfull till sin fysik – och till utseendet en yngre avbild av sin mamma. Även pojken, Johannes, bar tydliga drag av både sin mamma och sin mormor, även om hans långa kropp var betydligt spensligare byggd än Biancas.

Medan de väntade på maten försökte Antonio utforska karaktären hos, och dynamiken mellan, de tre släktingarna och han kunde snabbt konstatera att pojken verkade mycket

reserverad, för att inte säga introvert. Han undvek ögon-
kontakt och svarade endast enstavigt på tilltal, men av de få
ord som han yttrade förstod Antonio i alla fall att pojkens
italienska var i det närmaste felfri – precis som Daniellas.
Bianca, däremot, verkade en smula ovan vid språket: hen-
nes uttal var visserligen utmärkt, men hon fick ofta leta efter
orden.

Daniella var den som verkade mest utåtriktad. Hon hade
en naturlig pondus och det märktes tydligt att hon hade en
nära relation med sitt barnbarn. Så snart hon öppnade mun-
nen för att säga någonting, vände Johannes blicken åt hen-
nes håll, som om han var rädd att missa ett enda av hennes
ord.

Bianca verkade vara en mer tankfull person. I hennes
ögon kunde Antonio även utläsa någonting som liknade
sorg, även om han naturligtvis inte kände till dess orsak.
Men tids nog, funderade han, får jag säkert veta mer om
dessa människors liv.

Ett förstulet leende spelade på hans läppar när han kon-
staterade för sig själv att det faktiskt skulle bli lite spännan-
de, och dessutom ett välkommet avbrott i hans inrutade liv,
att umgås med dessa främlingar. Sedan blev han allvarlig
igen när han kom att tänka på det delikata ärende som hade
fört dem hit.

Antonio beslöt dock att skjuta de framtida bekymren ifrån
sig och njuta av den stilla sommarkvällen. Från platsen där
de satt hade de en strålande utsikt över Lago Maggiore, med
stadens lilla hamn i förgrunden. Restaurangen var kanske
inte Lavenos bästa, men Antonio hade hört att pizzorna –
även om han själv undvek sådana – höll hygglig klass, och
han var märkligt angelägen om att hans gäster skulle få ett
bra första intryck av hans hemstad.

Redan när han mötte sällskapet på stationen hade de

uttryckt en önskan om att först gå ut och äta, innan de checkade in på hotellet. Antonio hade uppfattat att det var Johannes behov som styrde deras förehavanden och tydligen hade pojken varit bestämd med att han ville äta pizza.

"Jag har längtat efter det här", utbrast Daniella med lysande ögon. "Känn bara på luften, den är som balsam. Och den här ljuvliga miljön. Vilken fin liten stad du bor i, Antonio."

"Ja, den är inte så dum", sa Antonio med illa dold stolthet.

"Men det är kalla vintrar. Kalla och fuktiga."

"Det kan jag tänka mig, men ikväll känns det som om staden visar upp sig från sin bästa sida. Jag förmodar att ni har många turister här?"

Antonio ryckte lätt på axlarna innan han svarade: "Ja, visst kommer det en hel del besökare hit, men inte så många som man kunde hoppas på. Och de flesta tar färjan ut till öarna i Lago Maggiore, utan att stanna till i Laveno, vilket är en stor missräkning för alla hotell- och restaurangägare."

"Jag har faktiskt varit ute på öarna", avslöjade Daniella. "Jag var visserligen bara sju, åtta år gammal, men jag minns att det var väldigt vackert på Isola Bella."

"Ja, barockträdgården på Isola Bella är verkligen fantastisk i all sin överdrivna prakt, men om ni vill uppleva något riktigt exotiskt ska ni ta er ut till Isola Madre och gå runt i den botaniska trädgården där. Det låter kanske inte så intressant för en tonåring..." Antonio nickade i riktning mot Johannes, "men ett faktum är att man blir fullkomligt betagen av miljön. Det är som Edens lustgård, med växter från jordens alla hörn och mängder av färggranna fasanfåglar."

Bianca vände sig mot Johannes och frågade: "Det låter väl spännande? Har du lust att ta en tur till Isola Madre senare i veckan, Johannes?"

"Ja, jag vill se cypressen", blev det överraskande svaret.

"Cypressen...?" Bianca blev, som så ofta, ställd av

Johannes tvära kast mellan olika ämnen och hans förmåga att inhämta detaljkunskap inom de mest skiftande områden.

"Din son har helt rätt, Bianca", sa Antonio, med uppskattande röst. "Cypressen som växer framför Palazzo Madre är verkligen speciell… och sällsynt."

"Utrotningshotad!" invände Johannes, oväntat häftigt. "Den växer vilt i Kashmir, och är nationalträd i Bhutan, men snart finns den nog bara i botaniska trädgårdar."

Tre par ögon riktades mot Johannes, som slog ner blicken innan han fortsatte, i mekanisk ton: "Cypressen kom som frö från Himalaya och planterades på Isola Madre 1862. Den växte upp till Europas största cypress innan en storm förstörde trädet 2006. Men nu har trädet räddats…" Pojken tystnade, som om han kommit på sig själv med att säga för mycket.

"Ja", sa Antonio, "jag minns själv den hemska stormen, på hösten 2006. Vågorna slog ända upp till där vi sitter nu, och då ska man komma ihåg att Lago Maggiore är en insjö. Och cypressen var det stora samtalsämnet i flera månader efteråt – hela trädet hade vält och splittrats i två delar. En tid senare gjordes det en stor räddningsinsats, med EU-stöd vill jag minnas, och idag står Isola Madres cypress upprätt igen med hjälp av vajrar. Eller… snarare var det bara halva trädet som kunde räddas, men det känns ändå symboliskt på något sätt."

Diskussionen om cypressen kunde säkert ha fortsatt ytterligare en stund om inte kyparen hade anlänt med deras mat: tre stora pizzor till besökarna från Sverige och en tallrik antipasto misto till Antonio.

"*Buon appetito*", sa Antonio och höjde sitt vinglas. "Och välkomna till Laveno."

De åt under tystnad, väl medvetna om att de ännu inte hade berört det ärende som var skälet till deras möte.

Antonio sneglade på de båda kvinnorna och undrade hur de skulle komma att reagera på beskedet att Enricos arv inte bara utgjordes av ett hus, utan dessutom av ett, förmodat, värdefullt musikinstrument.

"Det var riktigt gott, men nu orkar jag inte mer", sa Daniella efter en stund och sköt tallriken med resterna av pizzan åt sidan. Hon hade knappt ätit hälften, medan Johannes hade slukat sin på nolltid.

"Du får gärna fortsätta på min pizza, Johannes", skrattade Daniella, som hade upptäckt hans lystna blickar.

Bianca, som fortfarande kämpade på med sin bit, blev glad när hon noterade Johannes goda aptit – det var inte alltid lätt att veta vad som skulle falla honom i smaken.

"Nå, Antonio", sa Daniella när den äldre mannen hade lagt ifrån sig sina bestick, till tecken på att han var klar med måltiden. "Vill du berätta lite mer om det här arvet? Du förstår väl att vi är väldigt nyfikna?"

Antonio strök sig över munnen med servetten innan han svarade: "Självklart ska jag berätta allting, och det finns dessutom en del papper som du bör se, men vi kanske ska vänta till imorgon. Ni är förmodligen trötta efter resan och behöver väl snart checka in på hotellet. Vad sägs om att träffas hemma hos mig imorgon förmiddag? Jag bor bara tvåhundra meter från ert hotell."

"Är det trappor i huset?" undrade Bianca och tittade menande mot Daniellas rullstol.

"Inte så länge vi håller till på bottenvåningen", svarade Antonio. "Dessutom finns det en ramp upp till ytterdörren", lade han till med allvarligare röst. "Min avlidna hustru satt också i rullstol den sista tiden, och jag har inte kommit mig för med att ta bort rampen."

"Jag beklagar sorgen", sa Bianca. "Hände det nyligen?"

"Nej", svarade Antonio med ett sorgset leende, "det är tolv

år sedan, även om det känns som igår. Jag tappade liksom gnistan efter Angelas död."

Det blev tyst en stund runt bordet, efter att Antonio hade gläntat lite på dörren till sitt privatliv.

"Jag förstår vad du menar", sa Daniella till slut, när tystnaden började kännas besvärande. "Jag förlorade min man – Biancas pappa – för mer än tjugo år sedan, och det går inte en dag utan att jag tänker på honom ... och på alla de år som vi inte fick tillsammans. Det händer fortfarande att jag vaknar på morgnarna och inbillar mig att han har sovit bredvid mig i sängen och gått upp för att göra frukost."

"Det var tråkigt att höra", sa Antonio. "Förlåt min nyfikenhet, men var din man svensk eller italienare?"

"Mikael var svensk, men vi träffades i Italien när jag var arton år och vi gifte oss tre år senare."

"Men du behöll alltså ditt efternamn? Liuzzi?" undrade Antonio.

"Nej, jag hette Daniella Lagerström fram till Mikaels död. Men sedan tog jag tillbaka mitt gamla efternamn. Ja, det var återigen det där med mina italienska rötter som spökade. Fråga mig inte varför det var så viktigt."

"Men om du hade så starka känslor för Italien, varför flyttade du inte tillbaka hit efter din makes död?"

Daniella tittade på honom som om han hade sagt någonting otillåtet och Antonio insåg genast sitt misstag.

"Åh, förlåt mig", sa han med urskuldande röst. "Jag tänkte mig inte för. Det är klart att du ville leva nära din dotter och ditt barnbarn."

Daniella log försonande mot den ångerköpte mannen och sa: "Ja, det stämmer, även om Johannes inte var född då. Men det fanns fler skäl till att jag valde att stanna i Sverige. Jag hade ett jobb som jag trivdes med, och dessutom ville jag vara nära Mikael – kunna gå till hans grav när jag ville."

Antonio nickade instämmande, han var själv tacksam över att ha Angelas grav på bekvämt avstånd från sin bostad och han besökte henne minst en gång i veckan.

Den korta inblicken i Daniellas bakgrund hade väckt hans nyfikenhet på att få veta någonting om Gia, men han beslöt sig för att vänta med frågorna till senare.

Eftersom Bianca suttit tyst en lång stund medan Antonio pratade med Daniella, kände han sig förpliktigad att locka in henne i samtalet.

"Och du då, Bianca?" började han i lätt ton. "Har du samma efternamn som din mamma?"

"Nej", muttrade Bianca tyst. "Jag är gift och heter Steffenhielm, men om jag ska vara ärlig är jag inte särskilt förtjust i efternamnet, det känns pompöst och tillgjort på något sätt... åh, men förlåt, du kan ju inte känna till att Steffenhielm är en adlig släkt i Sverige."

Antonio nickade lätt, förbryllad över Biancas reaktion på hans fråga.

"Är det någon som önskar dessert, eller kaffe?" Antonio kände att det började bli dags att avrunda denna första sammankomst.

Efter att ha fått nekande svar från de övriga smet Antonio in i restaurangen och betalade notan.

När alla var samlade igen tog Antonio täten och ledde dem den korta sträckan fram till Albergo Lago Blu – ett litet rustikt hotell med sjöutsikt, som genast vann Daniellas gillande.

"Det är ju alldeles förtjusande! strålade hon. "Eller vad säger du, Johannes?"

Efter en stunds spänd väntan, då pojken skärskådade den vitrappade fasaden och balkongerna med blomlådor, nickade han lätt – varpå Daniella och Bianca kunde andas ut.

Efter att ha förklarat vägen till sin bostad, och bestämt

tidpunkten när de skulle träffas nästa dag, tog Antonio ett snabbt farväl och gick sedan den korta sträckan till sitt hem, med huvudet fullt av tankar.

Mötet med Daniella hade blåst ytterligare liv i den mörka hemlighet som han, fram till helt nyligen, trott var död och begraven.

11

"Men, Antonio, du bor ju i ett riktigt palats!" Daniella såg sig häpet omkring i den stora salongen, dit hon hade rullats in med Biancas hjälp.

Rummet var verkligen imponerande, med glänsande parkettgolv, ekpaneler på väggarna och fyra meters höjd upp till kassettaket. Bakom stora glasdörrar vid den bortre väggen syntes en enorm terrass som övergick i en lummig liten trädgård. Inredningen var stilren och sobert sparsmakad, varje möbel och föremål verkade ha valts med yttersta omsorg.

"Åh, jag önskar att jag kunde se resten av huset också", fortsatte Daniella ivrigt. "Jag förmodar att det är lika fint."

"Allt är min hustrus förtjänst, det är hon som har inrett hela huset. Egentligen är det alldeles för stort för en person – och alla trappor håller på att ta kål på mig – men jag tänker bo kvar så länge jag orkar. Alla minnen som sitter i väggarna..." Antonio tystnade när han insåg att han höll på att bli alltför nostalgisk – alltför sentimental.

Han kunde dock inte hindra att minnesbilderna vällde över honom: Antonio och Angela (åh, så mycket han hade uppskattat den allitterationen!) var nyförlovade när Enrico en kväll hade dykt upp i deras lilla lägenhet, som låg på översta våningen i Angelas föräldrahem. På den tiden var Enrico Ponti en verklig maktfaktor i Laveno – rik som ett troll och ensam ägare till ett stort antal fastigheter. Antonio och Enrico kände varandra sedan tidigare, på det sätt som man gör i en liten stad, men var ännu inte så nära förbundna som de senare skulle komma att bli. Att Enrico den här kvällen överraskade paret med ett besök fick snart sin förklaring: familjen Pontis namn var sedan länge solkat på grund av Francos tvivelaktiga affärer under kriget, och nu var Enrico angelägen om att återupprätta släktens heder. För att åstadkomma detta behövde han ta hjälp av en pålitlig affärsjurist – precis en sådan som Antonio Monteverdi.

Även om det var just på det här sättet som Enrico framställde sitt ärende, hörde det till saken att Laveno inte direkt vimlade av affärsjurister – något som Antonio var väl medveten om. Han var också på det klara med riskerna som följde av att förknippas med familjen Ponti, som av många i staden betraktades som samvetslösa profitörer.

Länge tvekade Antonio inför uppdraget att bli bolagsjurist åt Enrico, men när denne toppade erbjudandet med huset på Viale de Angeli, kunde inte Antonio tacka nej.

Så kom det sig att paret Monteverdi blev ägare till en trevåningsfastighet på ett av Lavenos absolut bästa lägen. Huset låg visserligen ganska tätt intill andra bostadshus längs gatan, men med de många vackra rummen, utsikten över sjön och den lilla trädgården på baksidan upplevde Antonio och Angela att de residerade i ett riktigt palats.

Att beskriva huset som ett palats var kanske en överdrift, men det var ändå en praktfull byggnad, uppförd under slutet av 1700-talet av en förmögen köpman som inte hade snålat med vare sig material eller utsmyckning.

I det här huset hade Antonio och Angela upplevt sina bästa stunder – och sina värsta. Deras första kris hade seglat upp bara något år efter inflyttningen, men Antonio föredrog att inte väcka liv i det trauma som han hade ägnat hela livet åt att försöka förtränga. Nästa stora kris – den allra sista – började med en skakning i Angelas högra hand och slutade med hennes död, nio år senare, i Parkinsons sjukdom.

Däremellan hade Antonio och Angela haft många goda år tillsammans, även om deras önskan om att fylla det rymliga huset med en stor barnaskara inte uppfylldes: efter dottern Marinas födelse drabbades Angela av upprepade missfall som gjorde att de till slut avstod försöken att skaffa fler barn.

Antonio ruskade på huvudet och återvände till nuet. Han märkte att gästerna betraktade honom med förvånade blickar, vilket fick honom att undra hur länge han egentligen hade varit försjunken i minnen.

"Förlåt mig", sa han skamset, "jag fastnade visst i mina egna tankar. Jag ska alldeles strax berätta om det som ni har kommit hit för att höra, men först måste jag fråga om ni vill ha någonting att äta eller dricka?"

De båda kvinnorna avböjde artigt erbjudandet, eftersom de precis kom från frukosten på hotellet. Johannes däremot överraskade Bianca och Daniella med att fråga om det fanns saft, helst hallonsaft.

"Du har tur, min gosse", sa Antonio stolt. "Min dotter gör faktiskt saft från egenodlade hallon. Den är mycket god, har jag hört andra säga, men det var länge sedan jag drack den själv – trots att jag har flera flaskor hemma. Men säg ingenting om det när ni träffar Marina, då blir hon bara sårad."

"Du menar alltså att vi kommer att träffa din dotter?" undrade Daniella nyfiket.

"Ja, det hoppas jag. Bortsett från att hon ser fram emot att träffa er alla tre, behövs hennes tjänster när vi ska åka och titta på huset. Jag kör nämligen inte bil längre, på order både från min läkare och min dotter."

Huset, ja. Det var nästan som om Daniella hade förträngt anledningen till varför de befann sig här i Laveno – det var så många andra tankar som snurrade i hennes huvud, och så många nya intryck att sortera.

Antonio öppnade dörrarna till den stenlagda terrassen och bjöd dem att ta plats i korgmöblerna som stod runt ett glasbord. Han ursäktade sig och gick iväg till köket för att hälla upp en tillbringare med saft.

Efter att ha rotat runt i kylskåpet bland alla burkar och flaskor som Marina hade försett honom med (och som han knappt ens hade rört), hittade han till slut en flaska på vars etikett det stod *succo di lampone* skrivet med Marinas karaktäristiska handstil.

Medan han mätte upp saften i en tillbringare försjönk Antonio i funderingar kring de båda brev – det ena skrivet av Enrico och det andra av Giovanni Navarro – som inte hade lämnat hans tankar någon ro sedan han först läste dem för flera veckor sedan. Han vacklade i frågan om han skulle visa breven för Daniella, eller vänta med att avslöja historien om den mystiska fiolen. Det var redan nu väldigt mycket för Daniella att ta in, och de många frågetecknen kring instrumentet skulle förmodligen bara bidra till förvirringen.

Om det dessutom skulle visa sig, funderade Antonio vidare, att fiolen är värdefull så skulle ansvaret komma att vila tungt på Daniellas axlar – och på hans egna. Enrico hade onekligen försatt honom i en svår sits, och som vanligt önskade han att Angela hade funnits vid hans sida för att bistå med kloka råd.

Antonio ruskade på huvudet och koncentrerade sig på den betydligt enklare uppgiften att blanda lagom mycket vatten i saften. När han, efter att ha provsmakat, kände sig nöjd med styrkan, hällde han rejält med isbitar i tillbringaren och ställde den på en bricka tillsammans med fyra glas.

"Jag tycker absolut att ni ska smaka på saften. Om inte annat så för att glädja min dotter." Han hällde upp i glasen och höjde sitt eget i en symbolisk skål.

"Åh, det var riktigt gott – och läskande", berömde Bianca. "Eller vad säger du, Johannes?"

Hennes son nickade instämmande och hällde i sig hela glasets innehåll i ett enda svep.

"Nå, Antonio", fortsatte Bianca, "det är väl lika bra att vi pratar om det här med mammas arv på en gång, eller hur? Vi är allihop väldigt nyfikna."

"Ja, självklart, det är ju därför ni är här. Men jag måste först avslöja att det finns en del märkliga omständigheter..."

"Förlåt att jag avbryter", sa Daniella. "Men kan du inte först avslöja *vem* det är som har skänkt mig det där huset egentligen. Det är så konstigt, jag har ju inga kända släktingar i Italien, bortsett från min avlidna mamma."

Antonio skruvade på sig. Av Daniellas ton att döma hade hon redan gissat svaret. Han tog sats och sa: "Daniella, det är din far som har låtit dig ärva huset i Castello Cabiaglio. Men det hade du väl redan räknat ut?"

Daniella vände blicken mot Bianca och nickade lätt. Även om de inte hade diskuterat saken, var ingen av dem förvånad. Ändå kändes det nästan chockartat för Daniella när orden uttalades – nu skulle hon visserligen få veta vem som var hennes pappa, men hon skulle aldrig få se honom i livet.

"Vem... vem var han? Kan du berätta...?" Daniella fick kämpa för att hålla rösten stadig. "Jag har väntat hela livet på att få veta, eftersom min mamma dog utan att ha avslöjat vem som var min far."

Antonio ryckte till av förvåning och utbrast: "Du menar att du inte ens vet namnet på din pappa?"

"Nej", suckade Daniella, "jag vet inte ett dugg om honom."

Antonio samlade sig en stund innan han fortsatte: "Oj... jag vet knappt var jag ska börja, men först kan det vara bra att känna till en sak: Enrico Ponti – ja, så hette din pappa – och jag själv var vänner, mycket goda vänner faktiskt, och du ska veta att jag sörjer honom djupt. Vi kände varandra under nästan hela livet och jag saknar honom som en bror."

"Enrico Ponti…", viskade Daniella, som om hon försökte mana fram en bild av mannen genom att uttala hans namn.

"Enrico var äldst av fyra syskon, och ende sonen till Franco Ponti och hans hustru Anna", fortsatte Antonio skyndsamt, som för att distrahera Daniella. "Franco var, hur ska jag säga, en driftig men inte alltid så hederlig affärsman här i Laveno. Jag ska inte gå in på några detaljer, men under kriget gjorde han sig en stor förmögenhet som Enrico sattes att förvalta efter Francos död 1953."

"Förlåt att jag frågar", sa Bianca, "men du sa att Franco var ohederlig som affärsman. Men var det likadant med Enrico?"

Antonio tänkte noga efter innan han svarade: "Jag känner inte till allting, men jag tror inte det. Däremot vet jag att Enrico använde en stor del av sitt arv för att köpa upp fastigheter här i Laveno – vilket inte var brottsligt, men kanske moraliskt klandervärt."

"Hur menar du?"

"Man kan väl säga att han drog nytta av situationen. Under flera år efter kriget hade människor det svårt. Landets ekonomi låg i spillror och folket led brist på det mesta. Endast ett fåtal hade pengar att handla för – men å andra sidan fanns det inte så mycket att köpa. Eftersom huspriserna låg i botten passade Enrico på att förvärva ett stort antal fastigheter i staden, vilket naturligtvis kan betraktas som ett sätt att 'tvätta' pappans pengar."

"Så då var han ändå en skurk", framhärdade Bianca.

"Nej, det vill jag inte kalla honom. Kanske lite väl girig, men inte någon lagbrytare. Och ett faktum är att Enrico kände en hel del skam över pappa Franco, vilket fick honom att lägga ner betydande ansträngningar för att rentvå namnet Ponti. Ja, det var faktiskt så jag kom in i bilden."

"Vad menar du?" Daniella, som hade suttit tyst en stund och lyssnat, blev genast på sin vakt. "Fick du tvätta min pappas smutsiga byk?"

"Nej, tvärtom", skyndade sig Antonio att svara. "Enrico anlitade mig som bolagsjurist för att allting skulle gå rätt till när han gjorde sina affärer." Han slog ner blicken när han erinrade sig att Enricos första åtgärd beträffande deras samarbete hade varit att erbjuda honom huset på Viale de Angeli till ett kraftigt rabatterat pris.

"Dessutom", fortsatte han, "gjorde Enrico en hel del samhällsnytta genom att låta uppföra skolor och sjukhus i trakten. Och han engagerade sig dessutom lokalpolitiskt, även om det kanske främst var för att främja sina egna intressen."

"På din beskrivning låter det som en ganska osympatisk person, tycker jag." Daniella lät besviken på rösten.

"Hm... låt mig uttrycka det så här: Enrico var en utpräglad, om än inte alltid framgångsrik, entreprenör som drevs av ett slags bekräftelsebehov. Men han var också varmhjärtad och generös mot sina vänner, till vilka jag får räkna mig själv som den allra närmaste."

Daniella ville gärna höra mer om Enricos bakgrund och historia, men det kändes som om de nu hade kommit till en punkt när de svåraste frågorna måste ställas. Hon tog ett djupt andetag och sa, med en röst som nästan bara var en viskning: "Berätta om min mamma. Hur träffades Gia och Enrico? Var de någonsin gifta? Och varför levde de inte tillsammans när jag föddes?"

Antonio betraktade Daniella med förvånad blick, och svarade: "Du menar att din mamma har aldrig berättat för dig..."

"Inte ett ord", avbröt Daniella. "Redan som barn förstod jag att jag aldrig skulle få veta namnet på min pappa, men

117

Gia vägrade dessutom att avslöja skälen till denna förtegenhet, eller varför hon hade valt att leva som ensamstående mamma. Du kan säkert föreställa dig vilka funderingar och misstankar som det gav upphov till. För att inte tala om den avgrund som uppstod mellan mig och min mor."

Antonio, som hade drabbats av egna funderingar och misstankar, tog en klunk saft för att hinna samla tankarna. Han kände naturligtvis till att Gia hade hemlighållit Daniellas existens för Enrico, men att hon hade gjort motsvarande sak mot sin dotter var obegripligt – och grymt. Gia måste ha haft ett hjärta av sten, även om det inte var så han mindes det...

"Hm...", började han dröjande, "jag är rädd för att jag inte kan besvara så många av dina frågor, men jag ska berätta det lilla jag vet."

Antonio tog sats och återgav sedan det han kände till om Enricos och Gias korta kärlekssaga: hur de träffades, Enricos framtidsplaner för dem båda, det hemliga husköpet, Gias plötsliga försvinnande, Enricos förtvivlan...

När han var klar med berättelsen lade sig en tankfull tystnad över sällskapet, innan Daniella viskade fram: "Det var jag."

"Vad menar du, mamma?" undrade Bianca.

"Det måste ha varit för att Gia väntade mig som hon gav sig av. Det stämmer med tidpunkten, eller hur Antonio? Jag föddes i oktober 1960 och Gia försvann ungefär åtta månader tidigare."

"Tja, det låter rimligt..."

"Men varför lämnade hon Enrico om de älskade varandra? Varför ville hon inte leva med mannen som var far till hennes barn?"

"Det får vi tyvärr aldrig veta", mumlade Antonio och vände blicken ut mot den vildvuxna trädgården. Jag måste rensa upp lite, funderade han sorgset, Angela skulle inte ha uppskattat den här snårskogen.

"Någonting måste ha hänt mellan dem", föreslog Bianca.

"Kanske något hemskt som fick henne att fly."

"Men det stämmer inte", sa Daniella fundersamt. "Antonio berättade just att Enrico var helt förkrossad efter Gias försvinnande, att han letade efter henne med ljus och lykta. Dessutom behöll han ju huset under alla år, ifall hon skulle återvända."

"Ja, men vi vet ju inte varför han letade efter henne", invände Bianca. "Han kanske hade sagt eller gjort något dumt som han ville ställa till rätta."

Antonio släppte tankarna på den försummade trädgården och sa, med skärpa i rösten: "Det tjänar ingenting till att spekulera, och vissa frågor kommer förmodligen att förbli obesvarade. Jag kan berätta mer om din pappa senare, Daniella, men nu föreslår jag att vi ägnar en stund åt det arv som Enrico lämnade efter sig."

Daniella suckade djupt. Hon kände sig fortfarande omtumlad efter att äntligen, efter alla dessa år, ha fått kunskap om vem som var hennes pappa – även om hon egentligen inte hade fått veta mycket mer än hans namn och yrke. Det får komma senare, tänkte hon, jag ska pumpa Antonio på fler upplysningar. Men så slog det henne ...

"Antonio, du har väl möjligtvis inte något fotografi på min pappa?"

Den gamle mannen strök sig över det silverfärgade håret och såg ut att tänka efter. Till slut sa han: "Det har jag säkert, men det tar nog en stund att leta fram det."

"Kan du tänka dig att göra det nu?" Daniella log vädjande mot honom. "Det skulle kännas bra att ha ett ansikte på pappa när vi pratar om honom – och om hans hus."

"Självklart." Antonio reste sig med knakande leder. "Jag

ska ändå gå upp på övervåningen och hämta testamentet, som ni bör läsa igenom. Är det något annat jag kan förse er med? Kaffe kanske?"

"Finns det mer saft?" undrade Johannes.

12

Castello Cabiaglio såg ut att vara en sömnig liten by, ensligt belägen uppe i bergen intill naturreservatet Campo dei Fiori. Färden hit hade gått på smala, slingrande vägar och Bianca drog en suck av lättnad när de svängde in på parkeringsplatsen i utkanten av samhället. Trots att Marina hade kört lugnt och försiktigt hela vägen kände sig Bianca lätt illamående, och när hon vände blicken mot Johannes kunde hon konstatera att sonen var blek och svettig.

"Behöver du kräkas?" undrade Bianca ängsligt.

"Nej, det går bra", mumlade Johannes fram. "Jag måste bara ha lite frisk luft."

"Samma här", sa hon och öppnade dörren för att kliva ut.

"Vad sägs om att gå en promenad runt byn?" föreslog Marina. "Och om aptiten återvänder kan vi äta lunch om någon timme."

"Det låter bra", sa Daniella, medan hon plockade fram fotografiet av sin pappa, som Antonio hade givit henne igår. Hon stirrade på bilden i ett fruktlöst försök att spåra några likheter mellan Enrico och sig själv.

Under tiden som Bianca och Marina tog itu med att lyfta ut rullstolen ur bagageutrymmet, tänkte Daniella tillbaka på gårdagen: Antonio hade lämnat över Enricos testamente och läsningen hade gjort henne tårögd, eftersom det var lätt att leva sig in i pappans sorg över att behöva dö utan att ha fått träffa sin dotter. Daniella kunde inte begripa varför Gia varit så grym mot Enrico.

Efter att ha läst igenom testamentet flera gånger hade Antonio förklarat att Daniella stod som laglig arvinge till såväl huset i Castello Cabiaglio som alla dess inventarier, och att han själv hade fått upplysningar av Enrico om var de skulle leta efter ett "förmodat värdefullt föremål".

Daniella hade hajat till av förvåning vid omnämnandet av det "värdefulla föremålet", men inte lyckats avlocka Antonio några fler upplysningar i ämnet. Det enda som han avslöjade var att Enrico hade efterlämnat en skiss som angav var de skulle hitta "gömstället".

Och nu befann de sig här – eller snarare en knapp kilometer från själva huset – i en by som liknade många andra italienska småorter på landsbygden: urgamla, lätt lutande, stenhus med fönsterluckor, valvbroar över de trånga gränderna, ett litet brant torg med ett krigsmonument i mitten.

Daniella smög ner fotografiet av Enrico i handväskan och gjorde sig beredd att ta plats i rullstolen som Bianca hade rullat fram.

"Det ser ut att vara en del backar", konstaterade Antonio, som lutade sig mot bilen och spanade upp mot byn. "Kanske blir det svårt med rullstolen?"

"Äh, vi är ju tre personer som kan skjuta på", sa Marina glatt. "Och jag räknar inte med dig, pappa. Du ska inte anstränga dig."

Antonio suckade och ryckte på axlarna, han visste att det inte var någon idé att argumentera med Marina.

Bianca log i smyg när hon hörde far och dotter samtala. Det var uppenbart att de hade en nära relation och att Marina var rörande hänsynsfull och beskyddande mot sin pappa. Den yttre likheten mellan dem var också tydlig: Marina hade ärvt Antonios slanka kropp, strama anletsdrag och skärskådande blick. Bianca gissade att Marina var några år yngre än Daniella, men hennes grånade hår och väderbitna ansikte lade ytterligare år till hennes faktiska ålder.

Castello Cabiaglio visade sig vara ännu mindre än de först hade trott, och efter en timmes promenerande hade sällskapet sett nästan varenda gata och hus i byn. Den friska luften tycktes göra Johannes gott och när de stannade framför en liten restaurang vid torget svarade han jakande på Biancas fråga om han var hungrig.

Ristorante L'airone Rosa var ett enkelt och anspråkslöst ställe med begränsad meny, men maten var lagad med kärlek och alla fem slukade sina pastarätter, medan de njöt av stillheten på den lilla uteserveringen.

"Det här saknar jag i Stockholm", konstaterade Bianca, när de hade avslutat måltiden. "Nästan överallt i Italien, på minsta matställe, kan man vara säker på att maten är omsorgsfullt tillagad och oftast fantastiskt god."

"Ja", sa Marina, "vi italienare är stolta över vår mattradition, därför finns det inte så många snabbmatskedjor i vårt land. Sedan har vi ju tillgång till fantastiska råvaror..."

"Jag har sett den där mannen tidigare." Johannes plötsliga inpass satte punkt för diskussionen om italiensk matkultur.

Fyra par förvånade ögon vändes mot Johannes, som nickade bort mot det lilla torget. Bianca var den som först fick mål i munnen: "Vad menar du, Johannes? Vem har du sett tidigare? Och var?"

"Mannen som sitter där borta vid statyn. Jag såg honom på restaurangen igår."

Allihop tittade bort mot krigsmonumentet, där en person satt på en bänk och läste i en tidning. Det gick inte att se mannens ansikte, men de kunde konstatera att han var lång och kraftigt byggd samt klädd i en skrynklig, krämfärgad linnekostym.

"Hur kan du veta att det är samma person?" undrade Daniella. "Det går ju inte att se hans ansikte."

"Han gömmer sig bakom tidningen nu, men förut tittade han på oss. Jag känner igen honom."

Marina och Antonio såg tvivlande ut, men Bianca och Daniella visste att Johannes hade en förmåga att registrera detaljer som ingen annan lade märke till.

Marina skulle precis komma med en invändning, när mannen vek ihop tidningen och reste sig från bänken. Utan att vända ansiktet åt deras håll gick han iväg från platsen med snabba steg.

Antonio kände en rysning sprida sig längs ryggraden. Om det stämde att de var bevakade så måste det sannolikt ha att göra med Enricos hus, eller mer troligt med fiolen. Men hur var det möjligt? Antonio hade ju inte visat de båda avslöjande breven för någon annan människa, inte ens för Marina.

Reflexmässigt sökte sig Antonios hand till kavajfickan där han hade lagt skissen över stället där fiolen låg gömd. Egentligen borde han, enligt Enricos instruktioner, redan ha låtit Daniella läsa Giovanni Navarros brev, men någonting hade fått honom att tveka.

Antonio ruskade på huvudet i ett försök att befria sig från olustkänslan som drabbat honom. Han sänkte rösten till en viskning och sa: "Vi ska inte dra några förhastade slutsatser, men om det nu visar sig att vi står under bevakning måste vi vara ytterst försiktiga så att inte fiolen…" Antonio avbröt sig tvärt när han insåg att tungan hade halkat.

"Fiolen?" utbrast Marina häpet. "Du vet alltså vad det är för föremål som ligger gömt i huset. Men varför har du inte berättat det för oss?"

"Eh, jag vet inte…", svarade Antonio skuldmedvetet, "eller egentligen var det för att jag ville vänta tills vi vet säkert att föremålet… öh, fiolen alltså… ligger kvar på sin plats."

"Du är ju hopplös, pappa", suckade Marina. "Finns det fler saker som du har hållit hemliga?"

Antonio slog ner blicken, likt en liten pojke som ertappats med att göra något otillåtet, och sa sedan tyst: "Vi kan ta det i bilen, när vi åker till huset."

Inne i bilen var det stekhett, men det blev snabbt svalare när Marina drog upp luftkonditioneringen på full effekt. Hon kände sig fortfarande upprörd över att hennes pappa inte hade avslöjat alla detaljer kring Enricos arv, och hon köpte inte Antonios stammande förklaring om att innehållet i Enricos brev var "av konfidentiell karaktär".

"Jag begriper inte vad du håller på med?" muttrade Marina, medan hon med ryckiga rattrörelser svängde ut från parkeringen. "Om du vet något om det här gömda föremålet – som tydligen är en fiol – så har du skyldighet att informera Daniella, eftersom den ingår i hennes arv."

Antonio suckade djupt när han insåg att han var besegrad, och med entonig röst gav han en redigerad sammanfattning av innehållet i Enricos brev, samt en hårt bantad version av Navarros berättelse, där han avsiktligt utelämnade uppgifterna om fiolens mystiska egenskaper.

När han var klar satt alla tysta en stund innan Daniella tog till orda: "Du menar alltså att det ligger en gammal fiol gömd i huset – en fiol som tidigare har ägts av Paganini. Det verkar ju helt otroligt."

"Ja, om den nu finns kvar", svarade Antonio dröjande. "Den kan ju ha försvunnit någon gång under de sextio år som har passerat sedan Enrico såg den senast."

"Åh, jag kan knappt vänta tills vi är framme och kan undersöka saken", fortsatte Daniella upprymt. "Och jag är ännu mer nyfiken på att se själva huset."

* * *

I själva verket kunde Daniella inte se någonting alls av sitt ärvda hus. Stigen som ledde fram till *la casa della strega* visade sig nämligen vara oframkomlig med rullstol.

Efter en kort diskussion enades de om att Marina skulle stanna kvar hos Daniella vid bilen medan Antonio, Bianca och Johannes besökte huset. Daniellas besvikelse över att inte kunna följa med lindrades något av Johannes förslag att han skulle låta sin mormor ta del av allt via FaceTime.

"Dessutom", sa Bianca, med allvarlig röst, "är det bra om ni stannar kvar här, för att se om någon skuggar oss." I nästa sekund ångrade hon sina ord: tänk om Daniella och Marina utsattes för fara ifall en förföljare skulle dyka upp.

"Vi kastar oss på tutan om något skulle hända", skrattade Daniella, som om hon hade kunnat läsa sin dotters tankar.

"Som ni märker", sa Antonio, när de hade passerat grinden in till den vildvuxna tomten, "så är trädgården en aning... öh, eftersatt. Eller, om jag ska vara ärlig, rena djungeln. Men sånt går ju alltid att åtgärda." Sedan slog det honom att han lät som en mäklare – och det var ju inte ens säkert att Daniella hade för avsikt att behålla huset.

Johannes lät mobilen panorera över tomten, vilket gav upphov till små glada utrop från hans mormor: "Underbart! Det ser ut som en tavla av Monet..."

"Huset däremot", fortsatte Antonio, "är i mycket gott skick, både utvändigt och invändigt."

De närmade sig den bastanta ekdörren, ackompanjerade av Daniellas kommentarer i mobilen: "Åh, så härligt rustikt! Vilket vackert hus..."

Antonio fick fram nyckeln och låste upp. Med en gest bjöd han Bianca och Johannes att kliva in.

Bianca sneglade mot Johannes för att se om han reagerade på den lukt som dröjde sig kvar i huset – en blandning av fukt och inpyrd rök – men sonen var så fokuserad på sin uppgift att han inte verkade bry sig.

"Här inne har Enrico låtit sätta in större fönster samt altandörrar", berättade Antonio, när de steg in i husets största rum. "Kanske ett litet stilbrott mot det ursprungliga utseendet, men jag tycker om ljuset i rummet. Och så kommer man direkt ut på terrassen." Antonio gick fram och öppnade dörrarna så att den ljumma, friska luften strömmade in och jagade de unkna dofterna på flykten.

"Oj, vilket härligt rum", hördes Daniellas röst i Johannes mobil. "Och en terrass dessutom! Kan jag få se trädgården på baksidan också?"

Bianca och Antonio gjorde Johannes sällskap ut på den stenlagda uteplatsen som skuggades av ett resligt fikonträd. Från alla håll hade den otuktade växtligheten trängt allt närmare huset, likt en armé som bara väntade på det slutliga anfallet, men det gick ändå att föreställa sig hur fint det skulle kunna bli efter ett omfattande röjningsarbete.

"Här skulle jag kunna tänka mig att tillbringa dagar som den här", utbrast Bianca högt, så att hennes mamma skulle höra. "Det behövs inte ens något parasoll, eftersom trädet ger skugga."

"Ja", instämde Antonio, "det är en underbar plats på sommaren, men vintrarna här uppe i bergen kan vara bistra. En hel del snö, och ofta kallt och blåsigt. Ja, som ni märkte har det eldats en hel del i huset genom åren, för att hålla kylan borta."

De återvände in till salongen där Johannes lät mobilen panorera över det smakfullt möblerade rummet, där den svarta flygeln var medelpunkten.

"Det ser ut som scenografin till en film", konstaterade Bianca och fick genast medhåll av Daniella.

"Vi kanske ska ta en titt på övervåningen också", sa Antonio, och kom återigen på sig själv med att låta som en mäklare.

"Ja, det är kanske där som den mystiska fiolen ligger gömd." Bianca hade svårt att dölja sin upphetsning.

"Jo, kanske det…" Antonio skruvade på sig vid tanken på det påstått olycksbringande instrumentet.

De gick långsamt uppför den knarrande trätrappan till en övre hall och fortsatte sedan genom tre glest möblerade rum som verkade vänta på att någon skulle bestämma vad de skulle användas till. Det fjärde rummet var trivsamt inrett som sängkammare och Bianca kände ett styng av sorg när hon insåg att Enrico aldrig hade fått chansen att sova här tillsammans med sin Gia.

Antonio fäste deras uppmärksamhet på en liten tavla ovanför sänggaveln, ett kvinnoporträtt som Bianca tyckte påminde om Mona Lisa. "Där ser ni en olja av Daniele Crespi. Jag vet inte hur Enrico fick tag på den, men den är värd en hel del pengar."

"Hörde du, mamma?" Bianca talade rakt in i Johannes mobil.

"Men hur kan ett värdefullt konstverk hänga så öppet? Det kan ju bli stulet." Daniella lät bekymrad på rösten.

"Jag är mer oroad över att tavlan kan bli förstörd av fukten", mumlade Antonio. "Men Enrico ville aldrig röra en pryl i huset så länge han levde."

"Menar du att han aldrig besökte huset under alla år som det stod tomt?" undrade Bianca. "Och tavlan – han kunde ju ha sålt den om han behövde pengar?"

"Jag vet faktiskt inte om han själv var här någon gång, men det blev nog en fix idé hos Enrico att Gia skulle återvända och att de båda skulle bo i huset. Till dess skulle ingenting förändras."

"Vad tragiskt", viskade Bianca för att hennes mamma inte skulle höra henne genom mobilen.

"Mycket", sa Antonio tyst, samtidigt som han rös till vid tanken på sin egen medverkan i tragiken.

"Batteriet håller på att ta slut." Johannes röst återbördade dem till nuet.

"Okej, men jag tror ändå att vi har fått med allting", sa Bianca. "Eller finns det mer, Antonio?"

"Nej, inget annat än källaren, men där har jag själv aldrig varit. Jag vet inte ens om vi kommer in med samma nyckel, men jag kan höra med förvaltaren ..."

"Det är ingen brådska. Men nu tycker jag att vi koncentrerar oss på den där fiolen. Eller vad säger du, Johannes?" Bianca lät förväntansfull.

Det blänkte till i Johannes ögon och han svarade med ivrig röst: "Ja, jag vill hemskt gärna se den. Tror du att den går att spela på, mamma?"

"Jag har ingen aning", svarade Bianca med ett skratt. "Men det får vi nog snart veta. Åh, det ska bli så spännande!"

Antonio verkade inte fullt lika entusiastisk över utsikterna att hitta fiolen, men han fiskade upp lappen med Enricos skiss ur fickan och sa sammanbitet: "Som jag har förstått det ligger gömstället under golvet i hallen, till höger om trappan."

Han lämnade sovrummet, med Bianca och Johannes tätt i hälarna, och gick ut i den långa hallen som sträckte sig längs hela husets längd.

"Det är nästan som att leta efter en sjörövarskatt", viskade Bianca till Johannes. "Med en äkta skattkarta och allt."

Antonio stannade till och fiskade upp sina glasögon ur fickan. Han studerade kartskissen och pekade sedan ut ett ställe på golvet, alldeles intill väggen.

"Här ska det finnas en lucka, men vi måste först flytta på

mattan", konstaterade Antonio, samtidigt som han stack ner handen i kavajfickan och fingrade på brevkniven som han, enligt Enricos anvisningar, hade tagit med sig.

Bianca tog tag i mattkanten och vek den åt sidan så att trägolvet blev synligt. Golvplankorna såg ut att vara i nyskick, vilket förmodligen också var fallet – även om det var sextio år sedan hantverkarna lade in ett nytt golv. Någon lucka gick dock inte att upptäcka.

"Är du säker på att det är rätt ställe?" undrade Bianca besviket. "Det borde väl synas om det finns en lucka i golvet, kanske ett handtag, eller gångjärn …"

Antonio strök handen över sitt silvervita hår och sa: "Enligt skissen är vi på rätt ställe, men jag börjar nästan misstänka att Enrico har lagt ut ett villospår. Eller om han kanske menade att vi skulle bryta upp golvet."

"Jag undrar varför han valde det här gömstället", suckade Bianca. "Om fiolen är värdefull, varför placerade han den inte i ett kassaskåp?"

"Ja, säg det", muttrade Antonio, medan han funderade på om Enrico kanske hade tagit intryck av Navarros varning om att fiolen kunde utgöra en fara för dess ägare.

Under tiden som Bianca och Antonio samtalade hade Johannes börjat undersöka brädgolvet. Han använde mobilens sista batterireserv för att lysa upp det förmodade lönnfacket, utan att hitta någonting som liknade en lucka.

Besviket strök han med fingrarna över golvet.

Och då kände han den: en smal skåra, bara några millimeter bred, i skarven mellan två golvbrädor.

"Här är något", mumlade Johannes ivrigt.

Bianca tog fram sin egen mobil och tände ficklampan, innan hon böjde sig ner bredvid sin son.

Johannes nästan slet mobilen ur Biancas hand och lade sig ner, med ansiktet bara någon decimeter från golvet.

"Jag ser något som blänker", grymtade han, "en bit ner i skåran."

Genast gick det upp ett ljus för Antonio, och han förstod varför Enrico hade insisterat på att brevkniven skulle medföras till huset. Den utgjorde naturligtvis själva nyckeln – eller snarare var det E:et på skaftet som var nyckeln.

Antonio stack ner handen i kavajfickan, halade fram brevkniven och räckte över den till Johannes.

"Pröva den här", sa han.

Det klickade till i låset när Johannes vred på "nyckeln". Ett parti av golvet – ungefär en gånger en halv meter stort – fjädrade upp några millimeter, och med hjälp av naglarna kunde Johannes få grepp om kanten och glänta på locket till lönnfacket.

"Det var som sjutton", utbrast Antonio. "Så enkelt och ändå så svårt att upptäcka. En fjäderbelastad lucka som är osynlig tills man låser upp spärren."

Johannes fortsatte att treva med fingrarna längs luckans kanter tills han fick grepp och kunde lyfta på locket till gömstället.

Tre par nyfikna ögon stirrade ner i hålrummet som hade blottats i golvet. I ljuset från Biancas mobil skymtade ett svart, avlångt föremål.

Det rådde ingen tvekan om att det var en fiollåda.

Antonio rös till av en plötslig olustkänsla.

Han visste att de hade återupptäckt Paganinis fiol.

Frågan var om de även hade väckt liv i dess förbannelse?

13

"Jaha, vad gör vi nu?" Marina slängde ur sig frågan, utan att egentligen förvänta sig något svar.

Allihop hade samlats runt Daniella som satt i sin rullstol utanför bilen, med den öppna fiollådan i knät. Antonio hade propsat på att hon, i egenskap av rättmätig ägare till instrumentet, skulle vara den som blottade lådans innehåll.

Daniella hade först tvekat en stund, som om hon fruktade att några demoner skulle flaxa upp ur lådan, men till slut hade hon gläntat på locket.

Antonio, som i hemlighet önskat att fodralet skulle vara tomt, hade med ens känt hur ansvaret tyngde hans axlar – uppdraget som Enrico givit honom hade nu inletts.

Bianca hade upplevt något av ett antiklimax när fiolen exponerades. Hon hade nästan förväntat sig att se ett skimrande magiskt föremål, men instrumentet som vilade på det blekta, röda sidentyget såg högst alldagligt ut – lite medfaret av ålder och användning, med två saknade strängar och en trasig stämskruv.

Johannes, slutligen, hade betraktat fiolen med nyfiket vaksamma ögon, som om han hoppades på att få ett telepatiskt budskap från dess tidigare ägare. Vetskapen om att Niccolò Paganini hade spelat på just det här instrumentet fyllde honom med både fascination och bävan. Lusten att ta upp fiolen och sätta den under hakan blev nästan outhärdlig.

En lång stund var allihop försjunkna i egna tankar, ända tills Johannes bröt tystnaden: "Stråken saknas…"

"Är du sugen på att spela?" undrade Bianca, när hon lade märke till de lystna blickarna som sonen kastade på fiolen.

"Jo…" Johannes drog på orden medan en rodnad spred sig över hans kinder. "Jag skulle gärna vilja, men förutom stråken saknas det strängar. Och stämskruven är trasig. Tror du att vi kan lämna in den och få den lagad?"

Innan Bianca hann svara, harklade sig Antonio och sa med behärskad röst: "Ska vi låsa in fiolen i mitt kassaskåp, eller lämna in den för reparation med en gång? Ja, det är väl snarast du, Daniella, som ska avgöra detta eftersom du nu äger instrumentet."

Daniella släppte fiolen med blicken och betraktade forskande de fyra övriga. När hennes ögon till slut fastnade på Johannes kunde hon omedelbart utläsa vilka tankar som rörde sig i hans huvud.

"Jag tänker så här", sa Daniella fundersamt och vände sig mot Antonio. "Om vi lämnar in fiolen på reparation så kanske vi samtidigt kan få den värderad. Efter det kan vi ta ställning till hur vi går vidare."

Bianca övervägde sin mammas förslag och sköt sedan in en fråga till Antonio: "Känner du till om det finns någon instrumentverkstad i närheten? Kanske i Laveno?"

"Nej, nej" svarade Antonio med eftertryck. "Laveno är en alldeles för liten ort för att hysa en instrumentverkstad. I alla fall har jag aldrig hört talas om någon. Men det kan ju finnas någon i Varese, som är en betydligt större stad – om än inte jättestor."

"Det finns två fiolmakare", hördes det några sekunder senare från Johannes, som hade fått nytt liv i sin mobil med hjälp av en powerbank.

"Det var som sjutton!" sa Antonio häpet. "Att det finns två fiolbyggare i en så förhållandevis obetydlig stad som Varese. Man lär sig något nytt varje dag."

"Kan vi åka dit med en gång?" Ivern stod tydligt att läsa i Johannes ansikte.

"Tja", sa Marina. "Varese ligger ju alldeles i närheten, inte mer än tjugo minuter med bil. Men vi gör väl ingenting förhastat nu? Jag menar att vi kanske borde tänka igenom det här ordentligt."

Antonio funderade återigen på den okända förföljaren som Johannes hade upptäckt vid två tillfällen. Det var svårt att ignorera dessa incidenter, men å andra sidan var det omöjligt att veta om de hade något samband med fiolen. Sunda förnuftet talade ändå för att så snabbt som möjligt se till att instrumentet hamnade på ett säkert ställe – om det fanns något sådant.

Daniella verkade dock redan ha bestämt sig. Hon stängde igen locket om fiollådan och sa: "Oavsett vad vi kommer fram till beträffande fiolens vidare öde, så vore det väl inte fel att få den reparerad."

Johannes lyste upp och började läsa från sin mobil: "Mattia Brunetti har byggt fioler och andra stränginstrument sedan 1992 och har vunnit flera utmärkelser i internationella tävlingar."

"Finns det tävlingar i fiolbygge?" undrade Marina häpet.

Utan att ta notis om hennes fråga fortsatte Johannes: "Mattia Brunetti åtar sig att renovera, värdera och sälja äldre italienska fioler ..."

"Men det låter ju perfekt", sa Daniella. "Vad säger du Marina, är det för mycket besvär att skjutsa oss till Varese?"

"Nej, inte alls. Men ..."

"Jag förstår att du tvekar, Marina", sköt Antonio in. "Att lämna fiolen hos en vilt främmande människa innebär ju en risk, men på beskrivningen låter den här Brunetti som en person med gott renommé, och han skulle väl knappast riskera sitt rykte genom att lura oss på något sätt."

"*Alora*, då åker vi vidare till Varese", sa Marina och visade upp ett tillkämpat leende. "Det är ju trots allt inte min fiol", lade hon muttrande till.

* * *

"*Madonna mia...*"

Mattia Brunetti såg ut att kämpa för att få luft där han stod i sin verkstad med fiolen i handen. De uppspärrade ögonen var stora som golfbollar bakom hans starka glasögon, och handen som greppade instrumentet darrade häftigt.

"Hur har ni... jag menar, vem... eller... äh, jag vet inte var jag ska börja", stammade den märkbart uppskakade mannen.

När det fem personer stora sällskapet traskat, respektive rullat, in i Mattias verkstad för några minuter sedan, hade han stönat inombords. Ännu en familj som kommer dragande med en "släktklenod", hade han tänkt när den vithårige mannen – som hade presenterat sig som Antonio Monteverdi – försynt undrat om det var möjligt att få en äldre fiol reparerad, kanske även värderad.

När Mattia tagit emot fiollådan hade han konstaterat att den faktiskt såg både äldre och elegantare ut än han först hade trott. Tidigt 1700-tal hade hans kännarögon förbluffat registrerat.

Chocken kom när han öppnade locket och fick se fiolen. Mattia behövde inte många sekunder för att känna igen den – eller snarare den hand som låg bakom instrumentet. Och om han först hade hyst några tvivel, blev han omedelbart övertygad när han lyfte upp fiolen ur det sidenklädda fodralet. Det rådde inga tvivel om saken: det var en Guarneri – och inte vilken Guarneri som helst.

"Ni får ursäkta mig", mumlade Mattia när han hade hämtat sig efter den första överraskningen, "men det är inte varje

135

dag jag ser något liknande. Ja, jag ska erkänna att det faktiskt är första gången."

"Ser vad?" undrade kvinnan som satt i rullstol. "Menar du att det är en sällsynt fiol?"

"Sällsynt?" utbrast Mattia. "Om jag inte misstar mig är detta ett av Guarneris absolut förnämsta arbeten. Jag måste förvissa mig om saken, men redan utformningen av snäckan – ja, ni ser kanske att den liknar ett G – avslöjar dess upphovsman. Ingen annan fiolmakare på den tiden vågade sätta en sån synlig och personlig stämpel på sina arbeten – ingen förutom Giuseppe Guarneri. Och han gjorde det bara med de byggen som han ansåg vara fulländade – vilket råkar vara exakt tre stycken."

Antonio hajade till vid beskrivningen av den unika Guarnerin, eftersom han nu fick bekräftat att fiolen som Daniella fått ärva var värdefull – kanske till och med ovärderlig.

"Du menar alltså att den här fiolen är en av de tre bästa som Guarneri har tillverkat?" Daniella lät klentrogen. "Då måste den väl vara värd en hel del pengar, förmodar jag?"

Mattias blick irrade mellan fiolen och Daniella. Han försökte komma underfund med hur Guarneris klenod hade kunnat hamna i händerna på dessa fem, som det verkade, helt ovetande människorna. De såg knappast ut som ett gäng tjuvar eller bedragare, inte heller som några förfalskare (som Mattia faktiskt hade varit med om att avslöja för inte så länge sedan).

"Törs jag fråga var, och hur, ni har fått tag på fiolen?" Mattia undvek avsiktligt att svara på den nyss ställda frågan om instrumentets värde.

Daniella lät blicken vandra runt bland de övriga. Under bilfärden till Varese hade de kommit överens om att inte avslöja för mycket om vare sig fiolens ursprung eller tidigare ägare. Samtidigt var det viktigt att Mattia Brunetti inte fick intrycket att de var en samling skojare eller brottslingar – det skulle annars kunna leda till att han slog larm hos polisen.

"Jag har fått fiolen i arv efter min far", sa Daniella med, som hon hoppades, förtroendeingivande röst.

Hon ville till varje pris hindra Mattia från att ställa följdfrågor, därför fortsatte hon obesvärat: "Åh, förlåt, Mattia, men jag borde ju ha presenterat oss tidigare. Jag själv heter Daniella och det här är min dotter Bianca, och mitt barnbarn Johannes. Antonio, som du redan har hälsat på, var min pappas gode vän och tillika advokat. Sedan har vi Marina, som är dotter till Antonio och även hon jurist."

"Jaha", sa Mattia, och tittade forskande på kvinnan som hade presenterat sig som Daniella. "Jag förmodar att din far var violinist? Och att du har hört honom spela?"

"Jag måste tyvärr svara nej på båda frågorna", sa Daniella i neutral ton. "Utan att gå in på några detaljer, kan jag avslöja att min pappa har ... eh, förvarat instrumentet åt mig och att jag nyligen har fått överta det, efter pappas frånfälle ..."

"Jag beklagar sorgen." Mattia verkade en aning besviken över Daniellas korta förklaring, men han var alldeles för artig för att snoka vidare. I bakhuvudet viskade dock en liten röst att det fanns mer i den här historien än det verkade.

"Tack", sa Daniella, utan att släppa Mattia med blicken. "Jag har full förståelse för om du inte genast kan göra en värdering av instrumentet, men den viktigaste frågan är om det går att reparera skadorna? Kanske också göra en översyn så att det går att spela på fiolen."

Efter att ha funderat en lång stund suckade Mattia djupt och sa: "En reparation och översyn av fiolen går nog ganska snabbt – skadorna ser inte ut att vara särskilt allvarliga – men beträffande värderingen måste jag tyvärr göra er besvikna. Visst, jag skulle kunna gissa på en summa, men för att kunna veta mer exakt måste någon erkänd expert kopplas in. Dessutom går det inte att sätta en exakt prislapp på en Guarneri – det avgörs vid en eventuell auktion."

Antonio, som avsiktligt hade låtit Daniella föra talan, kom nu med en fråga som hade oroat honom ända sedan han fick kännedom om fiolens existens: "Om det nu råkar vara en värdefull fiol, hur ska vi då bära oss åt för att skydda den? Måste vi ha den inlåst i ett bankfack, tror du? Jag frågar därför att Johannes här har uttryckt önskemål om att spela på fiolen. Men vågar vi verkligen …?"

Mattia betraktade tankfullt den äldre mannen. Han kunde ana att Antonio fiskade efter en bekräftelse på att fiolen borde förvaras bakom lås och bom. Och Mattia kunde absolut förstå honom: att skylta med en unik Guarneri innebar en avsevärd risk – en risk som han själv aldrig skulle våga ta.

"Tja …" Mattia tvekade med svaret. "Om fiolen ska säljas borde den definitivt hållas inlåst på ett säkert ställe i väntan på auktionen. Och samma sak gäller så klart om ni tänker använda instrumentet: se till att det alltid förvaras skyddat från stöld, brand, fukt, värme … ja, det finns mängder av faror som hotar och jag är osäker på om det ens är möjligt att försäkra ett instrument av det här slaget – åtminstone skulle premien bli skyhög."

Antonio föreföll nöjd med svaret, och han hoppades att de samlade argumenten skulle få Daniella att prioritera fiolens säkerhet, något som borde göra hans egen uppgift oändligt mycket enklare. Han sneglade mot Daniella, som tycktes vara försjunken i tankar, och han bad en stilla bön om att hon skulle fatta ett förnuftigt beslut.

"Mattia …", började Daniella efter en lång stunds tystnad. "Jag måste ställa frågan på nytt: Kan du tänka dig att utföra nödvändiga reparationer på fiolen?"

Mattia såg först ut att tveka, men sa sedan, med högtidlig röst: "Det skulle vara ett privilegium att få arbeta med Guarneris mästerverk, och jag åtar mig gärna uppdraget. Men det innebär också ett stort ansvar, och därför måste jag sätta upp några villkor."

"Naturligtvis", sa Daniella lättat.

"För det första fråntar jag mig allt ansvar beträffande fiolens säkerhet under tiden som den finns här. Och för det andra vill jag inte behålla instrumentet längre tid än ett dygn. Jag har visserligen ett stadigt kassaskåp, men det är långt ifrån bergsäkert."

"Utmärkt, då hämtar vi fiolen imorgon", skyndade sig Antonio att flika in.

"Bara en sista fråga, Mattia", sa Daniella. "Skulle du våga dig på en gissning av värdet på fiolen, bara så att vi vet på ett ungefär?"

Mattia rev sig i håret och mumlade fram: "Som sagt, omöjligt att veta vad priset hamnar på vid en budgivning – och mycket beror på fiolens skick – men jag skulle tro att den kan säljas för minst fem miljoner ..."

Först hördes en kollektiv flämtning, och när Bianca nåddes av den fulla insikten kved hon fram: "Euro ...?"

"Ja, naturligtvis", svarade Mattia. "Fem miljoner euro ... minst."

14

"Du måste förstå en sak, Antonio." Daniellas röst lät bestämd, på gränsen till hård. "Jag har en mycket speciell relation med mitt barnbarn. Johannes är en oerhört begåvad pojke, men han är också väldigt känslig. Därför är jag beredd att göra allt som står i min makt för att hans liv ska bli så bra som möjligt."

"Jo, jag förstår…" Antonio lade pannan i djupa veck och skakade på huvudet. "Men ni tar allihop en stor risk om fiolens existens offentliggörs. Hur skulle ni kunna skydda den, tror du? Eller ska Johannes spela inne i ett kassavalv?"

Daniella satt tillsammans med Antonio på terrassen utanför hans magnifika hus. På bordet stod resterna efter den frukost som de precis hade intagit, under de korta avbrotten i den alltmer upprörda diskussionen.

Vid gårdagens hemfärd från Varese hade de allesammans befunnit sig i ett lättare chocktillstånd efter beskedet om att fiolen inte bara var en raritet, utan också en dyrgrip. I tystnaden som uppstått hade det känts som en lättnad när Johannes framfört önskemål om att göra en båttur till några av öarna i Lago Maggiore.

Det var just av den anledningen som Bianca och Johannes hade stigit upp tidigt den här morgonen. Innan det var dags att återvända till Varese för att hämta fiolen hos Mattia Brunetti ville de hinna ut till Isola Madre för att besöka den botaniska trädgården och beskåda den berömda cypressen.

Antonio hade erbjudit sig att hämta Daniella på hotellet och hålla henne sällskap fram till dess att Bianca och Johannes återvände från sin utflykt. Arrangemanget passade utmärkt, eftersom Daniellas rullstol hindrade henne från att följa med på båtutflykten. Dessutom fanns det saker att diskutera som Daniella ville ta i enrum med Antonio. Som det här med Johannes...

"Han skulle bli så lycklig", fortsatte Daniella. "Musiken betyder allt för Johannes och du märkte kanske själv vilka trånande blickar han kastade på fiolen."

Antonio suckade. Han hade visserligen förstått sedan länge att Enricos begäran om att bistå Daniella skulle bli en utmaning, men inte att uppdraget skulle kompliceras av en sextonårig violinist. Jag är för gammal för det här, tänkte Antonio uppgivet, innan han kom med nästa invändning: "Menar du alltså att du tänker avstå från pengarna som fiolen skulle inbringa, bara för att Johannes ska kunna spela på den?"

"Pengar kan inte påverka Johannes mentala välbefinnande, men fiolen kanske kan göra det", sa Daniella bestämt.

Antonio konstaterade förundrat att Daniella visade prov på samma hårdnackade envishet som han själv. Ja, det var faktiskt inte den enda likheten: de hade också samma korta, seniga kroppsbyggnad och utmejslade anletsdrag, där den höga pannan var det främsta kännetecknet.

"Vi kanske kan lämna fiolfrågan en stund", sa Antonio i försonande ton. "Du har ju ärvt ett helt hus också, men vi har ju knappt sagt ett ord om det."

"Du har rätt." Daniella skrattade till. "Det hamnade helt i skymundan efter allt ståhej med fiolen."

Sedan fortsatte hon i dystrare ton: "Det känns så sorgligt. Jag menar, huset är fantastiskt och jag skulle gärna behålla det, men som läget är nu kan jag ju inte ens besöka stället."

Med den friska armen gjorde Daniella en svepande rörelse över sin kropp. Därefter vände hon blicken mot Antonio och fortsatte, med vemod i rösten: "Egentligen borde jag väl inte säga det här – och jag vet att Bianca skulle bli ursinnig – men ända sedan jag vaknade upp från min stroke har jag haft en föraning om att jag ska sluta mina dagar här i Italien, och att det ska ske snart..."

Antonio ryckte till, som av en plötslig stöt, och utbrast: "Varför säger du så? Du verkar ju ha återhämtat dig fint."

"Jag vet inte..." Daniella slog ner blicken och pillade lite nervöst på den halvätna cornetton som låg framför henne. "Den här känslan som jag har hänger egentligen inte samman med min hjärnblödning. Det är snarare som om en film spelas upp i mitt huvud – som om jag kan se framåt i tiden till en viss punkt och att det sedan blir helt svart. Ibland känns det som om hjärnblödningen gjorde mig extra känslig – ja, det kanske var några synapser som kopplades fel. Och jag vet inte ens om den här... eh, föraningen handlar om mig, men den är i alla fall väldigt påtaglig. Väldigt stark."

Antonio sträckte ut sin arm över bordet och fattade tag i Daniellas friska hand. Han tittade henne djupt i ögonen och sa med allvarlig röst: "Jag tror, precis som du, att din stroke har påverkat dig på flera sätt, men knappast så att du skulle kunna förutspå ditt eget öde. Det är bara hjärnspöken, Daniella."

"Jag är inte säker..." Daniella kände tårarna stiga i ögonen. "Men när det här arvet dök upp från ingenstans kändes det som ett tecken på att mitt förebud var riktigt. Jag menar, som om ödet kallade mig till Italien för att dö."

Efter en stunds tystnad sa Antonio: "Skulle man inte kunna tolka det här... eh, förebudet på ett annat sätt? Kanske är det ditt gamla jag som är på väg att dö, och ditt nya liv som tar sin början."

Ett vemodigt leende syntes på Daniellas läppar och hon drog åt sig handen som Antonio kramat.

"Jag vill inte låta självömkande, men vad är det för liv i så fall? Fjättrad vid en rullstol och helt beroende av andras hjälp för att klara mig."

"Men det kommer att bli bättre, Daniella. Snart är du på benen igen och då börjar det nya liv som den där profetian egentligen handlar om. Tror du inte det?"

Daniella blev sittande med tom blick, som om hon inte hade hört frågan – eller som om hon funderade över svaret. En mängd motstridiga tankar rörde sig i hennes huvud. Tänk om Antonio hade rätt i sitt antagande. Kanske hade hon varit så låst vid tanken på sin förestående död att hon inte kunnat överväga några andra tolkningar av varslet. Och även om hon tvivlade på att hon någonsin skulle komma att lämna rullstolen var det faktiskt sant att hon hade repat sig ordentligt. Men varför bar hon då fortfarande på den här obehagligt malande föraningen om död?

"Daniella...", började Antonio lite trevande. "Jag har ju förstått att du hade en jobbig barndom på grund av din mamma, men sedan vet jag inte mycket mer. Har du lust att prata om det, eller är det påfluget av mig att fråga?"

Ett blekt leende skymtade i Daniellas ansikte när hon återvände till nuet, och rösten var stadigare när hon svarade: "Visst kan jag berätta, om du orkar höra, men då får du lov att göra detsamma. Alltså, avslöja något om ditt liv."

"Överenskommet. Men du får börja."

Daniella lutade sig bakåt i sin rullstol och såg ut att slappna av en smula. Långsamt, som om hon letade efter orden, började hon skildra huvuddragen i sitt liv. Först om uppväxten i Milano tillsammans med en distanserad mamma som fått Daniella att känna sig oälskad och övergiven. Idrotten hade blivit hennes räddning, både genom den sociala gemenskapen i klubben där hon tränade, men också för att hon fick bekräftelse på att hon dög – att hon applåderades

143

för sina resultat. Och Daniella visade verkligen resultat: vid femton års ålder var hon en av de snabbaste kortdistanslöparna bland sina jämnåriga i Milano, och när hon senare övergick till längre distanser närmade hon sig nationell elitnivå.

Daniella var arton år gammal när hon blev uttagen att tävla för Italien när inomhus-EM i friidrott anordnades i Milano, 1978. Hon var anmäld till två löpgrenar, 400 och 800 meter, men kunde bara genomföra ett enda lopp på grund av en bristning i lårmuskeln.

Av en ödets nyck drabbades den svenske medeldistanslöparen Mikael Lagerström av en liknande skada under sitt försöksheat. De båda justerade idrottarna kom att hamna bredvid varandra på arenans innerplan – där de fick behandling av respektive landslagsläkare – och kom i samspråk så som två människor gör vilka drabbas av samma öde.

"Det var ömsesidig blixtförälskelse", avslöjade Daniella med en melankolisk suck, och fortsatte sedan med att beskriva hur förhållandet hade fortsatt på distans, via brev och telefonsamtal, samt genom Mikaels sporadiska besök i Milano, vilket ett år senare resulterade i att Daniella packade sina väskor och flyttade till Stockholm.

Idrottskarriären var över för dem båda, och trots att de inte hade nått sina mål var paret överens om att de hade bärgat den största segern i och med att de funnit varandra. Daniella kände sig dessutom oerhört lättad över att slutgiltigt ha kapat banden till sin mamma – äntligen kunde hon stryka ett streck över sin olyckliga uppväxt och istället bygga upp en ny och kärleksfull familj tillsammans med Mikael.

Daniella hade precis påbörjat sin utbildning till sjuksköterska när Bianca föddes, 1983. Lyckan över det efterlängtade barnet grumlades dock av det faktum att dottern aldrig skulle få några syskon, Daniella tvingades nämligen att få livmodern bortopererad sedan hon drabbats av en tumör. Efter den händelsen var det som om den lilla familjen svetsades samman ytterligare av band som inte skulle upplösas förrän Mikael avled, lika hastigt som oväntat, år 2002.

Daniellas sorg över sin döde make lindrades i någon mån av stoltheten över Biancas musikaliska framgångar och – några år senare – av glädjen över att få ett barnbarn. När det efter en tid visade sig att Johannes var ett ömtåligt och krävande barn, då trädde Daniella in som dottersonens främsta supporter och bundsförvant.

"Som du säkert förstår, Antonio", löd Daniellas avslutande ord, "är det Johannes mentala välbefinnande som Bianca och jag själv har för ögonen. Och Johannes mår som allra bäst när han får utöva sin musik. Skulle nu den här fiolen visa sig viktig för honom, då är jag beredd att avstå alla pengar i världen för att han ska bli lycklig."

Antonio nickade sakta, utan att säga något.

"Och nu", fortsatte Daniella i uppfordrande ton, "är det din tur att lägga korten på bordet, Antonio."

* * *

När Bianca och Johannes återvände från sin utflykt ett par timmar senare hittade de Antonio och Daniella på terrassen. De satt tätt intill varandra och Bianca hann se hur Antonio snabbt släppte taget om Daniellas hand, som om han blivit ertappad med någonting förbjudet.

"Men, mamma..." Bianca tittade häpet på Daniella. "Har ni inte kommit längre än till frukost, trots att klockan är över två?"

"Hm... tiden bara flög iväg", sa Daniella med blossande kinder. "Antonio och jag hade en del att diskutera. Och hur har ni haft det?" lade hon till i ett försök att förhindra följdfrågor.

"Bra, på det hela taget." Bianca sänkte rösten för att Johannes inte skulle höra. "Men det var väldigt trångt på båten, vilket skapade en del problem..."

Bianca behövde inte avsluta meningen för att Daniella skulle förstå vilka problem det handlade om.

"Vi har dock fått se både Isola Madre och Isola Bella", fortsatte Bianca. "Ja, och så cypressen så klart. Jag tror att Johannes känner sig nöjd."

"Skönt att höra. Då är det kanske dags att ge sig av till Varese för att hämta upp fiolen. Eller vad säger du, Johannes? Du kanske får möjlighet att spela på den redan idag..."

En liten gnista tändes i Johannes ögon och han svarade ivrigt: "Kan vi åka genast? Fast..."

"Ja, vadå?" undrade Daniella.

"Jag har ju inga noter."

"Du behöver väl inga noter, Johannes", sköt Bianca in. "Du kan ju redan mängder av musikstycken utantill."

"Inte Paganini..."

"Men..." Hon letade efter orden för att Johannes inte skulle bli besviken, eller upprörd. "Du vet ju själv att Paganinis kompositioner är bland de svåraste man kan ta sig an på fiol. Även om jag vet att du är duktig, Johannes, så tar det lång tid att lära sig behärska hans musikstycken. Om det ens är möjligt...", lade hon till så tyst att orden inte nådde sonens öron.

Daniella, som började inse vart den här diskussionen skulle ta vägen, utbrast med glättigt tonfall: "Är det någon mer än jag som är hungrig? Vi kanske ska äta lunch innan vi åker till Varese och hämtar upp fiolen."

"Bra idé", instämde Antonio. "Och för att inte spilla tid kanske jag kan bjuda på något ur mitt... eh, förråd. Marina har lagat mat så att det räcker för flera veckor och hon skulle bara bli glad om den gick åt."

"Finns det mer hallonsaft?" undrade Johannes.

"Visst, min gosse", log Antonio. "Det finns saft för en hel årsförbrukning. Och då menar jag inte min egen."

15

Bilfärden från Laveno till Varese hade gått längs vägar som var betydligt rakare och bredare, om än inte lika natursköna som de slingrande grusvägar vilka hade tagit dem till och från Castello Cabiaglio under gårdagen.

Eftersom Marina varit upptagen av sitt arbete hade Antonio bett att få låna hennes bil, vilket hade beviljats på villkor att det inte var Antonio som framförde fordonet. Alltså hade det fallit på Biancas lott att sätta sig bakom ratten på Marinas splitter nya Alfa Romeo, något som genast hade försatt henne i ett stresstillstånd – hon var ovan som bilförare, och att ratta Marinas dyra bil kändes som ett väldigt stort ansvar.

Men att köra bil var som att cykla, hade Bianca konstaterat efter bara några kilometer: det satt i ryggmärgen. Dessutom hade trafiken varit gles och bilen lättkörd, varför resan tagit dem bara en dryg halvtimme.

Mattia Brunetti hade verkat både upphetsad och lättad när han tagit emot dem i sin lilla verkstad. Ivrigt hade han satt igång med en utläggning, som närmast liknade en kärleksförklaring, om fiolens alla fantastiska egenskaper, för att därefter berätta om vilka reparationer som han hade utfört (och nej, det fanns inga skador på kropp, hals eller skruvlåda). Slutligen hade han lämnat över instrumentet till Daniella med en suck som uttryckte både saknad och befrielse – han skulle aldrig mer få röra vid den märkvärdiga fiolen, men han slapp åtminstone ansvaret för den.

Nu satt de åter i bilen – Daniella med fiollådan i knät, och Johannes med den nyinköpta stråken i handen.

"Jag vill köpa noter", utbrast Johannes med okaraktäristiskt bestämd röst. "Och jag har redan kollat upp att det finns en affär som säljer notblad här i Varese."

Daniella slängde en snabb blick mot Antonio, som satt med rynkad panna och grubblade över hur han skulle kunna övertala de övriga om att åka raka vägen till en bank och hyra ett utrymme i ett kassavalv. Daniella nickade lätt, som för att påminna honom om deras samtal tidigare, och vände sig sedan mot Johannes.

"Visst, vi kan åka och köpa noter nu när vi ändå är här. Men du måste förstå, Johannes, att fiolen är mycket värdefull och måste förvaras säkert så att den inte blir stulen eller skadad."

"Tänker du sälja den?" Johannes verkade bestört av blotta tanken.

"Hm... jag vet inte än. Vi får diskutera den saken senare. Och under tiden måste fiolen förvaras inlåst någonstans."

Johannes ruskade häftigt på huvudet och sa, med vädjande tonfall: "Men jag vill spela på den. Vad är det för mening med att ha en superfin fiol inlåst?"

"Men, Johannes", sköt Bianca in. "Vi vet ju faktiskt inte om det *är* en 'superfin' fiol."

"Paganini har ägt fiolen – och spelat på den!" Johannes röst hade gått upp i falsett. "Och om han tyckte att den var fantastisk, då är det bara så. Paganini kan knappast ha fel, eller hur mamma?"

Bianca märkte att ett av Johannes utbrott var i antågande och helst hade hon velat säga till honom att han fick spela på fiolen så mycket han önskade – men det var ju inte hennes sak att bestämma.

Antonio tycktes också ana vad som var på väg att ske, han

vred på huvudet och försökte fånga Johannes irrande blick.

"Lyssna på mig, Johannes", sa han med mild, men ändå bestämd, röst. "Jag tycker att vi gör så här: först åker vi och köper noter, sedan fortsätter vi hem till mig där du får pröva att spela på fiolen. Men sedan vill jag att den blir inlåst över natten i kassaskåpet på mitt kontor. För du vill väl inte att den ska bli stulen, eller hur?"

En lång stund såg Johannes ut att brottas med sina tankar, men till slut verkade Antonios ord sjunka in. Den tidigare snabba andningen återgick till den normala och rösten var stadig, men dämpad, när han svarade: "Okej, då. Fast jag tycker att det är onödigt att ..."

"Jaha", bröt Daniella in. "Ska vi kanske komma iväg till den där musikaffären någon gång?"

* * *

Klockan hann passera åtta på kvällen innan de åter satt samlade i Antonios pampiga salong. Marina hade infunnit sig en timme tidigare och tagit med sig en stor form innehållande *melanzane al forno* som det utsvultna sällskapet slukat med god aptit. Till och med Johannes, som vanligtvis var skeptiskt inställd till nya och främmande maträtter, hade ätit upp sin mat utan att klaga, något som både förvånade och gladde Bianca.

Antonio gav Marina en kort sammanfattning av utflykten till Varese, och det oväntat lyckosamma besöket i musikaffären på Via Como.

Den vänligt leende butiksföreståndaren hade först förklarat att han inte hade noter till Paganini-verk överhuvudtaget, eftersom "ingen ändå kunde spela dem", som han uttryckte det. Men efter att ha funderat en stund drog han sig till minnes att det kanske fanns några nothäften "nere på lagret". Motvilligt gick han med på att undersöka saken, och efter att ha letat i tjugo minuter återvände han triumferande med en bunt gulnade notblad i händerna.

"Längst in i källaren och underst i högarna", hade mannen förklarat medan han borstade bort dammet från kavajen.

Johannes hade ivrigt bläddrat igenom notbladen och kunde konstatera att de bestod av capriccio nummer 6 till 9 samt 13 till 19. Dessutom fanns där ett slitet häfte med solostämman till violinkonsert nummer 3 i E-dur. Till Johannes stora besvikelse saknades dock det som han mest hade hoppats på: *Le Streghe*, det enligt honom vackraste stycke som Paganini någonsin komponerat.

Försäljaren hade skänkt dem hela notsamlingen, eftersom den enligt honom "ändå bara låg och samlade damm", och sällskapet hade återvänt till bilen i en upprymd stämning efter framgångarna i musikaffären.

I bilen, på väg tillbaka till Laveno, hade Johannes förklarat att han säkert kunde hitta noterna till *Le Streghe* på nätet, varpå Bianca undrat varför han inte kunde ha sagt det lite tidigare.

"Men, mamma", hade Johannes svarat, "jag vill ha noterna på papper, äkta papper. Annars känns det inte rätt ..."

"Jaha, Johannes", sa Daniella i högtidlig ton, när de hade hämtat sig efter den bastanta måltiden. "Nu är väl det stora ögonblicket inne. Jag hoppas att du vill spela något fint för oss på den där omsusade fiolen."

Johannes stelnade till där han satt på yttersta kanten av en stol, med händerna i oavbruten, nervös rörelse. Blicken började flacka samtidigt som kinderna antog en högröd nyans.

"Men, jag ...", inledde han stammande. "Du vet att jag inte kan spela ...", Johannes sänkte blicken mot golvet medan han mumlade fram resten av meningen, " ... när andra hör på."

"Lyssna på mig, Johannes", förklarade Daniella lugnt. "Du

blir faktiskt den förste att spela på fiolen sedan Paganini senast höll i den och vi är allihop nyfikna på att höra hur den låter. Både Bianca och jag har ju lyssnat när du spelat där hemma, och du känner ju Antonio och Marina väl vid det här laget, så det finns ingenting att vara nervös för."

"Om du vill", fortsatte Daniella medan hon förgäves försökte fånga Johannes blick, "kan du gå in i matsalen och spela, då får du avskildhet samtidigt som vi kan höra dig."

Johannes tittade upp med nyvaknat intresse. Daniellas förslag erbjöd en lösning på hans dilemma och han kände hur det pirrade till i magtrakten av förväntan. Med en knappt märkbar nick bekräftade Johannes att han accepterade förslaget.

"*Prego.*" Daniella pekade mot fiollådan som hon hade placerat på bordet framför soffan. "Ta den tid du behöver, Johannes. Ingen stress."

Fyra par ögon följde spänt Johannes när han gick fram till bordet och knäppte upp låsen på lådan. Varligt, som om han lyfte ett nyfött barn, plockade han upp fiolen och synade den noga. För ett otränat öga kunde instrumentet förefalla oansenligt och lite nött av tidens tand, men Johannes visste att dess hemlighet fanns på insidan: det handlade inte enbart om själva träslagen i fiolens kropp – vanligtvis en kombination av gran, ceder, lind och lönn – utan också om omfånget på och avståndet mellan lock, botten och sarg. Millimetersmå avvikelser kunde vara avgörande för klangen hos instrumentet, precis som fallet var med placering och tjocklek på ljudpinnen och basbjälken. Utöver det fanns det en mängd detaljer som alla samverkade till helhetsintrycket: greppbrädans rundning, stallets höjd, stämskruvarnas utformning... När Johannes funderade över alla de faktorer som bidrog till att skapa en perfekt fiol, kunde han känna en stor beundran för de tidiga instrumentmakarna som enbart hade sina sinnen, tillsammans med enkla verktyg, till hjälp för att åstadkomma oöverträffade mästerverk.

Med sin fria hand lyfte Johannes upp stråken som låg på bordet, men han lät avsiktligt notbladen bli liggande – att omedelbart ta sig an Paganinis verk skulle innebära en alltför stor utmaning, även för honom.

Utan ett ord vände han sig om och gick med bestämda steg mot den angränsande matsalen, där de nyss hade avnjutit Marinas utsökta middag.

Så snart Johannes hade lämnat rummet utstötte Daniella en knappt hörbar suck av lättnad, och när hon vände sig mot Bianca kunde hon utläsa både förväntan och oro i dotterns ögon.

Inifrån matsalen hördes nu ljudet av stråken mot strängarna när Johannes stämde fiolen. Trots att tonerna var dämpade kunde Biancas känsliga öra uppfatta hur sträng efter sträng justerades till perfekt harmoni med hjälp av sonens absoluta gehör. Med växande nyfikenhet väntade hon på att få höra vilket stycke som Johannes skulle välja. Hon kunde inte heller värja sig för tanken på den smått overkliga situation som de befann sig i: fyra andlöst spända personer som väntade på att en sextonårig pojke, i ett angränsande rum, skulle börja spela på en Guarneri-fiol som tidigare ägts av Niccolò Paganini.

Efter att Johannes var klar med att stämma fiolen följde en lång stunds tystnad och Bianca undrade om sonen avsiktligt ville bygga upp spänningen, eller om han möjligen hade ångrat sig. Men till slut, när Bianca nästan var på väg att gå in till Johannes, hördes de första spröda tonerna.

Bianca hade inga svårigheter att omedelbart känna igen den andra satsen i Brahms tredje violinsonat och hon undrade i sitt stilla sinne om Johannes avsiktligt hade valt stycket för att det var en av Biancas egna favoriter. Oavsett vilket, var det en känslig tolkning som Johannes framförde, även om ljudet från fiolen dämpades av väggarna.

Musiken hade en märkbar inverkan på de fyra åhörarna: Bianca och Daniella utväxlade belåtna blickar medan Antonio och Marina stirrade rakt fram med oförställt häpna miner – ingen av dem var någon musikexpert, eller ens särskilt musikalisk, men tonerna som Johannes frambringade gick rakt in i deras hjärtan.

Den sista tonen i sonaten hade knappt klingat ut förrän Johannes gick över till Partita nummer tre av Bach, något som fick Bianca att känna hemlängtan – preludiet var ett stycke som både hon och Johannes ofta hade spelat (om än inte samtidigt).

Medan det ena stycket avlöste det andra inifrån matsalen kunde Bianca ana en förändring i Johannes sätt att spela. Det var som om en ny kraft – kanske ett ökat självförtroende – gradvis hade smugit sig in i sonens stråkföring och frasering. Bianca önskade att hon i denna stund hade kunnat se Johannes spela, och hon fylldes samtidigt av en längtan efter att höra fiolen på närmare håll.

I nästa ögonblick, som om Johannes hade uppfattat hennes önskan, klev han ut från matsalen och in i salongen – utan att avbryta adagiot till Max Bruchs första violinkonsert – och för första gången drabbades de fyra åhörarna av musikens, och fiolens, fulla kraft.

Likt en våg som byggts upp ute på havet – eller i det här fallet matsalen – sköljde nu musiken med full styrka in över salongen och svepte med sig publiken. Alla fyra stirrade som förhäxade på den unge violinisten, som tycktes ha vuxit i storlek sedan han lämnade rummet. Tonerna som han frambringade ur fiolen porlade som en munter fjällbäck när fingrarna dansade över strängarna.

Bianca vågade knappt andas. På bara en kort stund hade

hennes son genomgått en fullständig förvandling: borta var den flackande blicken och den böjda nacken, istället glödde Johannes ögon av ett saligt ljus och hans kroppshållning utstrålade stolthet och självtillit.

Och fiolen! Den djupa klangen i Guarnerin skilde sig från allt annat som hon tidigare hört.

När Johannes, nästan utan någon paus, övergick till Sonatina i G-dur av Dvořák, sneglade Bianca mot Daniella, som satt med halvöppen mun och tårar i ögonen. Glädjen och stoltheten stod tydligt skriven i henne ansikte – och någonting annat...

Bianca lade märke till att hennes mamma nöp i sin förlamade arm, som om hon ville förvissa sig om att det hon upplevde inte var en dröm. Eller berodde det på att hon hade ont? Musikens förtrollning upphörde med ens när Bianca erinrade sig att hennes mamma hade drabbats av en hjärnblödning helt nyligen. Kanske var någonting liknande på väg att hända igen?

Hon tvingade sig själv att inte avbryta Johannes mitt i stycket som han spelade, men när den sista tonen klingat ut gjorde hon en gest med handen som tecken på att Johannes skulle göra en paus. Motvilligt sänkte han stråken, men behöll fiolen under hakan.

"Förlåt att jag avbryter dig, Johannes", sa Bianca i ängslig ton. "Du får fortsätta spela snart, men jag måste höra hur mormor mår."

Johannes kastade en orolig blick på Daniella innan han fattade fiolen i handen och sjönk ner på knä framför sin mormors rullstol.

"Vad hände, nonna?" undrade han med bekymrad röst. "Mår du inte bra?"

Daniella log mellan tårarna som nu rann längs kinderna. Hon fattade Johannes hand och sa: "Åh, Johannes, du spelar så vackert. Jag har aldrig hört något liknande... Jag är ledsen att behöva avbryta dig, men jag har en märklig känsla i kroppen."

Bianca reste sig ur soffan och lade en arm om Daniellas axlar. Med panik i rösten stammade hon fram: "Vad är det som händer, mamma? Ska vi ringa efter en läkare?"

"Nej, nej", skyndade sig Daniella att svara. "Det är säkert ingenting farligt, det liksom pirrar i armen och benet."

"Har du ont?" undrade Antonio, som först nu verkade ha vaknat ur den trans som musiken hade försatt honom i.

"Inte ont, men det känns annorlunda... stickande. Ja, ni vet som när en kroppsdel vaknar efter att ha somnat."

"Jag tycker ändå att vi ska ringa efter en läkare", insisterade Bianca.

"Snälla Bianca, det behövs verkligen inte." Daniella lät bestämd. "Jag mår bra, riktigt bra till och med. Det kanske är musikens helande kraft", lade hon till med ett skratt.

Bianca tittade forskande på sin mamma, inte helt övertygad.

"Så, nu tycker jag att Johannes ska fortsätta att spela", utbrast Daniella entusiastiskt. "Ja, om ni kan tänka er att höra mer", tillade hon, vänd mot Antonio och Marina.

Båda två nickade ivrigt och Antonio vågade sig på en försynt fråga: "Kan du spela någonting av Vivaldi?"

Johannes tittade Antonio rakt i ögonen och svarade med ivrig röst: "Jag gillar också Vivaldi! Men han skrev ju så otroligt mycket och jag kan bara några sonater."

"Välj någon som du tycker om", log Antonio.

Efter en snabb blick på Daniella, som nickade uppmuntrande, satte Johannes fiolen under hakan och lyfte stråken.

I samma sekund som den första tonen hördes, ringde det i Biancas mobil. Johannes stannade upp och slängde en irriterad blick på sin mamma.

Erland, läste Bianca på skärmen. Hon reste sig och började gå mot köket för att kunna prata ostört.

"Fortsätt spela, Johannes", slängde hon ur sig på vägen. "Jag kommer alldeles strax."

När Bianca stängde köksdörren bakom sig kunde hon höra att Johannes hade återupptagit den avbrutna Vivaldisonaten och hon kände ett ögonblicks sorg över att missa den. Men det här samtalet ville hon inte heller missa...

"Hur har det gått med allting där nere? Och hur mår Johannes?" undrade Erland efter de inledande, trevande hälsningsfraserna.

"Johannes mår bra", svarade Bianca i avvaktande ton. "Ja, faktiskt fungerar allting med honom över förväntan – inga allvarliga kriser."

"Skönt att höra, jag saknar honom verkligen. Och hur är det med Daniella, går det framåt med rehabiliteringen?"

Bianca funderade över frågan. Visst, Daniella var fortfarande partiellt förlamad och visade inga tydliga tecken på att bli bättre, men däremot var det länge sedan som Bianca hade hört sin mamma säga att hon snart skulle dö. Så i någon mening var det väl ett framsteg.

"Mamma mår bra... eller så bra man kan förvänta sig i hennes tillstånd." Bianca hämtade luft inför fortsättningen. "Men det har inträffat en del konstiga saker här nere..."

"Konstiga? Vad menar du?" Erland lät bekymrad.

För en sekund övervägde Bianca om hon skulle avslöja hela sanningen om fiolen, men hon valde istället att ge en kortfattad beskrivning av allt som hänt under deras vistelse i Italien. Hon berättade om huset i Castello Cabiaglio som Daniella fått ärva, och om fiolen som följt med i arvet, men höll tyst om instrumentets ursprung samt dess förmodade värde.

"Jag vet inte om du kan höra det", avslutade Bianca sin

redogörelse, "men Johannes är just nu igång med att spela på fiolen och det låter fantastiskt."

Bianca drog sig närmare köksdörren, som hon öppnade på glänt, och höll upp mobilen mot dörrspringan.

"Ja, verkligen", konstaterade Erland efter att ha lyssnat en stund, "det låter som om Johannes är i sitt esse."

"Han njuter av att spela. Det är nästan som om han inte kan sluta..." I samma stund som Bianca uttalade orden slogs hon av att det faktiskt var precis så: Johannes verkade totalt uppslukad av musiken som han framförde.

"Och hur är det själv?" fortsatte Bianca.

"Ja... eh, det är väl sådär, om jag ska vara ärlig."

"Jaså, vad har hänt?"

"Tja, till att börja med har jag fått sparken... eller kanske inte sparken direkt, snarare har mitt vikariat hos Radiosymfonikerna inte blivit förlängt."

Bianca var väl medveten om att Erlands yrkeskarriär inte tagit den riktning som han hade önskat, vilket knappast berodde på att han saknade talang eller ambitioner. Snarare var det omständigheterna, eller oturen, som hade satt käppar i hjulet och hindrat honom från att ta en permanent plats i någon framstående orkester. Genom åren hade han ändå klarat sig relativt bra på vikariat och inhopp i diverse musikaliska sammanhang, men ett fast jobb som pianist hade ständigt gäckat honom.

För Erlands del hade den osäkra tillvaron inte handlat så mycket om pengar – hans familj hade tillräckligt av den varan – utan snarare om prestige: det faktum att det var Bianca, och inte han själv, som lyckats bäst i karriären hade naggat på Erlands självkänsla under hela deras tid tillsammans. Och under senare år hade hans ego stukats ytterligare när det blev tydligt att Johannes musikaliska talang var på väg att överglänsa hans egen.

"Det var tråkigt att höra", sa Bianca i avmätt ton. "Men du är väl ganska van vid det här laget. Det dyker nog upp något annat snart, det har ju hänt förr."

"Mm... jag kanske har några gig på gång i ett husband till något tarvligt tv-program. Men jag vet inte..."

"Okej, det ordnar sig säkert." Bianca orkade inte riktigt engagera sig i Erlands framtidsplaner.

Det uppstod en lång paus, och Bianca hade precis tänkt avsluta samtalet, när Erland viskade fram: "Jag saknar verkligen Johannes."

"Vi är ju hemma igen om några dagar", konstaterade Bianca torrt, även om hon visste att Johannes ändå skulle vägra att träffa sin pappa.

"Det var inte riktigt så jag menade", mumlade Erland. "Jag saknar honom i mitt liv."

Tja, det är ju en följd av att du har valt att separera, funderade Bianca dystert, utan att klä sina tankar i ord.

Återigen blev det tyst en stund, innan Erland frågade, i vädjande ton: "Kan du hålla fram mobilen igen så att jag kan höra honom spela?"

Bianca lät höra en djup suck och öppnade därefter köksdörren helt. Hon riktade mobilen mot salongen, varifrån tonerna i Vivaldis sonat strömmade ut.

Återigen berusades Bianca av den utsökta klangen hos fiolen, och det virtuosa framförandet. Under någon minut stod hon som fastfrusen, tills hon insåg att Johannes närmade sig slutet på stycket.

Pötsligt släppte förtrollningen och hon drabbades istället av en akut oro över Daniellas tillstånd.

"Erland", sa hon hastigt, "jag måste sluta nu. Vi får höras senare."

"Men Bianca, jag måste få höra mer." Erlands röst lät vädjande, nästan desperat. "Det låter ju helt fantastiskt."

Bianca försökte hålla rösten fri från ironi när hon sa: "Visste du inte att Johannes har talang?"

"Jo... ", Erland tvekade innan han fortsatte. "Men den där fiolen..."

Bianca lät honom inte tala till punkt, utan avslutade samtalet med ett snabbt hej då. Därefter gick hon med raska steg ut i salongen där Johannes stod mitt på golvet med lysande ögon och lät de sista tonerna i stycket klinga ut.

Efter några sekunder av andäktig tystnad tog Antonio och Marina upp en entusiastisk applåd.

Bianca vände sig mot sin mamma... och flämtade till.

Daniella hade stämt in i applåden.

Med båda händerna!

Längs hennes kinder rann tårarna i floder.

16

Det var med hjälp av Sergio Manchini, Antonios husläkare sedan många år, som Daniella fick sina kryckor levererade redan vid niotiden nästa dag.

De tre svenskarna satt vid frukostbordet på hotellet när Antonio spatserade in, bärande på två kryckor.

"Det lönar sig att vara flitig besökare hos läkaren", utbrast han triumferande, som om han just vunnit föremålen i pris vid en tävling. "Fast, dessutom är jag god vän med Sergio sedan många år. Vi ses ibland och spelar schack."

"Men, Antonio…" Daniella stirrade häpet på den gamle mannen. "Du är ju en ängel. Slå dig ner och drick lite kaffe med oss. Du kanske vill ha frukost också?"

"Gärna kaffe, tack", svarade Antonio och drog ut en stol för att sätta sig. "Men jag avstår frukosten, min aptit brukar vakna först framåt lunch."

"Åh…" Daniella drog en djup suck medan hon sneglade på kryckorna som nu stod lutade mot hennes stol. "Jag kan knappt bärga mig tills jag får pröva dem."

"Men, mamma", invände Bianca, "borde du inte bli kollad av en läkare först. Kanske den här Sergio som Antonio…"

"Dumheter", utbrast Daniella. "Jag känner mig bättre än jag har gjort på länge."

Händelsen under gårdagskvällen hade känts som ett verkligt mirakel – vilket det på många sätt också var. Johannes hade fortsatt att spela i närmare en timme, och för varje minut hade Daniella märkt hur känsel och rörlighet återvänt till hennes tidigare förlamade kroppshalva.

Det var inte så att hon omedelbart skuttat upp ur sin rullstol, men vänsterarmen hade fungerat tillräckligt väl för att kunna fatta Biancas hand, medan Johannes – glömsk av tid och rum – spelat det ena stycket efter det andra.

Till slut hade Bianca bestämt att det fick räcka för kvällen, klockan hade närmat sig midnatt och alla kände sig utmattade. Att få Johannes att avbryta sitt spelande blev dock en utmaning, och det var först sedan Antonio hade försäkrat honom om att han fick fortsätta nästa dag, som Johannes motvilligt hade återbördat fiolen till dess fodral.

Marina och Antonio hade gjort svenskarna sällskap till deras hotell och därefter fortsatt till advokatkontoret för att låsa in fiolen i kassaskåpet.

Långt efter det att en lyckligt leende Johannes sagt godnatt hade Daniella och Bianca suttit kvar i sitt rum och diskuterat kvällens omvälvande upplevelser. Ingen av dem var böjd att tro på mirakel, ändå hade någonting mirakulöst inträffat. Daniella kunde göra små rörelser med armen och handen, samt vicka lätt på tårna, och fortfarande kunde hon förnimma en pirrande känsla i kroppen, som om alla nerver höll på att återupprätta sina tidigare förbindelser.

När Daniella sent omsider kommit i säng hade hon somnat med en bön om att den sällsamma läkningen inte skulle vara tillfällig.

Morgonen därpå, när Daniella vaknat, hade hon först legat blickstilla, utan att våga känna efter om hon kunde röra sina tidigare förlamade lemmar. Men efter att ha samlat mod en stund hade hon prövat att vicka på tårna och vrida foten, och till hennes stora lättnad svarade musklerna omedelbart. Samma sak gällde för handen och armen – ja, ett faktum var att det kändes ännu bättre än under gårdagen.

Hon hade visserligen använt rullstolen för att ta sig till matsalen, där hon nu satt, men Daniella var fast besluten att pröva kryckorna så snart som möjligt – om nu förlamningen var på väg att släppa skulle processen säkert påskyndas av lite träning.

"Ja, du, Johannes", sa Antonio och vände sig leende mot pojken. "Det var en fantastisk föreställning som du bjöd på igår – ur så många perspektiv. Det kanske slutar med att du reser runt och botar sjuka människor."

"Jag är ingen Jesusfigur, om du tror det", sa han, med skärpa i rösten. "Fiolen är fantastisk som instrument betraktat, och jag tror att den kommer ännu mer till sin rätt om jag spelar Paganini. Allt annat är oviktigt, även om jag naturligtvis är glad för att nonna känner sig bättre."

Tre par ögon stirrade på Johannes. Det var inte bara hans långa monolog som fick dem att häpna, utan också sättet på vilket han framförde den: kraftfullt och tydligt utan att staka sig, med komplex meningsbyggnad och – framför allt – med blicken stadigt vilande på den person som han tilltalade.

Bianca hade svårt att känna igen Johannes i denna nya skepnad. Visst hade hon alltid önskat att tiden skulle arbeta för att slipa ner sonens introverta drag, men denna plötsliga förändring kändes märklig – och lite oroande.

När det gällde Daniellas hastigt förbättrade tillstånd, var dock Bianca oreserverat positiv: hon behövde ingen "logisk" förklaring av fenomenet, det räckte med att hennes mamma var på väg att bli återställd, och att hon dessutom verkade väldigt angelägen att komma upp ur rullstolen.

"Det största problemet är nog musklerna", konstaterade Daniella, nästan som om hon hade läst Biancas tankar. "Det har ju gått flera månader sedan jag använde vänstra benet och armen."

"Just därför måste du ta det försiktigt i början", sa Bianca.

"Jag kanske ska hjälpa dig att komma igång?"

"Tack, gärna." Daniella log ivrigt mot sin dotter. "Vi börjar så snart vi är färdiga med frukosten."

"Jag undrar ...", bröt Johannes in, med betydligt mildare tonfall än tidigare, "om jag skulle kunna fortsätta spela idag? Jag skulle så gärna vilja pröva Paganinis capriccion."

"Får jag komma med ett förslag, Johannes", sa Antonio snabbt. "Om din mamma och mormor stannar kvar här på hotellet så kan du och jag ta en promenad till kontoret och hämta fiolen. Sedan går vi hem till mig där du kan fortsätta att spela. Vad tror du om det?"

Johannes såg först tveksam ut, som om han ogärna vistades ensam med den äldre mannen, men till slut segrade längtan över oron, och han nickade sakta.

"Tack, Antonio", viskade Bianca. "Men jag vill inte att du ska ha en massa extra besvär. Du och Marina har redan gett oss mer hjälp än vi kunnat begära."

"Åh, det är inte något besvär", svarade Antonio med ett brett leende. "Tvärtom, det livar bara upp min tillvaro, och dessutom får jag lite sällskap i huset. Vad säger du om min idé, Johannes?"

Efter några sekunders betänketid nickade Johannes på nytt och sa: "Okej, men jag vill helst vara ensam när jag övar på Paganinis capriccion. Det är svåra stycken och jag vill inte ha någon publik."

Antonio funderade på hur han bäst skulle göra sig osynlig medan Johannes övade, men så kom han att tänka på den vildvuxna trädgården som han suttit och betraktat under gårdagens samtal med Daniella.

"Jag lovar att hålla mig undan", sa han glatt. "Faktiskt så har jag en del trädgårdsarbete att ta itu med."

Alla verkade nu belåtna med planerna för dagen och

Bianca föreslog att de skulle träffas till kvällen och äta middag tillsammans.

"Men om det skulle inträffa någonting oförutsett", viskade hon till Antonio, "så är det bara att ringa till mig eller Daniella."

Antonio nickade till svar och gjorde Johannes sällskap ut från hotellet, medan Bianca tog tag i sin mammas rullstol och sköt den mot hissarna.

Det var en strålande vacker morgon och på strandpromenaden var det redan fullt med turister som släntrade runt i väntan på turbåtarna som skulle föra dem ut till de populära öarna i Lago Maggiore. Sjön låg spegelblank och inbjudande i solgasset och dagen lovade att bli riktigt varm om några timmar.

Antonio ledde vägen den korta sträckan till kontoret och, som så många gånger förr, lyckönskade han sig till att bo på en mindre ort där det var gångavstånd till det mesta. Dessutom en väldigt lugn och trivsam ort, konstaterade han belåtet, långt från storstadens larm och jäkt eller inlandets förlamande hetta.

Han hade varit lycklig här i Laveno. Nej, han *var* fortfarande lycklig, trots att livet närmade sig sitt slutskede. Den enda stora besvikelsen var att han inte fått dela dessa sista år med Angela, men även den sorgen hade efterhand ersatts av acceptans.

När Antonio sneglade på Johannes som gick vid hans sida slogs han av att det faktiskt fanns ytterligare en sak som störde hans ordnade tillvaro: en sak som han hade ägnat nästan hela livet åt att förtränga, men som nu hade bubblat upp till ytan likt en varböld på väg att spricka. Han kunde givetvis inte vara säker, men om det förhöll sig som han misstänkte måste han snart lätta på trycket och avslöja sina

165

hemligheter. Antonio både fasade för, och längtade efter, den stunden.

För att distrahera tankarna vände han sig mot pojken och sa i lättsam ton: "Vad tror du om framtiden, Johannes? Kommer du att satsa på musiken, precis som din mamma?"

Johannes tittade på honom med ett förvånat och lite sorgset uttryck i ansiktet, innan han svarade: "Vet du inte om att jag har autism? Enligt definitionen för tillståndet har jag svårt att samspela med andra människor, alltså skulle det vara helt omöjligt för mig att ingå i en orkester."

Antonio häpnade, både över pojkens självinsikt och över hans sätt att uttrycka sig.

"Ja", sa han efter att ha hämtat sig från det överraskande svaret, "din mormor berättade om autismen, men den behöver ju inte vara till någon nackdel. Om jag har förstått saken rätt kan autism till och med vara en superkraft – rätt utnyttjad, förstås."

Det verkade först som om Johannes inte tänkte yttra sig mer i frågan, och Antonio började så smått ångra sin tidigare kommentar, men efter en stund saktade pojken in på stegen och riktade blicken mot den äldre mannen.

"Jag tror inte att du förstår." Johannes röst lät monoton, nästan som om han läste från ett manus. "Jag tror inte att någon förstår vad det innebär att vara annorlunda. De flesta människor utgår från att alla andra uppträder och reagerar ungefär som de själva, även om man inte har samma åsikter eller erfarenheter. Men för mig funkar det inte så, jag har svårt att tolka vad människor menar och känner, och jag förstår inte hur jag själv uppfattas av andra. Allt som jag vet om socialt samspel har jag fått lära mig mekaniskt."

Antonio kände sig förvirrad. Med en gest bjöd han pojken att slå sig ner på en parkbänk vid strandpromenaden. Med blicken riktad ut mot sjön tog han ett djupt andetag och sa, i försynt ton: "Jag tycker att det du säger tyder på en ovanligt stor självinsikt, något som du påstår dig sakna."

Johannes hade ett vemodigt leende på läpparna när han svarade: "Det mesta som jag känner till om mig själv och min diagnos har jag fått höra av andra – framför allt av min psykolog. Jag vet att det är något fel på mig eftersom jag har bockat av alla symtom på en lista."

"Johannes", sa Antonio allvarligt, "det är inget fel på dig, och att du avviker från normen betyder inte att du är sämre än andra människor. Och jag är verkligen imponerad av ditt sätt att resonera kring frågan – bara det tyder på en hög mognadsgrad."

En lång stund satt Johannes tyst, också han med blicken riktad ut mot sjön, innan han tog till orda: "Jag känner mig egentligen bara trygg när jag spelar – det är väl min superkraft, som du sa – och helst vill jag vara ifred då. Det måste låta perfekt, därför övar jag ofta, men jag känner mig sällan helt nöjd."

"Men det gjorde du igår?"

"Den där fiolen är magisk", svarade Johannes ivrigt. "Jag vet inte ... men det kändes som om vi hörde ihop och att jag blev liksom ... befriad, om du förstår vad jag menar?"

Antonio vred på huvudet och sökte ögonkontakt med pojken.

"Jag är inte som du, Johannes", sa han allvarligt. "Jag menar att jag inte är tillnärmelsevis lika musikalisk, och därför har jag svårt att sätta mig in i din upplevelse. Men jag måste erkänna att jag blev mycket berörd när du spelade för oss igår. Och det som hände med din mormor var verkligen oväntat ... nästan övernaturligt."

"Mm..." Johannes höll blicken stadigt riktad mot Antonio. "Nonna kanske också blev befriad, precis som jag. Genom resonansfrekvens."

"Va! Vad menar du?"

"Jag har läst om det där, att allting består av vågor, eller svängningar i olika frekvenser och våglängder, och att vissa av vågorna kan förstärka, eller släcka ut, varandra."

"Men vänta nu, Johannes. Det är väl skillnad på vågor och vågor. Jag menar, ljudet från en fiol är ju svängningar i luften som knappast kan nå fram till Daniellas förlamade muskler."

Johannes log, som om han satt med ett trumfkort som han nu var beredd att spela ut.

"Ljud finns ju inte på riktigt", sa han eftertänksamt, "det uppstår i våra hjärnor efter det att en mekanisk svängning omvandlats till en elektrisk nervsignal – och elektrisk ström är också svängningar. Nonna har fått en hjärnblödning som skadat själva nervcentrumet och hennes förlamning beror inte på att musklerna har slutat fungera, utan kommer sig av att nervsignalerna inte når fram."

Antonio stirrade häpet på Johannes.

"Var lär du dig sånt här?" undrade han efter en lång stunds tystnad. "I skolan?"

"På nätet", kom svaret blixtsnabbt.

"Så du menar alltså", fortsatte Antonio, efter det att Johannes lilla lektion i våglära fått sjunka in, "att tonerna från fiolen på något sätt har aktiverat Daniellas nervcentrum så att förlamningen kunnat släppa?"

"Ungefär så, men det är bara en teori alltså."

Antonios blick vandrade bort mot kajen, där en färja precis hade lagt till och var på väg att släppa ombord horder av förväntansfulla turister. Snart skulle strandpromenaden vara fri från trängsel igen och Antonio tänkte ta tillfället i akt och fortsätta deras avbrutna promenad.

Medan han på stela ben reste sig från bänken fylldes hans sinne av tacksamhet över att ha fått den här stunden med Johannes. Det kändes som om de, på bara några minuter, hade kommit varandra närmare – trots avståndet i ålder och erfarenhet. Mycket berodde naturligtvis på Johannes påstådda "befrielse", men också på någonting annat: en vag känsla av samförstånd och gemenskap. Antonio undrade om Johannes kände likadant.

"*Papà!*" Marina stod på tröskeln till Antonios kontorsrum, med en uppsyn som vittnade om irritation blandad med oro. "Varför svarar du inte i din mobil?"

"Ojdå." Antonio halade upp sin Nokia och konstaterade att batteriet var tomt. "Jag har glömt att sätta den på laddning. Men det är väl inte hela världen, du vet ju var jag finns."

"Jag kan inte jaga efter dig så snart jag vill dig något, och jag har bett dig att alltid ha mobilen nära till hands... om något skulle hända." Marina avslutade meningen med en suck.

"Ja, men nu är jag i alla fall här", konstaterade Antonio och gick fram för ett ge sin dotter en kram.

"... tillsammans med Johannes", fortsatte han, i ett försök att avleda Marinas uppmärksamhet från sin egen försummelse.

"Hej, Johannes." Marina vinkade åt pojken, som stod kvar vid entrédörren. "Ursäkta att jag var oartig, men ibland blir jag orolig över den här tankspridda gamla gubben."

Antonio tog på sig en spelad kränkt min och och sa: "Marina, jag kanske kan få din nådiga tillåtelse att hämta fiolen som vi placerade i kassaskåpet igår kväll. Johannes är väldigt ivrig att fortsätta spela och vi tänkte hålla till hemma hos mig."

"Åh", svarade Marina med betydligt mjukare röst. "Jag önskar att jag kunde följa med och lyssna. Det var verkligen helt underbart att höra dig igår, Johannes."

"Eh... tack." Johannes rodnade lätt av berömmet. "Fast

idag tänkte jag ta itu med Paganini och då vill jag helst öva ensam. Antonio har lovat att hålla till ute i trädgården medan jag spelar."

"Åh... vad bra", sa hon och vände sig sedan till sin far: "Du tänker väl inte hålla på med något trädgårdsarbete? Du vet att du måste tänka på blodtrycket."

Antonio lät höra en djup suck innan han svarade: "Snälla Marina, jag ska inte ägna mig åt skogsavverkning. Bara rensa lite i rabatterna och klippa ner en del grenar från buskarna."

"Lova bara att du är försiktig."

"Absolut. Men du sa förut att du hade försökt att ringa mig, var det något viktigt?"

"Ja, just det." Marina tog sig för pannan. "Jag håller på att bli lika glömsk som du. Det var faktiskt viktigt, eller åtminstone tror jag det. Mattia Brunetti hörde av sig nu på morgonen. Ja, alltså den där instrumentmakaren i Varese..."

"Jag vet vem han är, Marina, vi träffade ju honom igår."

"Ja, hur som helst, han ville prata med dig och jag gav honom ditt mobilnummer. Men eftersom du..."

"Du behöver inte tjata om att jag glömde att ladda mobilen. Vad ville Mattia?"

"Det sa han inte, men han verkade angelägen om att få tag i dig, för han ringde tillbaka när du inte svarade och bad att du skulle höra av dig. Jag har skrivit upp telefonnumret."

"Tack, men det får vänta till lite senare. Nu ska vi först hämta fiolen och sedan bege oss hemåt. Johannes är ivrig att fortsätta spela och jag har lovat honom..."

Marina avbröt Antonio genom att lägga en hand på hans arm och viska i hans öra: "Ska du verkligen bära omkring på den där dyrbara fiolen? Vore det inte bättre om Johannes spelade här på kontoret istället?"

"Det tror jag knappast att han skulle gå med på", viskade Antonio tillbaka. "Johannes har bett om att få avskildhet när han övar, och han vill definitivt inte ha några åhörare."

"Men vi lyssnade ju igår när han spelade. Och det verkade han inte ha någonting emot – tvärtom."

"Jag vet", suckade Antonio, "men nu när han ska ta itu med Paganini... antagligen kräver det större koncentration."

En lång stund stod Marina tyst medan tankarna avlöste varandra. Helst borde den åtråvärda fiolen placeras i ett säkert bankvalv till dess att Daniella avgjorde dess vidare öde, men hon visste att det inte skulle ske – varken hennes pappa eller Johannes skulle ge med sig och Daniella själv verkade ytterst angelägen om att tillgodose alla önskemål från sitt barnbarn.

Blotta tanken på att en pojke och en åldring skulle promenera genom staden med en fiol värd flera miljoner, gav Marina rysningar – inte så mycket för fiolens skull som för den stora fara de båda utsatte sig för. Det var ju uppenbart att de var under bevakning – och vem visste hur långt dessa personer var beredda att gå?

Marina suckade ljudligt och sa, med hög röst för att även Johannes skulle höra: "Ni vet vad jag tycker om det här med fiolen, men det går väl inte att få er på andra tankar. Jag hinner inte själv följa med, så ni måste lova att vara försiktiga. Och när Johannes är klar måste ni komma hit och låsa in den i kassaskåpet."

Antonio och Johannes nickade lydigt.

"Och en sak till", fortsatte Marina. "Vi måste stoppa ner fiolen i en vanlig väska så att det inte syns att ni bär omkring på ett instrument."

Hon gick iväg mot sitt eget rum för att plocka fram kanvasbagen som innehöll hennes alltför sällan använda träningskläder.

Antonio tittade bort mot Johannes och ryckte på axlarna.

"Lika bra att låta Marina bestämma", sa han leende.

17

Daniella hade svårt att dölja sin besvikelse när Bianca sköt rullstolen mot hotellets restaurang, där Antonio och Johannes redan väntade vid ett bord.

Hon hade hoppats på att själv kunna ta sig till matsalen med hjälp av kryckorna, men trots flera timmars träning hade hon ännu inte uppnått tillräcklig styrka och balans för att kunna röra sig någorlunda obehindrat. Det enda påtagliga resultatet efter övningarna var en fruktansvärd träningsvärk i armarna – och så den där känslan av missräkning.

Bianca hade redan från första stund varnat sin mamma för att hysa alltför stora förhoppningar om att komma på benen direkt, men Daniella hade ignorerat förmaningen och hävt sig upp på kryckorna så snart de kommit innanför dörren till rummet.

Daniella kunde vara glad över att hon inte brutit något, hade Bianca bistert konstaterat, efter att ha hjälpt sin mamma att komma upp från golvet där hon fallit.

Efter detta första misslyckande hade Bianca sett till att träningen blev mer metodisk, med successivt upptrappade övningar som syftade till att stärka musklerna och öka rörligheten i lederna.

Daniella hade underkastat sig övningarna med sammanbitna käkar och, ibland, med tårar i ögonen.

Det var inte förrän sent på eftermiddagen som Daniella lyckades ta sina första släpande steg med hjälp av kryckorna, men det var fortfarande långt kvar till att gå obehindrat.

Armar och ben lydde henne visserligen relativt bra, men som Daniella själv hade konstaterat tidigare saknade musklerna styrka efter att ha varit inaktiva i flera månader.

Strax innan de skulle bege sig till restaurangen hade dock Daniella satt personbästa för dagen genom att förflytta sig nio hasande steg, med sin dotter tätt intill för den händelse att hon skulle falla. Därefter hade Bianca satt punkt för dagens träningspass och med milt våld tvingat ner sin mamma i rullstolen.

Daniellas missbelåtna sinnesstämning lättade betydligt när hon fick syn på Antonio och Johannes som satt i ivrigt samspråk, utan att ännu ha lagt märke till de två kvinnorna. Med en gest mot Bianca bromsade hon in rullstolen strax innanför dörrarna till matsalen och betraktade de båda välbekanta ansiktena vid fönsterbordet på andra sidan rummet.

Det var något rörande över scenen som fick Daniella att känna sig varm om hjärtat: det faktum att Johannes umgicks på tu man hand med Antonio var glädjande i sig, men att han dessutom var pratsam, och såg ut att ha trevligt, var ett smärre mirakel.

Medan hon betraktade pojken och den äldre mannen slogs hon av hur lika de var till utseendet: Johannes var visserligen huvudet längre än Antonio, men de hade samma skarpskurna drag och höga panna.

Efter någon minut märkte Daniella att Johannes lyfte blicken och fick syn på henne och Bianca. Han log glatt och vinkade åt deras håll.

Bianca grep tag om rullstolen och sköt den i riktning mot bordet. När de var framme reste sig Antonio snabbt och gjorde plats för Daniella genom att flytta undan en stol.

"Nå ...", sa han när de allihop hade slagit sig ner. "Hur har det gått med dagens träning?"

"Nja...", började Daniella, men blev snabbt avbruten av Bianca.

"Det har gått jättebra, men mamma har sämre tålamod än hon har benstyrka. Det kommer att ta sin tid med rehabiliteringen, men jag tycker ändå att det är häpnadsväckande vilka framsteg hon har gjort på så kort tid."

"Fantastiskt", log Antonio. "Men nu är ni säkert hungriga. Precis som vi, eller hur Johannes?"

Daniella och Bianca nickade ikapp med Johannes och började sedan studera menyn.

En stund senare hade sällskapet fått in varsin grillad öring och på servitörens rekommendation tog alla, utom Johannes, varsitt glas pinot grigio. Fisken var utsökt och under flera minuter hördes ingenting annat än njutningsfulla suckar.

"Jaha", sa Daniella, när de hade stillat den värsta hungern, "nu är jag nyfiken på att höra hur ni har haft det idag. Har det gått bra med övandet, Johannes? Du skulle väl ta itu med Paganini, inte sant?"

Johannes tittade upp från sin tallrik och log hemlighetsfullt innan han svarade: "Svårt, men inte omöjligt. När Paganini skrev den här musiken var han ensam om att kunna framföra den, vilket förmodligen också var meningen."

"Men du tror att du kommer att lyckas?" Daniella hyste egentligen inga tvivel på pojkens musikaliska förmåga.

Johannes ryckte på axlarna, utan att leendet lämnade hans läppar, vilket Daniella tolkade som ett ja.

Bianca var den enda i sällskapet, förutom Johannes, som visste hur avancerade Paganinis kompositioner var, därför förundrades hon över att sonen ens vågade tro på möjligheten att bemästra dem på så kort tid.

"Någon som önskar dessert?" Antonios fråga väckte Bianca ur hennes funderingar.

Alla skakade på huvudet, utom Johannes som sa: "Gärna glass, om det finns. Men först måste jag gå på toaletten."

När pojken hade försvunnit ut genom dörren lutade sig Antonio fram över bordet och sa med dämpad röst: "Jag ville inte ta upp det här när Johannes var närvarande, men jag måste berätta om en sak som inträffade idag."

"Hände det något med Johannes?" undrade Bianca förskräckt.

"Nej, nej", skyndade sig Antonio att svara. "Tvärtom har det gått jättebra och vi har haft en utomordentligt trevlig dag tillsammans."

"Vad är det då som har hänt?" Bianca kunde inte frigöra sig från misstanken att det handlade om Johannes.

"Jag fick ett telefonsamtal från Mattia Brunetti", viskade Antonio sammanbitet. "Han berättade att tidigt i morse – Mattia hade knappt hunnit öppna sin verkstad – fick han besök av en man som ställde frågor om vårt tidigare besök. Mannen hade varit mycket påstridig och krävt att få veta vårt ärende. Mattia hade dock tillräcklig sinnesnärvaro för att avfärda mannen. På min fråga om hur den där figuren såg ut svarade Mattia att han var lång och kraftig, och klädd i en krämfärgad linnekostym."

"Du menar som ..." Daniella kastade en nervös blick bakom axeln, som för att kolla om de var bevakade.

"Ja, som den där mannen i Castello Cabiaglio", fyllde Antonio i. "Och det stärker bara min tidigare misstanke om att någon, eller några, har fattat misstankar om att det finns värdeföremål i huset."

"Men vem kan det vara?" Daniella funderade ett ögonblick innan hon fortsatte: "Och hur kan det ha gått till?"

Den äldre mannen lade pannan i djupa veck. Han var helt säker på att ingen utomstående kände till att *la casa della strega* hade ruvat på en skatt under närmare tvåhundra år –

175

om så hade varit fallet skulle fiolen garanterat ha försvunnit för länge sedan. Det fanns egentligen bara en grupp människor, förutom de själva, som kunde ha gissat att arvet efter Enrico var betydligt generösare än det först hade verkat, nämligen de medlemmar i släkten Ponti, med Gianluigi i spetsen, som hade varit närvarande vid offentliggörandet av Enricos testamente.

Antonio försökte dra sig till minnes orden i den text som han läst upp för de besvikna släktingarna vilka för några månader sedan hade stått församlade inne på hans kontor: "…i min dotter Daniellas arvegods, huset i Castello Cabiaglio, ingår alla inventarier – och då menar jag verkligen *alla*."

Redan denna formulering gav ju en antydan om att det kunde finnas "inventarier" i huset som var värdefulla, och den följande meningen i testamentet förstärkte detta intryck: "Till min vän, och tillika advokat, Antonio Monteverdi, har jag lämnat upplysningar om dessa inventarier, vilka endast får avslöjas för Daniella."

Nu när misstankarna hade fått fäste i Antonios huvud försökte han föreställa sig ett scenario där någon okänd person höll, såväl honom själv som de tre svenskarna, under bevakning. Om detta stämde kunde samma person även ha sett honom bära fiolen till och från kontoret.

Den stora frågan var nu hur de skulle agera fortsättningsvis. Att gå till polisen med dessa grundlösa teorier skulle knappast leda någonvart, och att utan bevis konfrontera Gianluigi kändes inte heller som någon framkomlig väg. En sak var i alla fall säker: fiolen måste till varje pris hållas skyddad, eftersom ingen kunde veta vad deras förföljare kunde tänkas ta sig för.

Antonio vaknade upp ur sina funderingar när Johannes återvände till bordet, nästan samtidigt som servitören anlände med en stor portion glass.

Medan Johannes riktade uppmärksamheten åt sin efterrätt lade Daniella ett diskret finger över sina läppar, som ett tecken på att diskussionen måste vänta.

"Jag hoppas att ni har låst in fiolen över natten", sa hon i oskyldig ton.

Antonio nickade och svarade, med samma neutrala röst: "Javisst, vi har placerat den i kassaskåpet på kontoret."

Johannes slickade bort glass från läpparna och sa, rakt ut i luften: "Jag *måste* få spela imorgon också. Jag har nästan lärt mig capriccio nummer tre, och nu vill jag ta itu med resten."

Bianca stirrade häpet på sin son. Var det möjligt att han redan lyckats bemästra ett musikstycke som även de allra främsta violinister skulle behöva veckor, om inte månader, för att öva in? Nog för att hon visste att Johannes var något av ett underbarn på fiol, men det kändes inte realistiskt att han skulle kunna spela det krävande stycket efter bara en dags övning.

Innan Bianca hann vädra sina tvivel, vände sig Daniella mot Johannes och sa: "Vet du vad, Johannes? Jag tycker att vi tar en vilodag imorgon. Jag själv är helt utmattad efter all träning och Antonio har ju haft fullt upp under flera dagar nu – han kan säkert också behöva lite avkoppling."

Med en blick tystade hon effektivt den invändning som var på väg att lämna Antonios läppar, och när Johannes såg ut att vilja protestera fortsatte Daniella i vädjande ton: "Jag skulle så gärna vilja komma ut till öarna i Lago Maggiore som ni besökte i förrgår, men jag behöver din hjälp med rullstolen – det skulle bli alldeles för jobbigt för Bianca ensam."

Först såg det ut som om Johannes skulle få ett av sina utbrott – hans blick började flacka och händerna rörde sig nervöst över varandra – men till slut lugnade han sig och mumlade fram ett svar: "Okej, då. Men sedan *måste* jag få fortsätta spela, lova det. Kanske när vi kommer tillbaka från utflykten…"

"Vi får se." Daniella ville inte lova för mycket, med tanke på den hotbild som Antonio nyss hade målat upp.

Några timmar senare, när Johannes hade sagt godnatt och gått in på sitt rum – i betydligt dystrare sinnesstämning än igår – fick Bianca äntligen tillfälle att ställa den fråga som hon haft på tungan under hela kvällen.

"Varför vill du plötsligt åka på en båttur, mamma? Är inte det onödigt besvärligt, med tanke på rullstolen och allt."

"Jag kom inte på något bättre", suckade Daniella, "och jag skulle faktiskt vilja se öarna, men framför allt behövde jag komma på en anledning till att *inte* låta Johannes spela. Det känns så hotfullt med den här skumma figuren som tycks skugga oss, och som dessutom har besökt Mattia Brunetti i hans verkstad."

"Jag är mer oroad över Johannes fixering vid fiolen", sa Bianca fundersamt. "Det kanske vore bättre om den bara försvann."

"Försvann? Du menar att jag skulle sälja fiolen?"

"Ja…" Bianca drog på orden. "Sälja den, eller låsa in den för gott. Det där instrumentet verkar nästan ha fått Johannes i sitt våld."

"Bianca, det är bara en fiol. Ett oskyldigt föremål…"

"Vapen är också oskyldiga föremål. Tills de används."

18

Egentligen hade Daniella velat kliva (eller snarare rulla) iland både på Isola Madre och Isola Bella, men vid anblicken av de branta sluttningarna på de två öarna tvingades hon avstå. Bianca hade dessutom berättat att gångvägarna bestod av grus, samt att det förekom en hel del trappor, vilket fällde avgörandet – de fick helt enkelt vänta med att gå iland tills båten angjorde den betydligt flackare Isola dei Pescatori.

Isola Superiore, som ön också kallades, var den minsta av de tre Borromeiska öarna och skilde sig högst avsevärt från de övriga två. När Bianca och Johannes, med visst besvär, hade rullat av Daniella från båten möttes de av en ålderdomlig liten by med smala gränder och lutande stenhus, helt väsensskild från den överdådiga prakt som präglade de båda större öarna. Här fanns varken palats eller exotiska trädgårdar, istället utgjordes bebyggelsen av anspråkslösa två- eller trevåningshus, tätt sammanpackade på en yta som inte var större än två hektar.

Johannes hade tagit reda på att adelsfamiljen Borromeo, på 1500- och 1600-talet, hade grundlagt en hel liten "stat" runt Lago Maggiore. När de påkostade palatsen på Isola Madre och Isola Bella började anläggas, lämnades den lilla fiskebyn på Isola dei Pescatori åt sitt eget stillsamma öde. En sakta krympande befolkning fick dock med tiden allt svårare att försörja sig på fisket i sjön och idag bodde endast ett tjugotal personer permanent på ön.

Men trots att Isola dei Pescatori var glest befolkad rådde

det nära nog trängsel i de trånga gränderna. Turisterna var kanske inte lika talrika som på de båda andra öarna, men ändå tillräckligt många för att Johannes skulle känna sig obekväm där han kämpade för att ta sig fram med Daniellas rullstol. Dessutom försvårades framfarten av att gränderna ibland var så smala att man kunde vidröra husväggarna på vardera sidan.

När Bianca insåg att Johannes när som helst kunde drabbas av panik, tog hon ett resolut tag i rullstolen och vände den helt om.

"Vi går tillbaka till hamnen", sa hon bestämt. "Det är alldeles för mycket folk här."

"Jag är ledsen, Johannes", sa Daniella ångerköpt. "Det var en dålig idé att åka hit, men jag ville så gärna återse öarna. Jag inte har varit här sedan jag var barn, men jag har inget minne av att det var sån trängsel då."

"Och ändå har inte den verkliga högsäsongen startat", muttrade Bianca.

På uteserveringen till restaurangen, med det passande namnet La Pescheria, var det behagligt glest med folk, och Johannes såg avsevärt lugnare ut när de hade slagit sig ner vid ett bord som skuggades av en stor parasoll.

Kyparen, som så här tidigt på säsongen inte hunnit tröttna på turister, kom leende fram till deras bord med menyerna – och med upplysningen att dagens nyfångade fisk bestod av *pesce persico fritto*, det vill säga stekt abborre.

"Han bluffar", mumlade Johannes, när kyparen hade avlägsnat sig.

"Vad menar du? På vilket sätt bluffar han?" Bianca tittade förvånat på sin son.

"Abborren försvann från sjön för flera år sedan, precis som många andra fiskarter – ingen vet varför. Nu finns det i stort sett bara mört och öring i Lago Maggiore."

Bianca skakade på huvudet och sa roat: "Har du varit ute och nätfiskat igen?"

"Nej", svarade sonen med en axelryckning, "det var Antonio som berättade det för mig igår."

"Ni verkar komma bra överens", sköt Daniella in. "Du gillar honom, va?"

"Ja, han är schyst." Johannes log lite generat. "Det är lätt att prata med Antonio, typ som med en kompis."

Bianca fick en klump i halsen när hon hörde sonen beskriva sin relation med den äldre mannen, eftersom Johannes i stort sett saknade jämnåriga vänner.

"Ja, vi hade verkligen tur som träffade på Antonio", sa Daniella. "Tänk så mycket hjälp vi har fått av honom... och Marina."

"Han gör det nog för Enricos skull", sa Bianca tankfullt. "De måste ha varit mycket nära vänner och Antonio känner sig säkert förpliktigad att hjälpa Enricos dotter... alltså du, mamma. Dessutom verkar det som om Antonio uppskattar det här avbrottet i vardagen. Ja, med undantag för den där skumma figuren som verkar skugga oss."

"På tal om det", sa Daniella och vände sig mot Johannes. "Har du lagt märke till om någon följer efter oss?"

Innan Johannes hann svara anlände servitören med deras beställning och sällskapet högg raskt in på fisken som, även om den inte kom direkt från Lago Maggiore, smakade utmärkt.

Bianca noterade återigen att Johannes åt med god aptit, utan att ifrågasätta valet av maträtt. Hon hoppades innerligt att detta positiva beteende skulle hålla i sig när de återvände till Sverige.

"Nej, nu tycker jag att vi bryter upp och tar nästa båt tillbaka till Laveno", sa Daniella när hon druckit det sista ur den kopp kaffe som avslutade lunchen. "Jag vill gärna hinna träna lite mer med kryckorna."

Det var först nu som det slog Bianca att hennes mamma hade använt båda händerna när hon åt sin mat och när hon skickade iväg ett sms – ett litet, men betydelsefullt, tecken på att läkningsprocessen gick framåt.

"Hinner jag spela idag?" Johannes fråga avslöjade att hans tankar fortfarande kretsade kring fiolen och att han endast motvilligt uthärdade utflykten på sjön.

"Vi får se", svarade Bianca. "Det hänger nog på Antonio, eftersom hans hus är det enda ställe där du kan hålla till."

"Antonio sa att jag fick besöka honom när som helst, om jag ville öva."

Bianca mindes gårdagskvällens samtal med Daniella och hon kände en plötslig ovilja mot att tillmötesgå Johannes begäran.

"Som sagt, vi får se…", sa hon i betydligt skarpare ton än hon egentligen hade tänkt.

* * *

Johannes planer beträffande fiolen – liksom Daniellas tankar på att träna med kryckorna – fick emellertid ett abrupt slut i samma stund som de klev av färjan i Laveno.

"Pappa!" Johannes stannade tvärt när han fick syn på Erland, som väntade vid bryggfästet.

När Bianca hörde sonens förvånade utrop bromsade hon in Daniellas rullstol och riktade blicken åt det håll som Johannes stirrade. Och mycket riktigt, det var verkligen Erland som stod där på kajkanten, med handen höjd till en osäker hälsning och ett förläget leende på läpparna.

Vad i helvete, hann Bianca tänka innan Johannes tog ett steg närmare henne och mumlade tyst: "Pappa ska inte vara här, han förstör allting…"

Bianca kunde inte avgöra om sonen menade att Erland tidigare hade förstört deras familj, eller om han nu saboterade deras Italienvistelse, men en sak var hon säker på: att Erland dök upp på det här viset, utan att förvarna dem, var ett säkert sätt att skapa panik hos Johannes.

Medan irriterade båtpassagerare trängde sig förbi, stod alla tre som fastfrusna på bryggan, osäkra på hur de skulle hantera situationen.

Det var Erland som bröt dödläget genom att kliva ut på bryggan och sakta närma sig den häpna trion. Han bar en liten resväska i handen som han ställde ifrån sig innan han pressade fram ett nervöst leende och sa: "Eh ... hej. Jag tänkte att jag skulle överraska er ..."

"Och det lyckades du sannerligen med", avbröt Bianca i brysk ton. "Det här var verkligen en dålig idé, Erland. Och du vet varför ..." Hon gjorde en menande ögonrörelse åt Johannes håll, och noterade samtidigt att sonen stod med blicken riktad ner mot sina fötter. "Förresten, hur kunde du hitta oss?" fortsatte hon anklagande.

"Tja, det var inte så svårt", svarade han i lätt ton. "Jag visste ju att ni skulle träffa en jurist och det finns inte så många att välja på i den här lilla staden, och när vi pratades vid i telefon häromdagen nämnde du att ni fick hjälp av en person som hette Antonio. Resten var ganska enkelt att klura ut."

"Så du har pratat med Antonio?" Bianca fick genast en känsla av att Erland hade klampat in på ett privat område dit han inte hade tillträde.

"Ja ..." Han drog på orden, som om han först nu insåg det självsvåldiga i sitt agerande. "Han var mycket vänlig, även om han först var lite misstänksam. Men när jag förklarade hela situationen ..."

"Vilken situation?" Bianca kände sig frestad att påminna Erland om att det var han som var orsaken till "situationen", men hon avstod efter att ha sneglat mot Johannes. Det var onödigt att starta ett gräl nu när sonen redan var stressad.

"Jo, jag berättade för Antonio att jag är pappa till Johannes och att jag rest hit för att få träffa honom." Erland gjorde en paus och riktade blicken mot sonen, som under tystnad fortsatte att studera sina skor.

"Som sagt", fortsatte Erland nervöst, "Antonio var skeptisk till en början, men när jag visade bilden av oss tre tillsammans – du vet, den som jag alltid har i min plånbok – blev han övertygad och berättade att ni bor på Albergo Lago Blu, men att ni hade gjort en båtutflykt nu på förmiddagen."

"Och varför ringde du inte först och förvarnade oss?" Bianca kunde inte hindra sin röst från att darra av irritation.

Istället för att svara tog Erland några steg fram till Johannes och lade en hand på sonens axel. Pojken stelnade till, men gjorde ingen ansats att vrida sig ur greppet.

"Hej, Johannes", sa Erland, nästan viskande, "jag vet att du är arg på mig, men jag har saknat dig så mycket och du får inte tro att jag har övergett dig – det skulle jag aldrig göra."

Johannes stämma var nätt och jämnt hörbar när han svarade: "Det har du redan gjort."

En sorgsen suck hördes från Erland innan han vred på huvudet och kastade en hjälplös blick mot Bianca.

För ett kort ögonblick kunde hon förnimma ett stråk av sympati för sin skenbart botfärdige make, men känslan ersattes snabbt av irritation över Erlands abrupta sätt att närma sig Johannes. Vad hade han väntat sig egentligen? Att sonen skulle ta emot honom med öppna armar och omedelbart ta honom till nåder.

Det var så typiskt Erland, konstaterade Bianca, hans självupptagenhet hindrade honom från att tolka och förstå andra människors känslor och tankar. Bianca gissade att det var Erlands privilegierade uppväxtmiljö som var orsaken till hans fåfänga och högmod, men hon uteslöt inte att han även kunde lida av någon mental dysfunktion.

Men även om Erland ofta uppträdde egocentriskt måste Bianca erkänna att han var förmögen till starka känslor – vilket var det främsta skälet till att hon en gång hade fallit för honom. Problemet var att han numera verkade hysa starkast känslor för sig själv.

Under tiden som deras lilla drama utspelade sig hade nya passagerare börjat strömma till – i motsatt riktning den här gången. Turbåten som trafikerade Lago Maggiore skulle avgå inom kort och trängseln på bryggan fick Johannes att känna sig illa till mods.

Daniella observerade vad som höll på att hända och sa, med bestämd röst: "Här kan vi inte stå och dividera. Nu beger vi oss till hotellet, jag har ett par kryckor som väntar på att bli använda."

"Men ..." Besvikelsen stod tydligt skriven i Erlands ansikte. "När kan vi träffas igen? Skulle vi inte kunna äta middag tillsammans ikväll?"

Utan att svara greppade Bianca handtagen på Daniellas rullstol och såg sedan till att Johannes följde henne tätt i hälarna när hon kryssade sig fram mellan människorna, i riktning mot kajen.

Erland stod ensam kvar på bryggan och såg dem försvinna bland de tillströmmande turisterna.

Han hade något besviket i blicken och läpparna var sammanpressade till ett smalt streck.

"Jag är en idiot", viskade han tyst för sig själv, "det där kunde jag ha skött bättre."

19

Från sin plats på uteserveringen som tillhörde Albergo Lago Blu hade Antonio fri utsikt över Lavenos hamn, och han hade kunnat se när utflyktsbåten lade till för gott och väl tjugo minuter sedan.

Han tittade oroligt på klockan, som närmade sig fyra på eftermiddagen, och drack upp den sista skvätten av kaffet.

Med eller utan rullstol borde de ha varit här nu, tänkte Antonio och tog fram sin Nokia för att än en gång granska det sms i vilket Daniella hade meddelat att hon, Bianca och Johannes skulle anlända med färjan klockan halv fyra och att de, på Antonios förslag, skulle sammanstråla på hotellet.

Medan han väntade gick tankarna till det tidigare mötet med Erland.

Antonio hade varit helt oförberedd när den okände mannen ringde på hans dörrklocka i morse. Och han visste inte hur han skulle agera när mannen som stod på trappan presenterade sig och på knagglig italienska bad att få veta var hans familj befann sig.

I sin förvirring, blandad med misstänksamhet, hade Antonio krävt att få se bevis på mannens identitet, vilket denne hade presenterat i form av ett familjefoto. Motvilligt hade Antonio släppt in Erland i huset och, efter viss övertalning, hade han avslöjat namnet på hotellet där familjen bodde, samt deras planer för dagen.

Det var först när Erland lämnat huset som Antonio hade

drabbats av tvivel. Trots att Erland hade verkat artig och trevlig på alla sätt, var det ändå någonting oroande med hans plötsliga uppdykande.

Han skulle precis plocka upp mobilen för att ringa till Daniella när sällskapet dök upp på strandpromenaden. Antonio suckade lättat och gick dem till mötes.

"Jag började bli lite orolig eftersom ni dröjde", sa Antonio och kastade en forskande blick på Johannes, som hängde med huvudet.

"Ja…" Daniella drog en aning på orden. "Vi blev uppehållna vid färjan av en oväntad besökare som du tydligen har träffat."

Antonio kände hur han rodnade när han stammande berättade om sitt möte med Erland.

"Du behöver inte be om ursäkt, Antonio", sa Bianca efter att han avslutat sin bekännelse. "Vi blev lite förvånade bara. Och Erland skulle ha hittat oss även utan din hjälp."

Antonio verkade lättad av Biancas försäkran och bekymmersrynkorna i pannan slätades ut.

"Så vad gör vi nu?" undrade han lite försiktigt. "Jag menar inte att stressa er, men det är ju en del saker som måste ordnas upp innan ni reser tillbaka till Sverige."

"Du tänker på huset, förmodar jag?" sa Daniella tankfullt.

"Just det", svarade Antonio. "Du behöver först skriva på överlåtelsehandlingarna och därefter bestämma dig för vad du vill göra – behålla eller sälja. Men jag måste varna dig: oavsett vad du väljer kommer du att få stångas med den italienska byråkratin. Jag kommer givetvis att hjälpa dig, men det brukar vara en seg process, i synnerhet när det handlar om utländskt ägande av fastigheter. Dessutom är det en massa avtal som måste flyttas över till dig: el, gas, vatten, fastighetsskötsel och…"

Daniella höll upp en avvärjande hand och sa: "Stopp,

Antonio. Jag fattar att det är mycket som måste fixas, men jag behöver först diskutera saken med Bianca. Det här är ett stort beslut som även handlar om mitt hälsotillstånd – om jag inte ens kan ta mig till huset så finns det ingen anledning att behålla det."

"Men du har ju gjort stora framsteg, Daniella." Antonio tog ett steg mot henne och lade en hand på hennes axel. "Det dröjer säkert inte länge förrän du är på benen."

"Jag vet inte…" Daniella suckade djupt. "Men på tal om det borde jag träna med kryckorna. Antonio, är det för mycket begärt att be dig hålla Johannes sällskap medan Bianca och jag går upp till vårt rum?"

"Inte alls, det gör jag så gärna." Antonio vände sig mot Johannes. "Om det är okej för dig alltså?"

Johannes tittade upp mot den äldre mannen och muttrade fram: "Jag vill spela…"

"Kanske lite senare", sa Antonio i svävande ton. "Jag föreslår att du och jag går en promenad medan mamma och mormor har sitt samtal. Eller, jag har ett bättre förslag: Ska vi kanske ta linbanan upp till Sasso del Ferro? Det är en fantastisk utsikt från toppen."

Johannes ryckte på axlarna vilket Antonio tolkade som att det inte spelade någon roll.

"Linbanan alltså", fortsatte han med tillkämpat glättig röst och vände sig sedan mot Daniella: "Ska vi ses hemma hos mig vid sjutiden och äta middag? Marina bjuder. Ja, om ni kan tänka er tortellini från frysen."

"Om det inte är för mycket besvär." Daniella log tacksamt mot Antonio. "Och jag är säker på att Marinas tortellini är delikata."

Efter en hisnande färd med linbanan, en stor portion pistageglass och ett glas Lemon soda verkade Johannes ha släppt tankarna på fiolen – och mötet med sin pappa.

Antonio smuttade på sitt kaffe och lät blicken panorera över den spektakulära vyn. Här, på elvahundra meters höjd, hade man en strålande utsikt över hela Lago Maggiore, med Lavenos tegeltak som ett rött gytter vid foten av berget. Vid sjöns norra ände reste sig bergen majestätiskt höga och övergick snart i alpkedjans taggiga siluett. En skarp rand avslöjade snögränsen på de högsta topparna och vid horisonten smälte bergen samman med himlen.

Även om Antonio hade beundrat den här utsikten under ett helt liv kunde han aldrig få nog, och han tackade ödet för privilegiet att få bo på en av de vackraste platserna på jorden – ja, egentligen hade han inte så mycket att jämföra med, men han gissade att det förhöll sig så.

Johannes såg också ut att njuta av det storslagna sceneriet där han satt, lätt tillbakalutad i stolen, och läppjade på sin läsk.

"Jag kan se båten som vi åkte med tidigare idag", konstaterade han och satte upp en skymmande hand för solen.

"Mm..." Antonio kisade för att kunna upptäcka färjan, som på det här avståndet såg ut att ligga nästan helt still på vattnet.

"Hade ni en trevlig tur? Jag förstod att ni gick iland på Isola dei Pescatori."

"Ja, det var fint." Johannes fick något sorgset i rösten när han fortsatte: "Men mycket folk, vilket jag inte gillar. Och det värsta var när vi kom tillbaka och pappa stod och väntade på oss."

Antonio svalde ner skuldkänslorna över missen med att förvarna om Erlands plötsliga uppdykande, istället ville han ta tillfället i akt och prata med Johannes om det uppenbart problematiska förhållandet med Erland.

"Du verkar vara arg på din pappa", öppnade han lite

försiktigt, väl medveten om att han inte kände till särskilt mycket om upprinnelsen till konflikten.

Johannes såg först ut att sluta sig bakom en mask av frustration, men efter några sekunder lyfte han blicken och sa, med bitterhet i rösten: "Ja, jag är arg för att pappa har svikit oss. Vi var väldigt bra kompisar förut, men nu har han sjabblat totalt…."

"Johannes", avbröt Antonio bestämt, "det råder inget tvivel om att din pappa fortfarande tycker väldigt mycket om dig, även om han har lämnat ert hem. Och om jag får komma med ett råd så ska du inte avvisa hans kärlek, eftersom ni båda två förlorar på det."

Det kom ingen kommentar från Johannes, istället blängde han skeptiskt mot honom.

"Får jag berätta en historia för dig?" fortsatte Antonio oberört. "En ganska sorglig historia ur mitt eget liv."

Johannes nickade sakta, under fortsatt tystnad.

Medan minnena sköljde över Antonio inledde han berättelsen om sin egen pappa, Fabio, som dog två gånger.

* * *

Fabio Monteverdi tillhörde fjärde generationen vinodlare i kommunen Gattinara, strax söder om Lago Maggiore. Den lilla vingården, med tillhörande jordbruk, hade överlevt vinlusens förödande framfart i slutet av 1800-talet och när Fabio tog över verksamheten efter sin far var det åter möjligt att odla den uppskattade nebbiolodruvan.

Antonio mindes sina första år på gården som en idyll där hans egen familj – tillsammans med farföräldrarna – levde ett gott, om än inte överdådigt, liv på vad jorden producerade. Visserligen var det oroliga tider i Europa och i resten av världen – delvis orsakat av ett Italien som, under Benito Mussolinis ledning, gjorde fåfänga försök att realisera sina

190

absurda stormaktsdrömmar – men ännu hade inte krigets vindar nått det skyddade hörn av landet där Antonio levde.

Allt förändrades i juni 1940 när Mussolini, lika senkommet som opportunistiskt, förklarade krig mot de allierade. Den påföljande allmänna mobiliseringen omfattade alla vapenföra män, däribland Antonios pappa, som mot sin vilja lämnade släktgården för att delta i den misslyckade invasionen av Grekland, på hösten 1940.

Genom de sällsynta, och hårt censurerade, breven från Fabio hölls familjen underrättad om den ångest och skräck som han kände inför det meningslösa kriget. Något år senare upphörde breven helt att komma efter det att Fabio tvingats med i den italienska expeditionskåren som skickades till Ryssland för att delta i Tysklands anfallskrig mot Sovjetunionen.

Fabio tillhörde den lilla spillra av *Corpo d'Armata* som överlevde nederlaget i öster – och som önskade att de inte hade gjort det – och när han, efter en fångutväxling, anlände till Gattinara på våren 1944 var det en bruten man som hälsades välkommen av sin familj.

Antonio mindes hur pappan, utmärglad och plågad av dysenteri, hade stirrat på honom med oseende ögon – som om han inte kände igen sin egen son. Under nätterna som följde vaknade Fabio vid minsta ljud, och bröt ihop fullständigt om någon smällde igen en dörr.

Att återuppta arbetet på gården blev en övermäktig uppgift för Fabio, som tillbringade sina dagar med att rastlöst vanka omkring i huset. När han vid sällsynta tillfällen vågade sig ut höll han blicken riktad mot himlen, som om han förväntade sig ett flyganfall eller artilleribeskjutning.

Antonios farföräldrar var alldeles för gamla för att ensamma sköta gården – och många av männen i arbetsför ålder var antingen döda eller skadade – vilket gjorde situationen ohållbar för familjen Monteverdi. Till slut tvingades de sälja gården och slog sig ner i Laveno där Antonios mamma, Lucia, hade sina rötter.

Familjen Monteverdi blev väl omhändertagen av Lucias släktingar, men ingenting kunde hindra att Fabios krigsneuros förvärrades. Han slutade äta, sov endast korta stunder, och svarade enstavigt på tilltal.

Fullkomligt maktlös fick Antonio bevittna hur hans far gradvis tynade bort, för att slutligen ta sitt eget liv i mars 1948. Synen av pappan, hängande i en snara från taket i köket, kom att förfölja Antonio under hela hans fortsatta liv.

* * *

"Sorgligt", konstaterade Johannes, när Antonio var färdig med sin redogörelse, "men varför berättar du det här?"

"Jo…" Antonio letade efter orden. "Vad jag vill säga är att jag aldrig fick någon chans att lära känna min pappa, han var död långt innan han tog sitt liv. Och lärdomen, som jag hoppas att du ska ta till dig, är att man aldrig ska stänga några dörrar."

"Vad menar du?" Johannes tittade tvivlande på honom.

Antonio satt tyst en stund, som om han övervägde hur han skulle fortsätta.

"*Du* har fortfarande en pappa, Johannes", sa han till slut. "En pappa som bryr sig om dig, som älskar dig. Om du avvisar honom nu kanske ni aldrig hittar tillbaka till varandra."

"Men han har ju stuckit!" protesterade Johannes med gäll, nästan förtvivlad, röst. "Det är han som har lämnat mamma och mig."

"Jag känner naturligtvis inte till orsaken till att din mamma och pappa har separerat", fortsatte Antonio i dämpad ton, "men jag är helt säker på att han inte har lämnat dig."

"Det har han visst…" Tårar av ilska hade stigit upp i

Johannes ögon, men rösten lät mer osäker.

"Hur kommer det sig då att han åker ända hit till Italien för att berätta att han saknar dig? För det har han väl sagt?" gissade Antonio.

Johannes nickade lamt, med tårar i ögonen.

"Jag är en gammal man", fortsatte Antonio, "och jag har under alla år levt med saknaden efter min far. Du, däremot, är fortfarande ung och kan välja att behålla din pappa."

Antonio kunde se i pojkens ögon hur flera motstridiga känslor tampades om herraväldet, och han undrade om han hade gått för snabbt och hårt fram med sina påtryckningar.

Johannes satt tyst en lång stund. När han till slut öppnade munnen var rösten vädjande: "Jag vill spela..."

"Eh... ja, det är klart att du ska få spela, Johannes. Men du kanske kan vänta till imorgon?"

"Du förstår inte. Jag *måste* spela!"

Antonio hörde den desperata tonen i pojkens röst, och han såg den nästan fanatiska glöden i blicken.

En rysning letade sig ner längs den gamle mannens ryggrad.

20

"Vad fint du har fått det i trädgården, Antonio", sa Daniella och svepte med blicken över de ansade rabatterna och de nyklippta buskarna. "Du måste ha slitit hårt. Eller har du fått hjälp av någon?"

"Tja, jag fick ett ryck när Johannes var här och övade senast. Jag borde ha gjort det för länge sedan, men nu när Johannes ville vara ensam…"

"… så blev du förvisad från ditt hem", fyllde Bianca i med ett skratt.

"*Papà*", sa Marina förmanande, "du har väl inte tagit i för hårt? Du vet ju vad läkaren har sagt om ditt blodtryck."

Marina hade anslutit lagom till kaffet som avslutade middagen, och hon satt nu tillsammans med de övriga på terrassen, medan Johannes hade stängt in sig i matsalen, i sällskap med fiolen och en bunt notblad.

Bianca konstaterade belåtet att Antonio och Marina, efter bara några dagars bekantskap, blivit som två nya familjemedlemmar – i synnerhet Antonio, som verkade angelägen om att tillbringa det mesta av sin tid tillsammans med dem. Det var också rörande att se hans framgångsrika ansträngningar med att komma Johannes inpå livet samt hans helhjärtade engagemang i frågorna kring Daniellas arv.

Förstulet kastade Bianca en blick på sin mamma, som såg nöjd och stolt ut där hon nu, för första gången, satt i en av korgstolarna runt bordet.

Vid sidan om Daniellas stol låg hennes kryckor, som ett

talande bevis på att hon hade gått hela sträckan från hotellet på egna ben. Bianca hade först varit orolig för att hennes mamma inte skulle orka, men Daniella hade varit envis. "Det är tvåhundra meter, Bianca", hade hon sagt, "och i värsta fall får du väl ringa efter en taxi."

Medan skymningen sänkte sig över trädgården, och cikadorna inledde sin entoniga serenad, försjönk Bianca i funderingar över Erland som, lika oväntat som ovälkommet, dykt upp vid färjeläget.

Tanken på Erland fick Bianca att erinra sig telefonsamtalet tidigare på kvällen: Erland hade ringt upp henne när de var på väg att lämna hotellet och med ynklig röst bett om ursäkt för sitt beteende. Därefter hade han övergått till att bönfalla Bianca om att få träffa Johannes, något som hon hade avvisat direkt – Johannes var helt enkelt inte redo för det. Samtalet hade lämnat en bitter eftersmak, men hon hade ändå svårt att ignorera den nästan desperata tonen i Erlands röst.

"Jag skulle vilja prata med er om Erland." Antonios plötsliga yttrande fick Bianca att rycka till. Har jag pratat för mig själv, undrade hon, eller är mannen kanske tankeläsare?

"Ja, egentligen handlar det om relationen mellan Johannes och Erland", skyndade sig Antonio att förklara när han såg Biancas bestörta min.

I den spända tystnaden som uppstod tog Antonio ny sats och berättade om sitt samtal med Johannes tidigare under dagen. Han avslutade med att konstatera: "Jag har försökt att så ett frö hos pojken, för att han ska förstå konsekvenserna av att stänga ute sin pappa. Men det behövs mer ..."

"Mer av vadå?" undrade Daniella stridslystet. "Det är Erland som har orsakat problemet och nu vill han hux flux bli tagen till nåder. Tydligen har Erland inte fattat att trygghet och stabilitet är livsviktigt för Johannes. Att Erland utan förvarning dyker upp här skapar kaos i pojkens huvud."

Antonio satt tyst en stund och försökte smälta Daniellas ord. Han kunde förstå hennes upprördhet över Erlands beteende, men kände samtidigt att hon missade en viktig poäng.

"Jag håller med om att det var klumpigt gjort av Erland, men det här handlar om framtiden – om deras fortsatta relation. Jag är övertygad om att de behöver varandra, och att det skulle vara fel att låta tillfället till försoning gå förbi."

"Och hur skulle det gå till?" Bianca hade hittills suttit tyst och lyssnat på ordväxlingen mellan Antonio och Daniella.

"Jag har funderat lite", sa Antonio med tålmodig röst. "Ni befinner er allihop i Italien – på neutral mark, så att säga – och ni har en gemensam nämnare i musiken. Jag tycker att ni ska utnyttja den för att slå en bro mellan pojken och hans pappa."

Daniella såg fortfarande skeptisk ut, men Bianca skyndade sig att bekräfta Antonio: "Jag har faktiskt funderat i liknande banor själv. Självklart måste Johannes behov komma i första hand, och han behöver verkligen sin pappa. Men hur skulle det gå till? Johannes vill ju knappt ens träffa Erland."

"Jag har ett förslag", sa Antonio. "Varför inte bjuda in Erland som åhörare när Johannes spelar på fiolen? Jag har fått intrycket att pojken använder musiken för att kommunicera, när hans ord inte räcker till."

"Ja, så har det alltid varit", sa Bianca eftertänksamt. "Men om han vägrar att spela med Erland som publik?"

Antonio tog en klunk av sitt kaffe innan han fortsatte: "Vi kanske inte behöver förvarna Johannes, utan helt enkelt låta Erland dyka upp när han ska spela?"

"Nej, nej", skyndade sig Bianca att svara. "Johannes hatar överraskningar, han behöver få veta allting i förväg annars får han panik."

"Tja, då återstår väl ingenting annat än att prata med

pojken", sa Antonio bestämt. "Jag är säker på att han kommer att förstå... och acceptera."

Daniella sneglade misstroget på Antonio och mumlade: "Jag skulle inte sätta några pengar på det, men om du vill försöka övertala honom så lycka till."

Antonio besvarade Daniellas syrliga kommentar med ett milt leende och nickade därefter eftertryckligt, som en bekräftelse på att han antog utmaningen.

När de känsliga frågorna som handlade om Erland nu var – åtminstone tillfälligt – avklarade, lättade stämningen runt bordet och samtalet gled in på Daniellas ärvda hus.

När Bianca tidigare diskuterat husfrågan med sin mamma hade det framkommit att hon ville behålla stället i Castello Cabiaglio, åtminstone tills vidare.

"Visst vore det väl trevligt med en sommarbostad i Italien?" hade Daniella sagt. "Men allt hänger på om jag har råd med stället."

"Du har en fiol som du kan sälja", hade Bianca kontrat.

"Allra helst vill jag att Johannes ska få behålla fiolen, fast problemet är ju hur ska den kunna skyddas?"

"Det är kanske viktigare att ställa frågan hur Johannes ska kunna skyddas från fiolen", hade Bianca bistert replikerat.

När Daniella nu avslöjade för Antonio och Marina att hon bestämt sig för att behålla *la casa della strega*, sprack Antonios mun upp i ett brett leende.

"Det här måste vi fira", utbrast han och försvann iväg mot köket för att leta upp någon lämplig dryck att skåla i.

En kort stund senare satt de med varsitt glas prosecco i handen och drog upp planer för Daniellas framtid som fastighetsägare.

"Jag hjälper dig gärna med transport till huset", sa Marina ivrigt. "Det krävs ju bil för att komma dit och det kanske dröjer innan du kan köra själv."

"Tack, det är snällt av dig", log Daniella, "men vi får se när det blir av. Jag måste bli betydligt rörligare innan jag ens kan överväga att bo i huset. Dessutom finns det en trappa där …"

"Jag har ett förslag", avbröt Marina. "Vi kan åka upp till huset redan imorgon, då kan du pröva hur mycket du klarar av. Och så får du se stället med egna ögon."

"Ja, det kanske inte vore så dumt att först besöka mitt eget hus så att jag vet vad jag ger mig in på", skrattade Daniella.

När det uppstod en paus i samtalet kunde de, mycket svagt, uppfatta tonerna som strömmade ut från matsalen, där Johannes befann sig – som en påminnelse om den ännu inte avgjorda frågan om fiolens framtid.

Till slut kände sig Daniella tvungen att ta bladet från munnen: "Det börjar bli sent, och jag förmodar att vi måste prata om fiolen också …"

"Hm …", började Antonio, "oavsett vilket beslut som fattas måste instrumentet förvaras på ett säkert ställe – betydligt säkrare än kassaskåpet på kontoret."

"Jag är rädd att Johannes redan har avgjort saken", suckade Daniella. "Han har förälskat sig i fiolen och …"

"Förälskad är kanske inte rätt ord", invände Bianca bekymrat, "snarare besatt."

"Äh, så illa är det väl inte", sa Daniella. "Jag tror snarare att det är nyhetens behag – han har upptäckt vilka möjligheter som instrumentet skänker honom och nu vill han utforska hur långt de kan leda honom."

Bianca ruskade på huvudet utan att säga något, hon kände sig långt ifrån övertygad.

Antonio tittade spänt på Daniella och sa: "Jag ska inte hymla med att det vore en lättnad för mig om ni tog med er fiolen till Stockholm, eller låste in den i ett bankfack här i Italien. Visserligen var det ett tag sedan vi såg till den där mannen som bevakade oss, men han är säkert inte långt borta."

"Jag tror att det får avgöra frågan", sa Daniella bestämt. "Du, Antonio, ska inte behöva ta fortsatt ansvar för fiolen, du har redan gjort mer än tillräckligt."

Som om han hade lyssnat till hela samtalet, och bara väntat på att få göra entré, stod plötsligt Johannes vid altandörrarna, med fiolen i ena handen och stråken i den andra. Hans kinder glödde av upphetsning och mungiporna pekade uppåt i ett saligt leende.

"Nu har jag spelat igenom nästan alla capricciona", flämtade han lyckligt.

Fyra par förvånade ögon riktades mot pojken, ingen hade lagt märke till att han hade slutat spela.

"Jag är törstig. Har du någon mer saft, Antonio?" fortsatte Johannes när han inte mötte någon reaktion på sitt förra tillkännagivande.

Antonio log varmt mot pojken och sa: "Självklart finns det mer saft, och jag tror att Marina uppskattar att någon dricker av den."

Han blinkade åt sin dotters håll.

"Men", fortsatte Antonio, "det var bra att du dök upp just nu, Johannes. Jag skulle nämligen behöva prata med dig om en sak."

"Ja, vadå?"

"Vi kanske kan ta det i enrum? Om du går in i matsalen och väntar så kommer jag strax med saften."

Med en kort nick i riktning mot de övriga reste sig Antonio på stela ben och vandrade iväg mot köket, med huvudet fullt av planer inför morgondagen.

Han hade en konsert att arrangera i Castello Cabiaglio, men först måste han försäkra sig om solistens medverkan.

Och bjuda in "hedersgästen".

21

Tavlan var borta!

Den lilla Crespi-målningen som hade hängt på väggen i ett av sovrummen i *la casa della strega* fanns inte längre på sin plats och det enda som skvallrade om att den någonsin hade befunnit sig där var en mörk rektangel på den solblekta tapeten.

Med stort besvär hade Daniella, tillsammans med resten av sällskapet, tagit sig uppför trappan till husets övervåning och nu stod de allihop och gapade häpet framför den mörka fläcken på väggen.

Antonio var den som först gav uttryck för den bestörtning som de alla kände: "Vem i hela friden kan ha stulit den? Vem kan överhuvudtaget ha känt till att tavlan fanns här?"

"Kanske fastighetsskötaren…", mumlade Marina.

"Knappast troligt." Antonio ruskade på huvudet.

"Är inte tavlan ganska värdefull?" undrade Bianca, som bara hade ett svagt minne av det lilla oansenliga porträttet.

"Jag kan inte så mycket om konst", svarade Antonio, "men jag skulle gissa att den är värd åtskilliga tusen euro."

"Det är tråkigt", utbrast Daniella, "men ingenting att göra åt. Visserligen känns det obehagligt att någon har varit inne i huset helt nyligen, men jag tänker inte låta det påverka mitt intryck av det här fantastiska stället. Jag får börja med att byta lås, helt enkelt."

Antonio kände sig lättad över Daniellas obekymrade reaktion och nickade uppmuntrande innan de fortsatte inspektionen av den ärvda fastigheten. Trots att huset var flera hundra år gammalt – och hade stått obebott under drygt ett halvsekel – gav det ett hemtrevligt och personligt intryck. På övervåningen, där de nu befann sig, var visserligen bara ett av de tre sovrummen möblerat, men det var lätt för Daniella att föreställa sig hur trivsamt det skulle bli om hon fick inreda rummen efter sitt eget huvud.

Daniella sjönk ner på en stol som var placerad i hallen ovanför trappan och blickade upp mot de svartnade träbjälkarna i taket. Hennes tankar gick till Enrico, som måste ha lagt ner en förmögenhet på att renovera och bygga om det gamla huset, i syfte att flytta dit med sin älskade Gia. Och det var lätt att föreställa sig hans besvikelse och hjärtesorg när hon valde att försvinna ut ur hans liv.

Nu när hon fått förklaringen av Antonio förstod Daniella varför hennes mamma hade lämnat Enrico, och det gjorde bara tragiken ännu större. Så mycket onödigt lidande, konstaterade hon uppgivet, och för så många människor.

En känsla av sorg lade sig som ett moln över Daniellas huvud och trängde undan den tidigare optimismen. Det här är ett oskäligt arv, tänkte hon, jag förtjänar det inte och frågan är om jag någonsin kommer att kunna bo här med rent samvete.

”Mamma.” Biancas röst väckte Daniella ur hennes grubblerier. ”Mamma, mår du bra?”

Daniella ruskade på huvudet för att bli kvitt melankolin, vilket Bianca uppfattade som ett nekande svar på hennes fråga.

”Om du reser dig så hjälper jag dig nerför trappan. Du kanske behöver lite frisk luft?” Bianca tog tag i Daniellas arm och fick upp henne ur stolen.

Tungsinnet som drabbat Daniella lättade något när hon hade klarat av trappan och åter befann sig i den rymliga salongen som upptog större delen av bottenvåningen. Här fick ljuset fullt tillträde genom flera stora fönster i två väderstreck, och de breda golvplankorna glänste som om de vore nylackerade – vilket säkert också var fallet, även om det hade skett för sextio år sedan. Möblemanget i rummet hade varit modernt på 1950-talet, idag skulle det förmodligen kallas retro och gå att sälja för avsevärda summor.

Daniella betraktade den stora, svartglänsande flygeln som stod framför altandörrarna. Inköpt för Gias skull, gissade hon, och förmodligen aldrig använd. Daniella mindes sin mammas flitiga övande på det gistna pianot i deras lilla lägenhet i Milano. Hur lycklig skulle hon inte ha blivit över det exklusiva musikinstrument som nu var i Daniellas ägo.

Salongens ena kortvägg dominerades helt av en enorm öppen spis, flankerad av två dörrar som ledde in till mindre rum, varav det ena var inrett som arbetskammare.

Det liknar ett museum, tänkte Daniella, omedveten om att samma tanke hade slagit Marina vid hennes första besök i huset.

"Vill du sätta dig en stund och vila?" undrade Bianca, som hade noterat hur Daniellas tidigare ljusa sinnesstämning hade ersatts av något som liknade vemod. Kanske, funderade Bianca, har mamma insett att hon aldrig kommer att orka sköta det här stora huset på egen hand.

"Jag behöver nog komma ut och andas lite", mumlade Daniella, och tog några steg i riktning mot uteplatsen, "det känns rätt kvävande här inne."

Bianca kunde hålla med om att det luktade lite inpyrt i huset, men hon anade att Daniellas känsla av instängdhet berodde på något annat – kanske sorgen över sin pappa, vars frånvaro med ens blivit så påtaglig.

Den stenlagda terrassen skuggades av ett yvigt fikonträd vars nedersta grenar befann sig i huvudhöjd. På Antonios uppmaning gick Johannes bort till köket och hämtade ut köksstolar, på vilka de slog sig ner i en halvcirkel.

"Jag skulle gissa att det finns utemöbler i källaren, eller kanske i uthuset", sa Antonio och pekade bort mot en liten oansenlig träbyggnad som låg nästan helt inbäddad i trädgårdens vildvuxna vegetation.

"Oj, det är så mycket att ta in", suckade Daniella, "och så många känslor som kommer över mig – både positiva och negativa."

Marina lade en hand på Daniellas arm och sa, med lugnande röst: "Det är inte så konstigt om du känner dig överväldigad, men om du tänker att det blir svårt att sköta stället så kan jag hjälpa till."

Daniella grep tag i hennes hand och kramade den hårt.

"Det är snällt av dig, Marina, men du har ditt jobb att tänka på. Och förresten är det inte bara skötseln av huset som jag tänker på, det är så mycket annat ..."

Antonio harklade sig och sa: "Vi kan säkert be fastighetsskötaren att röja upp i trädgården."

"Nu var det inte det jag tänkte på", sa Daniella med ett blekt leende. "Det är snarare husets sorgliga historia som trycker mig. Alltså att Enrico skapade allt detta för mammas skull, och så var allting förgäves ..."

Antonio tittade ner mot sina skor och muttrade något ohörbart.

Daniella skakade på huvudet, som om hon ville göra sig kvitt olustkänslan, och sa sedan med tillkämpat hurtig röst: "Det skulle vara intressant att veta lite mer om husets tidigare historia. Känner du till något om den, Antonio?"

Den äldre mannen lyfte på huvudet och blinkade några gånger innan han svarade: "Öh... egentligen inte särskilt mycket, men det går säkert att forska mer i saken. Det är i alla fall känt att familjen Navarro bodde här under flera generationer och att bottenvåningen där vi befinner oss användes som snickeri ända fram till början av 1900-talet. Jag tror att kvinnan som sålde huset till Enrico var den sista överlevande i släkten. Allt det här har jag fått höra av fastighetsskötaren, men det finns säkert mer att ta reda på i kyrkböckerna, eller av någon lokalhistoriker."

"Och namnet, *la casa della strega*, vet du var det kommer ifrån?"

"Ingen aning", svarade Antonio, "kanske har namnet funnits med länge, men det är ju också möjligt att husets sista invånare betraktades som en häxa. Ja, jag gissar bara..."

"Det är i alla fall spännande", sa Daniella med återvunnen entusiasm, "och jag måste erkänna att det känns som om jag hör ihop med huset på något märkligt sätt, som om det har väntat på mig."

"Ja, det är kanske här som ditt nya liv börjar", sa Antonio med en konspiratorisk blinkning åt hennes håll.

"Men nu skulle jag vilja se lite mer av trädgården", fortsatte Daniella.

"Tja, djungel är väl ett mer korrekt ord", log Marina. "Det blir nog inte lätt att ta sig fram, men om du tror att du orkar kan vi göra ett försök."

Daniella kom upp på sina kryckor och tog täten genom huset. Vid ytterdörren stannade hon till och synade den gamla ekporten.

"Jag kan inte se några brytmärken på dörren", konstaterade hon. "Undrar just hur tjuvarna tog sig in?"

"Låset är ju ganska enkelt och förmodligen lätt att forcera", sa Antonio. "Eller också kom de in via altandörrarna."

"Ska vi inte polisanmäla stölden?" undrade Bianca.

Antonio funderade en stund innan han sa: "Det blir nog svårt att förklara varför ett dyrbart konstverk har hängt helt oskyddat i ett obebott hus under drygt sextio års tid.

Dessutom har vi inga bevis för att tavlan verkligen har existerat, inte ens ett foto."

"Försäkring? Finns det någon sådan?" undrade Bianca.

"Bara en husförsäkring som täcker skador på byggnaden, men ingen stöldförsäkring. Jag har kollat upp det tidigare med förvaltaren." Antonio lät bestämd och Bianca valde att lägga ner frågan.

Daniella tog sikte på en knappt synlig stig som försvann in bland träden och buskarna i den försummade trädgården. När hon kommit ett tiotal meter stannade hon till och petade med kryckan i undervegetationen där några tynande jordgubbsplantor vittnade om att tomten förmodligen en gång hade varit uppodlad och försett de boende med grönsaker, frukt och bär.

Efter ytterligare ett tjugotal meter kom de fram till det som tidigare måste ha varit fruktträdgården: knotiga äppelträd tävlade om utrymmet med spretiga körsbärs- och päronträd – samtliga överblommade och nu dignande av gröna kart som utlovade en riklig skörd om några veckor.

Även om Daniella insåg att det skulle bli ett krävande arbete, såg hon redan nu fram emot att få röja upp på den försummade tomten, beskära fruktträden och plantera nyttoväxter i de gamla trädgårdslanden. Och rosor, tänkte hon, jag ska ha massor med rosor utanför huset.

I nästa stund blev hon vemodig igen när hon insåg att det inte alls var säkert att hon skulle bli tillräckligt återställd för att kunna ägna sig åt trädgårdsarbete.

Stigen hade nu nästan helt uppslukats av högt gräs och täta busksnår, vilket gjorde det svårt för Daniella att komma fram. Hon var precis på väg att ge upp och vända om när de nådde fram till en slänt, bevuxen med kortare gräs, som sluttade ner mot den lilla sjön.

Inramad av väldiga pilträd sköt en murken träbrygga ut

i vattnet och intill denna låg en gisten, grönmålad eka uppdragen på land. Stränderna runt den lilla sjön – som egentligen inte var större än en damm – kantades av starrväxter och vattenytan täcktes till stora delar av näckrosblad.

"Åh, så vackert!" utbrast Daniella.

Hon tystnade när hon insåg att hela denna romantiska idyll hade skapats av Enrico för att glädja Gia. Det var inte svårt att föreställa sig hur han hade planerat att de två skulle ro ut på sjön i den lilla ekan, kanske försedda med varsitt metspö och en picknickkorg.

Den sorgliga historen blev så mycket tydligare nu när de stod framför de multnande resterna av det som Enrico hade tänkt skulle bli en del av deras lilla paradis.

Hon kastade en förstulen blick mot Antonio för att se hur den äldre mannen reagerade vid anblicken av vännens ödelagda livsverk. Kanske var det en tår som hon skymtade i Antonios ögonvrå, men hon var inte säker.

Daniella blickade ut över den lilla sjön där svalorna cirklade runt på jakt efter insekter. Solen spred silver i det glittrande vattnet och från skogen hördes ihärdig sång från hundratals fåglar. Allt andades stillhet och harmoni.

Just i det ögonblicket förstod Daniella att det var här hon hörde hemma. Även om hennes liv i Sverige på många sätt varit bra hade saknaden efter Italien ständigt funnits där och nu hade hon, genom en ödets nyck, fått möjlighet att återvända till det land som hon haft en hemlig kärleksförbindelse med under hela sitt liv.

Kanske, tänkte Daniella, hade Antonio haft rätt i att det var nu som hennes tidigare liv tog slut och det nya började.

Att bosätta sig permanent i Italien kändes dock inte som ett alternativ, inte så länge Bianca och Johannes fanns kvar i Sverige, men som ett gemensamt sommarställe skulle huset kunna fungera utmärkt.

"Här skulle jag kunna tänka mig att tillbringa somrarna tillsammans med dig och Johannes", utbrast Bianca ivrigt.

"Menar du det?" Daniella log mot sin dotter. "Jag funderade just i samma banor, fast det är en del saker som oroar mig."

"Du tänker på det förflutna... på din pappa?"

"Nej", svarade Daniella, "jag tänkte mest på den här skumma figuren som har förföljt oss. Och inbrottet i huset ovanpå allt. Jag undrar om vi nånsin kommer att känna oss helt trygga här."

Bianca bet sig tankfullt i läppen. Sedan slogs hon av en annan tanke: Daniella hade inte någon gång under de senaste dagarna ställt frågor om sin pappa.

Hon hade inte ens bett om att få besöka hans grav.

22

Bianca kände hur pulsen ökade och svetten bröt fram i handflatorna.

Mittemot henne satt Antonio, flankerad av Daniella och Marina, och när Bianca sökte hans blick kunde hon utläsa en blandning av förväntan och oro. Uppenbarligen var han precis lika nervös som hon själv inför det som väntade.

När Bianca sneglade mot Erland, som satt bredvid henne i soffan, märkte hon att hans ögon var slutna och att händerna var hårt knäppta – som i bön.

Att Erland, för en halvtimme sedan, hade anlänt med taxi till *la casa della strega* var resultatet av gårdagens "förhandling" mellan Antonio och Johannes. Pojken hade till en början varit helt avvisande till förslaget att låta Erland närvara på en improviserad musikuppvisning, men efter upprepade påminnelser om vad som stod på spel hade Johannes slutligen givit med sig. "Jag fattar bara inte vad det ska tjäna till", hade han muttrat som svar på Antonios hypotes om att musiken kunde fungera som en helande kraft i den infekterade relationen mellan far och son.

När väl Johannes lämnat sitt medgivande hade Bianca ringt upp Erland, som omgående tackat ja till erbjudandet att bli åhörare vid sonens framförande av de Paganini-kompositioner som han tränat på under några dagar.

Medan skymningen sänkte sig över rummet, tätnade den förväntansfulla stämningen hos den lilla publiken, och när

Johannes slutligen klev in i salongen var det knappt någon som vågade andas.

Johannes gick med bestämda steg fram till den svarta flygeln, öppnade locket och placerade bunten med noter på notstället. Med en långsam, nästan utstuderat elegant rörelse satte han fiolen under hakan, höjde stråken och lät den sväva strax ovanför strängarna – vilket fick de fem åhörarna att hålla andan under några sekunder.

Bianca hade bara vid ett fåtal tillfällen hört någon av Paganinis komplexa capriccion framföras på scen, men när Johannes nu började spela lät det så självklart, trots att han inte ägnat särskilt mycket tid åt att öva.

Det inledande stycket – capriccio nummer 8 i E-dur – hade en skenbart enkel melodi, men genom växelspel på flera strängar skapades intrycket av att två, ibland tre, fioler deltog i framförandet.

Bianca häpnade när hon såg sonens fingrar dansa fram över greppbrädan. Hur var det möjligt, tänkte hon, att Johannes lyckats lära sig stycket på bara några timmar, medan andra violinister, inklusive hon själv, skulle behövt månader (om inte år) av träning för att bemästra verket?

Och det kom mer från Johannes. Med bara korta pauser emellan betade han i rask takt av capriccio nio, elva och fjorton. Visserligen var styckena bara några minuter långa, men antalet toner i vart och ett av dem skulle ha räckt till en hel violinkonsert.

Ingen i publiken vågade bryta den magiska stämningen genom att applådera, istället satt de mållösa av förundran över den virtuosa uppvisningen.

När Bianca, motvilligt, släppte Johannes med blicken och sneglade åt Erlands håll kunde hon se tårar strömma ner längs hans kinder – och till sin förvåning märkte Bianca att även hennes egna ögon var tårfyllda.

Johannes själv verkade befinna sig i ett transartat tillstånd. Han spelade med halvslutna ögon och behövde bara någon enstaka gång kasta en blick på notbladen. Bianca hade aldrig tidigare sett en sådan koncentration hos sin son – eller en sådan inlevelse.

Capriccio nummer tjugofyra – det kanske mest berömda stycket i hela samlingen – började med ett enkelt folkvisetema, där fiolen lät nästan exakt som en flöjt. Efter ytterligare några takter kom en variation på det inledande temat, men nu med extremt snabba drillar över flera oktaver. De återstående fyra minuterna av stycket bjöd på ett böljande växelspel mellan det smäktande subtila och det hetsigt intrikata.

Bianca kände en rysning fortplanta sig längs ryggraden. Visserligen njöt hon av musiken, och kände stolthet över sonens exceptionella begåvning, men det var också någonting skrämmande, nästan overkligt, över situationen – som om Guarnerin hade tagit makten över Johannes och styrde hans fingrar i ett halsbrytande tempo.

När de sista tonerna i capcricciot tonat ut fattade Johannes fiolen i halsen och vände sig mot sin förstummade publik.

"Nu kan jag inte några fler capriccion", mumlade han fram, "men jag har börjat öva in *Le Streghe*..."

"Får vi höra den?" undrade Erland, med en röst som var tjock av rörelse.

"Jag vet inte." Johannes log urskuldande. "Det fanns ju inga noter så jag fick kolla på nätet när andra spelade. Och det var svårt att se på mobilen. Dessutom ska stycket spelas tillsammans med piano eller orkester..."

"Om du vill så kan jag försöka", sa Erland, i dämpat vädjande ton. "Men om det nu inte finns noter..."

Johannes flackade nervöst med blicken, som om han helst ville fly från den laddade situationen.

"Du skulle kunna läsa noterna på mammas padda", mumlade han fram och tillade sedan, halvt hoppfullt: "Fast det är inte säkert att flygeln är stämd."

"Finns bara ett sätt att ta reda på det", sa Erland och reste sig snabbt ur soffan.

Han gick fram till flygeln, slog sig ner på pallen och satte fingrarna på tangenterna. Sedan hördes ett skärande falskt ackord.

Till och med Antonio kunde avgöra att det inte lät bra, och han kom på sig själv med att undra om pianostämning ingick i avtalet med fastighetsskötaren.

Erland skakade sorgset på huvudet och tittade upp mot Johannes.

"Tyvärr", sa han dystert, "det är nog många år sedan den här flygeln var stämd. Synd, för det är annars ett förnämligt instrument."

Johannes ryckte på axlarna och sa, med lättad röst: "Då spelar jag Le Streghe själv, men jag kommer att strunta i pizzicato-partiet – det är alldeles för svårt."

Med fiolen under hakan stod Johannes helt still en lång stund. Bara hans huvud rörde sig långsamt och Bianca förstod att han räknade takterna i det saknade pianopreludiet. Till slut höjde han stråken och lät den smäktande violinstämman fylla rummet.

Bianca rös till igen. Eftersom Johannes spelade utan noter var det uppenbart att han hade lyckats memorera hela det tolv minuter långa, och ytterst krävande, stycket bara genom att lyssna på andras inspelningar – hur det nu ens var möjligt.

Bianca hade kluvna känslor beträffande Paganinis kompositioner: rent musikaliskt var de inga märkvärdiga alster, egentligen bara en diskret fond till de avancerade violinfigurerna, men ibland hände det att en oväntat enkel

211

melodislinga – ofta av traditionell karaktär – dök upp och gav färg åt ett i övrigt tämligen banalt tema.

Och precis så var det med Le Streghe. Drygt halvvägs in i stycket kunde man höra några takter av något som liknade en folkvisa, men som därefter snabbt övergick i lekfulla utflykter – som om fiolen hade bråttom iväg från den triviala melodin.

Johannes behärskade stycket suveränt och det var inte till någon nackdel att han hade förenklat pizzicato-partiet – som enligt Biancas åsikt mest var en uppvisning i fingerfärdighet.

Johannes tolkning av Le Streghe hade en i det närmaste hypnotisk inverkan på åhörarna och Bianca visste inte vid vilket tillfälle som hon hade slutit ögonen för att helhjärtat kunna gå upp i musiken.

Förtrollningen bröts dock när hon kände en hand som grep tag i hennes, och när hon tittade upp igen såg hon rakt in i Erlands grågröna ögon.

Biancas första reaktion var att dra åt sig handen, men det fanns något bevekande i Erlands blick som fick henne att tveka. Och trots att hon egentligen inte ville släppa uppmärksamheten från musiken som Johannes framförde, började Bianca granska Erlands ansikte.

Det gick att utläsa en mängd olika känslor i hans blick och minspel: sorg, smärta och saknad – men också värme och kärlek. Biancas kände hur hennes puls rusade.

Johannes närmade sig nu det avslutande partiet av Le Streghe: ett jublande crescendo som fick Biancas hjärta att spritta av glädje.

När hon åter sökte Erlands blick lade Bianca märke till en plötslig förändring i hans uttryck: förvåning som avlöstes av skräck, därefter smärta.

Erland flämtade till och tog sig för bröstet.

Med vilt uppspärrade ögon sjönk han ihop i soffan.

Bianca gav ifrån sig ett klagande rop och försökte fånga upp Erlands kropp, samtidigt som Daniella, Marina och Antonio snabbt kom på fötter.

Johannes stelnade till och tappade greppet om fiolen.

Det hördes ett skorrande disharmoniskt ljud när instrumentet föll i golvet.

I nästa sekund blev det dödstyst.

23

Marina var den som först hämtade sig från den inledande chocken efter Erlands kollaps.

Hon slet fram sin mobil och slog med darrande fingrar in 112. Efter tre signaler fick hon prata med en kolugn larmoperatör som – efter att ha lyssnat till Marinas upphetsade beskrivning av situationen – gav instruktioner om hur de skulle sätta igång med en HLR-insats, och som därefter bad att få ringa upp med besked om när en ambulans kunde vara på plats.

Under Marinas samtal med larmtjänsten hade Daniella redan hunnit ge några snabba instruktioner till Bianca, som befann sig närmast Erland.

Bianca hade utdelat fem stötar i Erlands bröstkorg, när det ringde i Marinas mobil. Hon svarade snabbt och lyssnade sedan uppmärksamt medan operatören berättade att en ambulans råkade befinna sig i Castello Cabiaglio på ett sjuktransportuppdrag, och att den skulle vara på plats inom några minuter.

Medan Bianca fortsatte med sina ihärdiga upplivningsförsök tänkte Marina igenom vilka åtgärder som behövde vidtas för att skynda på räddningsinsatsen. Hon hade visserligen varit noga med att beskriva vägen till huset för larmoperatören, men hon var medveten om hur lätt det kunde vara att missa den smala avtagsvägen till huset.

”Jag möter ambulansen”, ropade hon rakt ut i rummet och sprang sedan iväg mot ytterdörren.

Det var först när hon skulle sätta bilnyckeln i tändningslåset som Marina märkte att hela hennes kropp skakade okontrollerat, och hon fick ta bägge händerna till hjälp innan hon till slut fick nyckeln på plats. Motorn startade med ett rytande.

Med ryckiga rattrörelser började Marina vända bilen på den lilla gräsplätten framför grinden.

Den smala skogsvägen som ledde fram till huset var inte lämpad för några högre hastigheter, men Marina avverkade sträckan fram till landsvägen på bara en halvminut – och var framme i precis rätt ögonblick för att hinna upptäcka ambulansen, som mycket riktigt var på väg att missa avfarten.

Hon hängde på tutan och fick till sin lättnad se hur fordonet bromsade in och därefter backade tills bilen kom i höjd med avtagsvägen. Föraren vevade ner rutan och gjorde ett tecken med handen som Marina tolkade som en fråga om vart han skulle köra.

Hon öppnade bildörren och rusade ut.

"Följ den här vägen fram till grinden", skrek hon, utan att slösa tid på formaliteter. "Ni ser huset där vägen tar slut. Mannen heter Erland och har förmodligen drabbats av en hjärtinfarkt."

Föraren nickade och Marina satte sig i bilen, körde fram en bit för att släppa förbi ambulansen och vände sedan tillbaka in på skogsvägen.

När Marina kom fram till grinden, där ambulansen stod parkerad, kunde hon se ryggtavlorna på två män som småspringande var på väg i riktning mot huset, bärande på varsin väska.

För att ge ambulansen plats att vända körde hon in bilen i buskaget intill gräsplanen, klev sedan ur och satte fart längs stigen som ledde till *la casa della strega*.

Synen som mötte henne när hon stormade in i salongen

var som hämtad ur en film: Erland låg kvar på rygg med slutna ögon, likblek i ansiktet och – som det verkade – medvetslös. Stående på knä bredvid soffan hade sjukvårdarna precis hunnit knäppa upp Erlands skjorta för att kunna fästa elektroderna på hans bröst. På behörigt avstånd stod Daniella, Bianca, Antonio och Johannes i en tät klunga, som för att söka tröst i varandras närhet.

"*Attenzione!*" ropade en av sjukvårdarna sekunden innan han tryckte in en röd knapp på hjärtstartaren för att påbörja defibrilleringen.

Erland ryckte till. Åskådarna höll andan.

När den röda knappen lystes upp tryckte mannen in den igen ...

... och igen.

Det kändes som om tiden stod still. Gång på gång upprepade sjukvårdaren behandlingen, som varvades med hjärtmassage, utan något märkbart resultat.

Marina blev hastigt medveten om att hon inte hade andats på en lång stund och när hon betraktade Antonio hajade hon till – hennes pappa såg ut att vara svimfärdig.

Medan sjukvårdarna kämpade vidare med Erland drog sig Marina bort mot Antonio, tog honom i armen och fick ner honom i en fåtölj.

"Hur mår du?" viskade hon ängsligt i hans öra.

"Lite matt bara", flämtade Antonio fram. "Det känns som om jag inte får luft. Men det är förmodligen samma sak för alla ..." Han ruskade uppgivet på huvudet.

Marina grep tag om sin pappas hand och kramade den hårt. Sedan sänkte hon rösten ytterligare och sa: "Du måste dra dig ur den här historien, pappa."

"Marina, du förstår inte. Jag är tvungen att fullfölja mitt uppdrag, jag måste se till att allting ordnar sig för Daniella."

Marina skulle precis fråga honom om anledningen till

hans överdrivna lojalitet, när ett stönande från golvet fick dem att hoppa till.

När de vände blickarna mot Erland kunde de se att det ryckte lätt i hans ögonlock och att varje ny elektrisk stöt fick hans kropp att spritta allt häftigare.

"Jag tror att han kommer tillbaka nu!" utbrast en av sjukvårdarna.

Det gick ett sus genom rummet när alla drog in luft samtidigt.

Under de följande minuterna fick alla som befann sig i rummet vara med om miraklet när en människa långsamt återvänder till livet, efter att ha befunnit sig med ena benet i dödsriket.

Ingen av dem kunde hejda tårarna när sjukvårdaren avbröt akutinsatsen och Erland drog sina första andetag – stötvis till en början, men efterhand allt jämnare.

Bianca grep tag i Erlands hand och lät en störtflod av tårar strömma ner över hans kropp.

Antonio var inte böjd åt att tro på övernaturliga krafter, men han kunde inte blunda för att Daniellas märkliga tillfrisknande, och nu Erlands plötsliga hjärtstillestånd, kunde ha ett direkt orsakssamband med fiolen. Och som så många gånger tidigare kände han en djup ånger över att ha bidragit till att den väckts ur sin långa vila.

"Nu håller ni ett öga på patienten, medan vi hämtar båren." Orden från sjukvårdaren bröt den elektriska stämningen i rummet, och det hördes en kollektiv suck av lättnad när allihop förstod att den akuta faran var över.

Daniella, som i sitt yrke hade fått se många patienter med hjärtstillestånd, vågade dock inte ta ut segern i förskott. Att Erland andades av egen kraft var visserligen ett gott tecken, men det fanns alltid en risk för hjärnskador i samband med hjärtstopp – allt berodde på hur lång tid som hjärnan hade saknat syresättning.

Sjukvårdarna återvände efter bara några minuter med en bår och en syrgastub, samt en mask som de snabbt trädde över Erlands ansikte. Med vana rörelser kopplade de in syrgastuben och lyfte sedan över honom till båren.

"Hur vill ni göra nu?" undrade en av männen, medan de gjorde sig beredda att bära iväg Erland till ambulansen. "Vi kör till sjukhuset i Varese, men det finns bara plats för två ytterligare personer i ambulansen."

"Bianca och Johannes ska så klart åka med", bestämde Daniella. "Vi övriga kan åka i Marinas bil."

"Eh…" Marina såg sig bekymrat omkring. "Ni får ursäkta, men jag tror inte att vi åker med till Varese. Pappa behöver komma hem och vila."

"Äsch", invände Antonio, "det är ingen fara med mig…"

"Vi måste åka nu!" avbröt en av sjukvårdarna hetsigt. "Det är bråttom att få patienten till sjukhus och vi ger oss av omedelbart."

De bägge männen lyfte upp båren och började gå mot ytterdörren.

Daniella gick fram till Bianca och Johannes, som krampaktigt höll varandra i händerna, och sa med beslutsam röst: "Skynda er nu och gör sällskap med Erland. Vi får höras på telefon när ni vet mer om hans tillstånd."

Johannes såg sig oroligt omkring tills blicken fastnade på fiolen som låg kvar på golvet, där han tappat den.

"Kan jag ta med fiolen?" undrade han. "Jag måste se om den har blivit skadad."

Daniella slöt sitt barnbarn i armarna och viskade med allvarlig röst i hans öra: "Nej, Johannes, den blir kvar här hos mig. Nu är det din pappa som är viktigast."

Johannes gjorde sig fri och kastade en sista längtansfull

blick på instrumentet innan han skyndade efter sin mamma i riktning mot ambulansen.

När Johannes ryggtavla hade försvunnit i mörkret plockade Daniella upp fiolen från golvet och granskade den ingående, som om hon letade efter synliga tecken på att den skulle vara skadad...

...eller förhäxad.

24

Det var tidig morgon och luften kändes behagligt frisk efter det lätta regn som fallit över staden under natten. Den ljumma sydliga vinden fick pinjeträden på kyrkogården att vaja majestätiskt, samtidigt som de sista molnresterna jagade fram över himlen.

Precis som så många gånger förr stod Antonio framför Angelas gravsten och lät sin djupt saknade hustru ta del av de tankar och bekymmer som tyngde honom. Medan hon ännu var i livet hade Angela varit den mest förnuftiga av de två – den som alltid kom med kloka råd och presenterade lösningar på varje problem, stort som litet. Numera var Antonio tvungen att fatta alla beslut på egen hand, men han hade tagit för vana att lyssna till Angelas röst från andra sidan graven.

Medan han plockade bort vissnade azaleor ur vasen framför gravstenen, och ersatte dem med bougainvillea från den egna trädgården, gick Antonios tankar till det märkliga drama som hade startat för en vecka sedan, men som hade rötter långt tillbaka i tiden. Trots att mer än sextio år hade passerat gick det inte en dag utan att Antonio påmindes om sitt stora svek mot Angela – och mot Enrico – och nu kände han nästan tacksamhet över att slippa se sin hustru i ögonen.

Jag vet att du skulle ha förlåtit mig, tänkte Antonio när han ömt strök med handen över gravstenens skrovliga granityta. Du skulle ha förlåtit mig eftersom ditt hjärta var så stort och din kärlek så stark, men av feghet bekände jag aldrig min synd och fick istället leva med samvetskvalen och ovissheten...

Ända till nu. Med en rysning av obehag konstaterade Antonio att han, sent i livet, hade fått bekräftelse på det som han länge anat.

Med tunga steg backade han bort från graven och slog sig ner på en bänk varifrån han fortfarande kunde se gravstenen. Medan solen steg på himlen, och värmde Antonios stela leder, fortsatte han sin stumma dialog med Angela. Det var visserligen alldeles för sent, men han hoppades ändå att hon skulle höra hans bön om förlåtelse.

* * *

Länge hade det sett ut som om Enrico Ponti skulle förbli den evige ungkarlen. Hans tre systrar hade gjort ivriga, men misslyckade, försök att para ihop honom med ett antal unga kvinnor från Lavenos "societetsfamiljer", men Enrico hade förhållit sig kallsinnig och istället ägnat all uppmärksamhet åt att förvalta och expandera sin affärsverksamhet.

1959, när Enrico nyss hade fyllt tjugoåtta år och stod på toppen av sin yrkesbana, inträffade ändå det som alla hade slutat tro på: han blev förälskad.

Giovanna var enda barnet till Lorenzo och Simona Liuzzi. Redan tidigt uppvisade dottern en betydande musikalisk talang, och tack vare föräldrarnas starka engagemang fick hon, som femåring, börja ta privatlektioner för en pianolärare i hemstaden Varese. Vid sexton års ålder vann Gia tillträde till en, av blott ett fåtal, åtråvärda platser vid musikakademin i Milano och hon flyttade dit med huvudet fullt av planer på en karriär som konsertpianist.

Efter bara knappt ett år var hon tillbaka i Varese igen, efter en händelse som hon var ovillig att berätta om, men som antydningsvis handlade om ett otillbörligt sexuellt närmande (eller snarare ett grovt våldtäktsförsök) från en av lärarna på akademin. Skolan hade goda skäl att tysta ner skandalen, och Gia led av missriktade skam- och skuldkänslor, vilket gjorde att familjen Liuzzi accepterade ett informellt skadestånd som kompensation för att inte väcka åtal.

För Gias del var dock skadan redan skedd och hennes tidigare drömmar om en bana som firad solist ersattes av mer anspråkslösa önskningar: hon ville leva i skymundan, på behörigt avstånd från de män som hon kommit att betrakta som fiender.

Så kom det sig att Gia, i motsats till sina tidigare ambitioner, framlevde ett enkelt och händelsefattigt liv i Varese. Hon försörjde sig som pianolärare och flyttade så småningom till en egen bostad där två katter fick kompensera bristen på socialt umgänge.

Tiden har dock en förmåga att läka sår och efter några år av självvald isolering började Gia känna saknad efter mänskliga relationer: inte med män – dit hade hon inte kommit än – utan snarare med jämnåriga väninnor.

Trevande, som om hon nästan hade tappat förmågan, tog hon kontakt med gamla vänner från skoltiden, hittade genom dem nya bekanta, och fick så småningom en allt större umgängeskrets. Sakta men säkert återvann Gia sitt gamla självförtroende och kunde tillåta sig att släppa in lite ljus och glädje i tillvaron.

I grannstaden Laveno hade Enrico upplevt en liknande känsla av isolering som Gia – om än av andra skäl. Genom sitt arbete träffade han visserligen många människor, men dessa utgjordes främst av kollegor, affärsbekanta, leverantörer eller kunder. Några nära vänner, förutom Antonio Monteverdi, hade han egentligen inte och han var osäker på om ens Antonio kunde betraktas som en riktig vän eftersom de även hade en nära yrkesmässig relation.

Det var som vanligt det nyckfulla ödet som skulle sammanföra Gia och Enrico: de råkade hamna vid borden intill varandra på en restaurang i Varese, han i otålig väntan på en affärsbekant som, skulle det visa sig, hade glömt bort deras avtalade möte, och hon i samma fåfänga väntan på en väninna som blivit uppehållen av en familjeangelägenhet.

När en halvtimme hade förflutit, och Enrico hunnit dricka två glas vin, tog han mod till sig och tilltalade den ensamma kvinnan vid bordet intill: "Väntar du också på någon som har svårt att passa tiden?"

Gia gav honom en skygg blick innan hon bekräftade att så var fallet.

"Vad sägs om att fördriva tiden i varandras sällskap så länge?" undrade Enrico och gjorde en gest mot den tomma stolen framför sig. "Av någon anledning känns det väldigt obekvämt att sitta helt ensam på en restaurang."

Med viss tvekan slog hon sig ner mittemot Enrico och det var först då som han insåg hur bedövande vacker hon var. De skarpskurna ansiktsdragen, och de strama läpparna, gav kvinnan ett aristokratiskt utseende, samtidigt som de mörkbruna ögonen skänkte henne en air av mystik. Det bildsköna ansiktet inramades av kaskader av svarta lockar som föll långt ner på ryggen.

Gias skönhet tog andan ur Enrico och han drabbades för en stund av tunghäfta. Det var först när hon, med ett nervöst leende, undrade om de kanske skulle beställa någonting att äta, som han förläget vaknade upp ur sitt transtillstånd.

Efter en trevande inledning kom samtalet igång och snart hade de båda två glömt bort att de egentligen väntade på sina uteblivna middagssällskap.

Enrico, som fortfarande var tagen av Gias skönhet, kände sig obekväm med sitt eget grovhuggna yttre och glesnande hår, men han gjorde ändå sitt bästa för att underhålla den unga kvinnan med anekdoter från sin hemstad. Han undvek däremot avsiktligt att berätta om sin yrkesverksamhet, eftersom han själv avskydde att behöva lyssna på banaliteter och tomt skryt.

Efterhand upptäckte Enrico att hans sällskap, även om hon verkade nog så trevlig, undvek att avslöja några detaljer om sitt privatliv. Det kändes som om hon hade rest upp en mur runt sin person, och varje försök att komma henne inpå livet misslyckades fullständigt. Till en början tyckte Enrico att det var frustrerande, men känslan ersattes snart av nyfikenhet och en stark önskan om att avlocka denna mystiska kvinna hennes hemligheter, även om han förstod att det måste ske i varlig takt.

För Gia blev kvällen en nervslitande prövning. Hon hade aldrig tidigare umgåtts privat med en man och hennes inneboende vaksamhet mot män i allmänhet fick larmsignalerna i skallen att tjuta högt. Emellertid gjorde hon sitt bästa för att uppträda tillmötesgående och artigt, och ju längre kvällen led desto mer avslappnad kände hon sig. Enrico framstod, trots sitt något opolerade yttre, som en seriös och pålitlig person utan några tvivelaktiga avsikter.

När de tog farväl några timmar senare kände sig Gia nästan besviken över att kvällen var till ända, vilket var anledningen till att hon gav Enrico ett halvt löfte om att ses igen.

Från detta första, oväntade möte utvecklades deras relation i långsam takt. Enrico gjorde sig emellanåt ärenden till Varese och varje gång hörde han av sig till Gia med en förfrågan om att träffas. Ibland tackade hon ja, och andra gånger gav hon någon genomskinlig ursäkt för att avstå, men successivt övergick deras förhållande till någonting som skulle kunna liknas vid en kärlekshistoria. Gia brottades alltjämt med de mentala ärr som den i tonåren nästan fullbordade våldtäkten givit upphov till, och hon hade fortsatt svårt att släppa Enrico inpå livet. Även om hon så småningom kände sig trygg i hans sällskap, var hon långt ifrån redo att ge sig hän känslomässigt – eller fysiskt. Och blotta tanken på sex fick den gamla skamkänslan att återvända med full kraft.

Ett halvår hade förflutit och Enrico kände sig mer eller mindre övertygad om att ha vunnit Gias hjärta: de umgicks allt oftare och allt intimare, dock utan att ännu ha hamnat i samma säng. Enrico förstod att denna ovilja till fysisk närhet måste bero på någon traumatisk upplevelse i Gias förflutna, och även om hon aldrig pratade om saken berättade hennes kroppsspråk allt han behövde veta.

Med tiden kommer allting att ordna sig, resonerade Enrico, samtidigt som han i hemlighet gjorde upp planer för deras gemensamma framtid.

Som en första åtgärd i denna storslagna framtidsdröm köpte Enrico den halvt förfallna fastigheten i Castello Cabiaglio, lät en byggmästare totalrenovera huset och införskaffade sedan en exklusiv Steinway-flygel tillsammans med allt övrigt möblemang.

När allt stod klart, ytterligare ett halvår senare, inväntade Enrico bara rätt tillfälle för att fria till Gia.

* * *

"Det var då som jag dök upp och förstörde allt", viskade Antonio i riktning mot den stumma gravstenen. "Det går inte att ursäkta eller försvara det som hände men du ska veta, Angela, att jag ångrar mig djupt", fortsatte han, samtidigt som minnena trädde fram med knivskarp skärpa.

* * *

Trots att Enrico hade gjort sitt bästa för att hemlighålla förhållandet med Gia, förstod Antonio att vännen måste ha drabbats av en våldsam förälskelse: de glittrande ögonen, det saliga leendet och de många resorna till Varese avslöjade tydligt att den evige ungkarlen Enrico till slut hade funnit kärleken.

Givetvis var Antonio nyfiken på vem som hade vunnit vännens hjärta, men det skulle dröja lång tid innan Enrico presenterade föremålet för sina heta känslor. Och när han väl gjorde det, blev följderna katastrofala.

"Antonio, jag vill att du ska träffa kvinnan som jag hoppas gifta mig med", meddelade Enrico helt oväntat en dag. "Du är ju min närmaste vän och av den anledningen vill jag gärna att ni ska träffas."

"Tror du inte att hon blir avskräckt när hon märker vilka vänner du umgås med?" skämtade Antonio.

"Tvärtom, jag tror att det kan stärka mina aktier. Du är en fin människa och en äkta vän, Antonio, och dessutom stilig att se på – till skillnad från mig."

"Så du är inte rädd för konkurrensen då?" undrade Antonio troskyldigt, just då omedveten om ironin i kommentaren.

"Jag är villig att ta risken, eftersom du är lyckligt gift med din Angela. Och ni två är verkligen som skapta för varandra."

Och visst var Enricos konstaterande sant. Antonio och Angela hade träffats tre år tidigare – och varit gifta i elva månader – och de levde i ett tryggt, kärleksfullt förhållande. Tids nog planerade de att skaffa barn, men för stunden var de fullt upptagna med att bara njuta av varandras sällskap.

Stället som Enrico hade valt för deras sammankomst råkade vara just den restaurang där han och Gia först hade träffats. Om det låg en tanke bakom detta var omöjligt att avgöra, men Antonio gissade att hans vän ville uppmärksamma årsdagen för det slumpartade mötet.

Enrico och Antonio anlände tidigt till restaurangen och medan de inväntade Gias ankomst tog Enrico tillfället i akt att inviga Antonio i sina framtidsplaner: han skulle först fria till Gia och – förutsatt att hon svarade ja – hoppades han att de skulle flytta in i det nyrenoverade huset i Castello Cabiaglio.

Antonio, som var väl insatt i de flesta av vännens affärer, häpnade över att Enrico hade lyckats hemlighålla såväl husköpet som den omfattande renoveringen. Samtidigt insåg han hur starka vännens känslor var för den kvinna som snart skulle göra entré, och han kunde inte hindra en pirrande känsla av nyfikenhet och förväntan.

* * *

"Jag vet inte vad som hände, men det var som att få en elektrisk stöt", mumlade Antonio med skamsen röst.

Han kunde nästan känna Angelas förebrående blick från andra sidan graven.

"Det var ren fysisk attraktion, från första ögonkastet", fortsatte Antonio sina tankar. "Omöjligt att förklara hur sånt kan hända, men redan när jag skakade hand med Gia upplevde jag hur våra kroppar drogs till varandra."

Antonio avbröt sin mumlande monolog när han upptäckte en kvinna som var på väg att passera bänken där han satt, förmodligen med ärende att besöka någon anhörigs grav.

Han gjorde ett fåfängt försök att skaka av sig minnena, men det förflutna hade redan slagit klorna i honom och tankarna återvände till den ödesdigra kvällen för mer än sextio år sedan.

* * *

När Gia anlände till restaurangen var det som om Antonio fick en religiös uppenbarelse, och innan han ens hunnit säga ett ord till den attraktiva kvinnan var han hopplöst utlämnad åt begäret efter henne.

Ingenting av det som senare utspelade sig skulle dock ha skett om inte Antonio genast hade noterat att Gia drabbades av samma plötsliga lidelse som han själv.

Middagen blev en utdragen pina där Antonio fick kämpa för att uppträda naturligt, samtidigt som han undvek att möta Gias blick. Huruvida Enrico lade märke till vad som utspelades inför hans ögon var svårt att avgöra, men han måste åtminstone ha noterat Gias tystlåtenhet och envisa stirrande ner i bordet.

När de några timmar senare skildes åt, kände sig Antonio lättad över att ha uthärdat skärselden och under bilresan hem till Laveno försökte han övertyga sig själv om att det som inträffat under kvällen bara var en tillfällig berusning som inte skulle få någon fortsättning.

* * *

"Hur fel hade jag inte", suckade Antonio och lyfte åter blicken bort mot Angelas gravsten.

Efter att ha givit sig själv en skarp tillsägelse att upphöra med att uttala sina tankar högt, återvände Antonio i minnet till den stund – några dagar efter deras första möte – då Gia hörde av sig igen.

* * *

Antonio hade nästan, men långt ifrån helt, kommit över känslostormen som den korta samvaron med Gia givit upphov till, när hon ringde upp honom på kontoret. Med en röst som darrade av både skam och upphetsning förklarade hon att det inte gick en minut utan att hon tänkte på honom och att det skulle vara en skymf mot naturen att inte bejaka den starka attraktion som hade uppstått mellan dem.

Det tog bara några sekunder för Antonio att döva de samvetsbetänkligheter som först dök upp i hans huvud och det tog ännu kortare tid att säga ja till Gias förslag om att de skulle träffas hemma hos henne redan nästa dag.

Med en växande känsla av overklighet satte han sig i bilen dagen därpå för att köra de dryga två milen till Varese, där han inte bara skulle begå äktenskapsbrott, utan dessutom bedra sin bäste vän. Dessa moraliska betänkligheter kunde dock inte rå på den fysiska, nästan djuriska, längtan efter Gia.

Känslan av att befinna sig i en dröm dröjde sedan kvar under hela tiden, från det att Gia släppte in honom i lägenheten och fram till dess att han lämnade den några timmar senare. Under dessa flyktiga timmar hann de med att nyfiket utforska varandras kroppar och därefter älska med en brinnande passion som Antonio aldrig upplevt tidigare.

Det var först när de utmattade låg sida vid sida i den svettfuktiga sängen, som Antonio häpet konstaterade att de knappt hade sagt en fullständig mening till varandra sedan han klev innanför dörren. Han skulle precis kommentera detta faktum när Gia hann före: "Vi kommer inte att göra om det här, men det var ändå helt nödvändigt att få veta om våra kroppar och sinnen hade rätt..."

"Hur menar du?"

"Jo... vi kommer säkert att träffas fler gånger i framtiden – i andra sammanhang – och varje gång skulle vi ha känt den där spänningen och undrat hur det skulle vara att älska med varandra."

Antonio stelnade till när han insåg att, även om de nu hade stillat den sexuella hungern, så skulle det dåliga samvetet alltid finnas kvar gentemot Angela – och Enrico.

"Vi har älskat med varandra", fortsatte Gia, "men det betyder inte att vi älskar varandra. Man måste göra skillnad mellan fysisk lust och äkta känslor."

Antonio tyckte att det var kloka, men också ganska cyniska, ord från någon som fram till idag varit oskuld och som – enligt vad Enrico tidigare hade antytt – aldrig ens hade haft ett platoniskt förhållande med en man.

"Du menar alltså att det börjar och slutar här?" sa han med röst som avslöjade både besvikelse och lättnad.

"Ja..." Gia drog på orden. "Jag har förstått genom Enrico att du har en hustru som du älskar uppriktigt. Du ska fortsätta med det, och jag kommer att välja Enrico. Inte för passionen, utan för tryggheten. Jag har lärt mig att lita på honom, vilket betyder oerhört mycket för mig."

Gia svepte täcket över sig innan hon fortsatte: "Du ska gå nu, Antonio, men jag är lycklig över att vi fick den här magiska stunden tillsammans. Jag kommer att bära den med mig i tacksamt minne."

* * *

"Jag trodde att det slutade där", viskade Antonio till den inre bilden av Angelas älskade ansikte. "Men jag hade fel... eller, jag tror att jag hade fel."

Medan vinden rev i hans silvervita hår vände sig Antonio till Angelas ande och berättade resten av historien – så långt han kände till den.

* * *

Efter ytterligare några veckor hade Enrico samlat tillräckligt mod för att fria till Gia, och till hans stora lycka tackade hon ja. Glädjen blev inte mindre när hon några dagar senare, för första gången, erbjöd honom att tillbringa natten i hennes lägenhet.

Antonio gladdes med sin vän, och försökte bistå honom i förberedelserna inför bröllopet, trots att han plågades av sitt dåliga samvete. Han försökte trösta sig med Gias försäkran om att deras affär "hade ett ädelt syfte som befriat henne som kvinna", även om han hade svårt att frigöra sig från tanken på att hon hade utnyttjat honom i just detta syfte.

Trots att skuldkänslorna plågade honom fick "incidenten" med Gia som resultat att Antonios kärlek till Angela stärktes för varje dag. Han hade fått en nyttig påminnelse om vad han riskerade att förlora och därför bemödade han sig hårt för att visa hur mycket Angela betydde för honom.

Medan Antonio gjorde stora ansträngningar för att vårda sitt äktenskap, fortsatte Enrico med förberedelserna inför sitt eget. Hans plan, som Antonio blivit fullt invigd i, gick ut på att vigseln skulle ske i Castello Cabiaglios kapell, med den efterföljande bröllopsfesten i *la casa della strega* – huset som Enrico samtidigt tänkte skänka till Gia som bröllopsgåva.

Antonio tyckte visserligen att namnet på huset lät lite olycksbådande, men han hade för övrigt inga invändningar mot Enricos planer. Och när han en tid senare blev inbjuden att besöka *la casa della strega* häpnade han över Enricos ansträngningar att visa sin kärlek till Gia – huset och omgivningarna var helt enkelt oemotståndliga och Enricos många omsorger var rörande, inte minst inköpet av den extravaganta flygeln.

Den enda fråga som Antonio ställde sig var om Enricos bemödanden skulle uppfattas som ett försök att "köpa" Gia.

Den frågan kom dock att förbli obesvarad.

Några dagar senare var Gia försvunnen.

* * *

"Hon hade blivit gravid och därför gav hon sig av", konstaterade Antonio, medan han mödosamt reste sig från bänken. "Det kan inte finnas någon annan förklaring."

Under årens lopp hade misstanken funnits i Antonios bakhuvud, men det var först i samband med Enricos död som han fått den bekräftad. Och att Daniella var Gias dotter stod utom allt tvivel, men vem var egentligen far till barnet?

I Gias brev till Enrico, som hon skickat strax innan hon dog, hävdade hon bestämt att det var *han* som var far till Daniella, något som Antonio hade anledning att betvivla: för det första tydde Gias hastiga flykt på att hon visste, eller åtminstone misstänkte, att det var Antonio som hade befruktat henne, och för det andra var Daniella till utseendet väldigt lik Antonio.

Frågan var bara varför Gia hade påstått att Enrico var far till hennes dotter?

Antonio trodde sig dock ha en förklaring till denna gåta: Gia måste ha levt i tron att Enrico var en förmögen man och därför ville hon tillförsäkra sin dotter arvet efter honom.

Men kunde det verkligen stämma? Hade Gia varit så cynisk att hon lät Enrico tro att han hade en dotter, samtidigt som Daniella därmed fick "fel" pappa?

Eller… Antonio slogs plötsligt av en ny insikt: hade Gia handlat av omsorg mot honom själv? Kanske ville hon förskona Antonio och Angela från chocken över att en dittills okänd dotter dök upp i deras liv och fördärvade deras förhållande.

Med huvudet fullt av förvirrade tankar tog Antonio farväl av sin hustru, bad henne återigen om förlåtelse, och lämnade gravplatsen med bestämda steg.

Han hade ett uppdrag som väntade.

Eller, vid närmare eftertanke, han hade flera uppdrag.

Och det första måste utföras i Varese.

25

Bianca såg sig yrvaket omkring i rummet. Först kunde hon inte orientera sig, men efter en stund klarnade minnet och hon insåg att hotellrummet där hon befann sig inte tillhörde Albergo Lago Blu i Laveno, utan istället Hotel Belsorriso i Varese.

Långsamt trängde minnesbilderna från gårdagen fram i hennes medvetande: Erlands plötsliga kollaps, upplivningsförsöken, ambulansfärden till Varese, brådskan vid sjukhusets akutintag, de nervösa timmarna i väntrummet och slutligen beskedet att Erland var utom fara.

Bianca och Johannes hade inte fått besöka honom, men de hade tillåtits att kasta en blick in genom fönstret till behandlingsrummet där Erland låg i en säng, uppkopplad till en mängd apparater. Hans ögon var slutna, men den ansvariga läkaren hade försäkrat dem om att den akuta krisen var avvärjd – nu återstod bara att undersöka om Erland led av ett hjärtfel som skulle kräva operation.

Klockan hade hunnit bli halv ett på natten när Bianca insåg att det inte fanns något mer de kunde göra på sjukhuset. Hon hade fått hjälp av en vänlig sjuksköterska att boka ett dubbelrum på det närbelägna Hotel Belsorriso, och efter en kort promenad kunde de checka in hos en nattportier som, tack och lov, var alldeles för trött för att orka be om deras pass (som låg kvar på hotellet i Laveno).

Det hade tagit Bianca flera timmar att komma till ro, och hon kunde höra på Johannes andhämtning att även han låg vaken länge. Först hade hon tänkt prata med sin son om gårdagens, och nattens, händelser, men efter en stunds övervägande hade hon beslutat sig för att vänta till morgonen – Johannes kunde behöva tid för att smälta alla chockartade intryck.

Bianca sträckte sig efter sin mobil och konstaterade att klockan var halv tio. Kanske borde hon väcka Johannes för att de skulle hinna i tid till hotellets frukost? Nej, bestämde hon, det är bättre att han får sova ut ordentligt.

På mobilskärmen kunde Bianca även se att hon hade två missade samtal från Antonio, vilket fick hennes puls att öka. Tydligen hade hon sovit så hårt att hon inte hört signalen och nu greps hon av oro över att någonting kunde ha hänt med Daniella, eller någon av de övriga i sällskapet.

Dystert konstaterade Bianca att deras lilla grupp, som svetsats samman under de senaste dagarna, antagligen var splittrad för överskådlig tid. Just nu var det Erlands behov som kom i främsta rummet och Bianca var fast besluten att göra vad som krävdes för att han inte skulle känna sig övergiven.

Försiktigt, för att inte väcka Johannes, smög hon upp ur sängen, greppade mobilen, och tassade bort till badrummet.

Antonio svarade på andra signalen, som om han bara hade väntat på hennes samtal: "Bianca, vad skönt att höra din röst! Jag blev orolig när du inte svarade... tänkte att något allvarligt kanske hade tillstött med Erland."

"Nej, läget var stabilt när vi lämnade sjukhuset i natt och de skulle ringa om det inträffade någon försämring. Johannes och jag har tagit in på ett hotell här i Varese tills vidare. Men hur står det till med dig och Marina? Och vet du något om hur mamma har det?"

"Vi mår bra, även om vi allihop är rejält utmattade – och

uppskakade. Daniella sov fortfarande när jag lämnade huset i morse."

"Sov? Men hur kunde du veta det?"

"Förlåt, jag borde ha sagt det, men Daniella frågade om hon kunde få bo hemma hos mig över natten. Hon tyckte väl att det skulle bli ensamt på hotellet."

"Vad snällt av dig, Antonio." Bianca kände sig lättare om hjärtat nu när hon visste att hennes mamma befann sig i trygga händer.

"Det är absolut inget besvär, jag har ju gott om plats som du vet. Daniella får gärna stanna så länge hon vill, och ni är också välkomna. Faktum är att vi checkade ut från hotellet igår och fick hjälp av personalen att bära över ert bagage till min bostad. Daniella tyckte att det var en onödig utgift med två hotellrum som ingen utnyttjade."

Bianca kände sig lite brydd av detta besked. Det verkade som om Daniella hade förutsett att varken Johannes eller hon själv skulle återvända till Laveno. Och så kanske det också skulle bli, allting var för ögonblicket i limbo.

"Och apropå det", fortsatte Antonio, "så undrar jag om det är någonting ni behöver ur era väskor? Jag skulle kunna ta tåget till Varese och lämna över sakerna i så fall."

"Det ska du inte behöva ha besvär med", svarade Bianca, samtidigt som hon insåg att allt som hon själv och Johannes haft med sig till hotellet var kläderna de bar på kroppen. Dessutom saknade de sina pass.

"Inga som helst problem", skyndade sig Antonio att säga. "Ett faktum är att jag ändå har ett ärende till Varese idag."

"Ett ärende hit?"

"Eh..." Antonio drog på orden eftersom han avskydde att ljuga. "Jag har ett avtalat affärsmöte på eftermiddagen."

"Jag trodde att du hade gått i pension för länge sedan..."

"Hm... ja, men ibland har nöden ingen lag."

De avslutade samtalet efter att ha gjort upp om att höras så snart Daniella var vaken, eftersom Antonio ville ha hennes hjälp med att välja ut vilka saker som han skulle ta med sig till Varese.

När Bianca gläntade på badrumsdörren igen, märkte hon att Johannes hade vaknat.

"God morgon, sjusovare", sa hon glättigt, i ett försök att jaga minnena av gårdagens dystra händelser på flykten.

Johannes vände blicken åt hennes håll och sa, med skrovlig röst: "Hur är det med pappa?"

Bianca kände sig varm om hjärtat över att sonens första tankar hade gått till Erland, och hon försökte hålla en fortsatt positiv ton när hon svarade: "Jag vet faktiskt inte, men de skulle ha ringt från sjukhuset om pappa hade blivit sämre."

"Mamma, kommer han att dö?"

Frågan överrumplade Bianca. Under gårdagen hade hon själv undrat samma sak, men nu när läget verkade stabilt med Erland…

"Nej, nej", skyndade hon sig att svara, "pappa kommer att bli frisk igen, och vi ska strax gå och hälsa på honom. Men först måste vi äta något."

En dryg timme senare var de tillbaka på sjukhuset. Det hade visat sig omöjligt att hitta någon restaurang som redan hade öppnat för lunch så de hade fått nöja sig med varsin panini i en pastisseria.

Uppe på avdelningen hade de blivit informerade om att Erland flyttats över från akuten till ett enskilt rum. Han var medtagen, men uppvisade goda tecken på återhämtning.

Sköterskan som ledde vägen till rummet berättade att Erland hade sovit gott under natten och sedan ätit lite när han vaknade i morse. På Biancas oroliga fråga om de hade kunnat märka några hjärnskador efter hjärtstilleståndet svarade sköterska undvikande och hänvisade till den läkare som hade ansvar för Erlands vård.

"Om ni ursäktar", sa sköterskan när de stod framför dörren till Erlands rum, "så går jag in först till patienten för att se om han är vaken."

"Självklart", sa Bianca och sneglade mot Johannes i ett försök att avläsa hans sinnestillstånd.

En kort stund senare släppte sköterskan in dem i rummet, som var försänkt i halvmörker. Johannes tog några snabba steg fram till sängen där Erland låg, kritvit i ansiktet och med sladdar ringlande över kroppen.

"Pappa", viskade Johannes, medan tårarna bröt fram i hans ögon. "Jag är så glad att du lever ..."

"Jag med, Johannes", svarade Erland i samma viskande ton. "Jag med."

Bianca gick med försiktiga steg runt till den andra sidan av sängen. Hon grep tag i Erlands fria hand, den som inte var försedd med dropp, och kramade den lätt.

En mängd frågor trängdes i huvudet på Bianca, men när hon öppnade munnen kom det ändå bara en banalitet: "Hur mår du, Erland?"

"Som jag förtjänar", svarade han med antydan till ett leende på läpparna.

"Ingen förtjänar en hjärtinfarkt", sa Bianca allvarligt. "Inte ens du", lade hon till med knappt hörbar röst, samtidigt som hon släppte greppet om Erlands hand.

"Det kanske var precis vad jag behövde", envisades Erland. "Ett straff för min arrogans och egoism."

"Bara den inte ersätts med självömkan", muttrade Bianca, mer syrligt än hon egentligen hade avsett.

Erland gav henne en plågad blick och vred sedan huvudet mot Johannes, som förstulet höll på att torka tårarna ur ögonen.

"Det är så mycket som vi behöver prata om", viskade Erland, "men vi kan ta det senare…"

Johannes såg ut att vilja säga någonting, men Erland gjorde en avvärjande gest med handen.

"Det här låter kanske konstigt", fortsatte han med högre röst, "men jag undrar om du kan hjälpa mig med en enkel sak?"

"Ja, vadå?"

"Av någon anledning är jag vansinnigt sugen på Coca-Cola, men sköterskorna här vägrar att ge mig någon. Skulle du kunna gå ner till kiosken och köpa en burk till mig? Bäst att ta sockerfri…"

"Ja, visst." Johannes sken upp, till synes lättad över att få ett avbrott från den ansträngda situationen och de många ouppklarade frågorna.

"Sedan när började du dricka Coca-Cola?" undrade Bianca, när Johannes hade försvunnit iväg på sitt ärende.

"Tja…" Erland lyckades få till något som påminde om ett konspiratoriskt leende. "Du fattar väl att det var ett svepskäl för att vi skulle kunna prata ostört en stund. Plus att jag märkte hur stressad Johannes blev här inne."

"Jo, jag förstod din avsikt. Och nu när vi är ensamma måste jag ställa samma fråga igen: Hur mår du *egentligen?*"

"Läkarna säger att jag återhämtar mig bra, men att det var ytterst nära att jag strök med. Bara några minuter till så skulle jag…" Erland tystnade och svalde ner klumpen som fastnat i halsen.

"Och huvudet?" Bianca försökte hålla rösten stadig. "Kommer du att få några men av hjärtstilleståndet?"

"För tidigt att säga, men jag känner mig ungefär som vanligt…"

Erland vände blicken mot taket och tog ett djupt andetag innan han fortsatte: "Nu måste du berätta vad som egentligen hände där i huset. Det sista jag minns är att Johannes spelade något stycke av Paganini..."

"*Le Streghe.*"

"Just det, och när jag slog upp ögonen nästa gång låg jag i en sjukhussäng. Det är faktiskt obegripligt att jag kunde drabbas av en hjärtinfarkt. Det finns, såvitt jag vet, inga ärftliga anlag och jag lever ju ganska sunt, har aldrig rökt och äter i stort sett bara grönsaker. Motionerar regelbundet..."

Bianca blev med ens osäker. Skulle hon berätta om de oförklarliga fenomen som hade inträffat under den senaste veckan? Hon visste ju inte själv vad hon skulle tro om dem.

"Hm... det är några saker du bör veta...", inledde hon dröjande, och fortsatte sedan med en kortfattad beskrivning av hur fiolen hade hamnat i händerna på Johannes och hur hans spelande tycktes ha påverkat både honom själv och Daniella på ett nästan övernaturligt vis.

När Bianca sökte efter Erlands blick, i syfte att tolka hans reaktion på redogörelsen, märkte hon att han hade slutit ögonen. Först trodde hon att han hade somnat, tills hon såg tårarna som vällde fram mellan ögonlocken.

"Det finns en förklaring till allt det här...", viskade Erland fram efter en lång stunds tystnad.

"En förklaring, hur menar du?"

"Det behöver inte handla om magi, utan om något så enkelt som tonalitet och resonans. Du vet ju själv vilka starka känslor som musik kan framkalla."

"Javisst, men oftast brukar det handla om glädje. I ditt fall orsakade ju musiken nästan en tragedi, eller hur?"

Erland slog upp ögonen igen och sökte Bianca med blicken. Rösten var viskande, men ivrig, när han sa: "Det är ingen tragedi, Bianca, tvärtom. Min näradödenupplevelse gjorde att jag kunde återfödas som en ny människa."

"Och det vet du bara några timmar efter uppvaknandet?"

Bianca skakade tvivlande på huvudet. "Jag skulle snarare tro att du har drabbats av posttraumatiskt stressyndrom."

"Det kan låta som en klyscha, men det hände något med mig under den där tiden som jag var medvetslös, det var som om min hjärna programmerades om, och när jag vaknade visste jag direkt att mitt gamla jag var borta, att livet startade om från noll – livet som en … en ny och bättre människa."

Bianca betraktade Erland med skeptisk blick. Det var fullt möjligt att Erlands hjärna hade påverkats av den minskade syretillförseln under hjärtstoppet, och han var förmodligen satt under någon typ av medicinering, vilket gjorde att hon hade svårt att riktigt tro på hans vittnesmål om en total personlighetsförändring.

"Jag menar allvar, Bianca", fortsatte Erland med enträgen röst. "Det här var det bästa som kunde hända mig, och så snart som jag är på benen igen ska jag göra allt jag kan för att ställa saker och ting till rätta."

"Vad ska du ställa till rätta?"

Erland flackade med blicken och suckade djupt.

"Allt mellan oss …", svarade han sammanbitet. "Jag vet att jag har uppträtt som en egoistisk skitstövel, men det är först nu som jag fattar vad jag har ställt till med. Och vad det är som jag håller på att förlora."

"Erland, nu pratar du jag-språk igen", muttrade Bianca. "Vad *du* håller på att förlora? Men tänk en stund på vad jag och Johannes redan har förlorat."

"Men det är just det jag menar, fast att jag uttrycker mig klumpigt. Jag inser vilken smärta och sorg som jag har orsakat er, och jag hoppas att ni ska kunna förlåta mig. Visst, jag fattar att det kan ta tid, men låt mig visa att jag menar allvar."

"Uppriktigt sagt, Erland, så har jag svårt att lita på vad du säger. Och jag tror att du får ännu svårare att övertyga Johannes."

"Jag vet", mumlade Erland, "men ge mig åtminstone chansen att reparera det som jag har förstört. Stäng inte dörren, Bianca, jag ber dig."

Erland lutade huvudet bakåt mot kudden, som om han med sin vädjan hade uttömt sina sista krafter. Bianca betraktade sin make med forskande blick medan ett antal motstridiga frågor avlöste varandra. Kunde hon tro på att Erlands "omvändelse" var äkta? Och, i så fall, kunde hon själv svälja stoltheten och förlåta honom? Skulle Johannes kunna förmå sig till samma sak?

Den viktigaste frågan var dock om hon fortfarande hyste några känslor för Erland. Han hade visserligen inte nämnt något specifikt om att försöka lappa ihop deras förhållande, men Bianca trodde sig kunna läsa mellan raderna att det var just det han menade.

Bianca hade precis öppnat munnen för att avkräva ett svar från Erland på den sista frågan, när Johannes öppnade dörren och klev in i rummet, med en läskburk i handen.

"Det fanns ingen Coca-Cola", sa han, lite skamset, som om han själv bar skulden för denna omständighet. "Så jag tog Lemon soda istället."

"Åh", sa Erland och log tacksamt mot sonen. "Min favorit. Vad bra att du valde den."

Johannes ställde burken på det lilla bordet intill sängen och backade sedan undan några steg medan blicken flackade mellan Erland och Bianca. Han gned händerna rastlöst mot varandra – ett säkert tecken på nervositet – och läpparna var hårt sammanpressade.

Bianca petade lätt på Erlands axel, som tecken på att han borde säga några tröstande ord till Johannes.

Erland fattade vinken och sa, med vädjande röst: "Johannes, kan du inte ta en stol och sätta dig här bredvid mig, så får vi prata ..."

I samma stund hördes en signal från Biancas mobil.

Daniella stod det på skärmen.

"Förlåt, men jag måste ta det här samtalet", sa Bianca och lämnade rummet med snabba steg.

26

Hotellbaren på Albergo Moderno var ett försummat ställe som kändes allt annat än modern. Inredningen såg ut att härstamma från 1970-talet och den hade definitivt inte åldrats med värdighet: slitna och nedsuttna fåtöljer i konstläder var godtyckligt utplacerade runt små rangliga plastbord och väggarna pryddes av bleknade fotografier med (förmodade) motiv från omgivningarna runt Lago Maggiore.

Antonio satt nedsjunken i en obekväm stol, och bortsett från honom själv var baren helt tom. Om det berodde på den deprimerande miljön eller något annat kunde han inte avgöra.

Han tittade på klockan, som närmade sig åtta på kvällen, och hällde i sig den sista skvätten espresso från kvällens tredje kopp. Trist miljö, men gott kaffe, konstaterade han samtidigt som han höll ett vakande öga mot entrédörrarna.

Helst hade Antonio önskat att mötet skulle ha skett hemma i hans eget hus, men nu när Daniella vistades där var det helt uteslutet. Det var dock inte han själv som hade föreslagit det här luggslitna hotellet (i vilket Antonio aldrig hade satt sin fot tidigare), men han började förstå tanken bakom valet av mötesplats: här riskerade de knappast att stöta på människor som någon av dem kände.

Antonio fingrade lite på handtagen till väskan som stod vid hans fötter, och han kunde känna en ilning av nervositet fortplanta sig längs ryggraden. Det han stod i begrepp att göra var en rejäl chansning som, om den slog fel, kunde få allvarliga konsekvenser. Men, som han bedömde saken, fanns det inget annat sätt att få stopp på det lågintensiva hot som hade svävat över Daniella och hennes familj ända sedan de anlände till Laveno.

Medan Antonio väntade på sin besökare gick tankarna till händelserna tidigare under dagen och han kunde bara hoppas på att han inte blivit skuggad vid besöket hos Mattia Brunetti. Det hastiga mötet med Bianca och Johannes på deras hotellrum i Varese hade dock garanterat skett utan publik, och var ändå oskyldigt i sammanhanget – Antonio hade helt enkelt överlämnat den väska som Daniella hade packat åt dem, tillsammans med deras pass. Efter ett kort samtal, då Antonio förhört sig om Erlands hälsotillstånd, hade de skilts åt med ömsesidiga förhoppningar om att träffas snart igen. Ingen av dem kunde veta att det var sista gången som de såg varandra.

Jag börjar bli för gammal för den här sortens nervpåfrestningar, muttrade Antonio tyst för sig själv, och slängde ännu en nervös blick på klockan. Bara två minuter kvar nu.

På slaget åtta klev en storvuxen man in genom hotelldörren och gick med bestämda steg fram mot Antonio, som gjorde en ansats att resa sig.

"Sitt kvar för all del, Antonio", sa mannen, med en hastig nick och slog sig sedan ner i en fåtölj, utan att sträcka fram handen för att hälsa.

Antonio kastade en förstulen blick på det välbekanta ansiktet och noterade de plufsiga kinderna, det glesnande grå håret och den härjade blicken. Du har blivit gammal, Gianluigi, tänkte han – gammal och förgrämd.

Vid det senaste tillfället då de hade träffats – på Antonios kontor i samband med öppnandet av Enricos testamente – hade Gianluigi varit en av många besvikna släktingar och Antonio hade inte ägnat någon större uppmärksamhet åt den man som han varit flyktigt bekant med under många år, men aldrig lärt känna närmare. I en liten stad som Laveno var det svårt att leva obemärkt, i synnerhet om man – som i Gianluigis fall – arbetade som förvaltare åt stadens okrönte fastighetskung, Enrico Ponti.

Under åren hade Antonios och Gianluigis vägar korsats många gånger, utan att de någonsin hade utbytt mer än några korta artighetsfraser. Därför var det högst anmärkningsvärt att de, under den senaste veckan, hade pratat med varandra flera gånger över telefon.

Inga upplyftande samtal, konstaterade Antonio och mindes särskilt det senaste, under vilket Gianluigi hade hotat med att gå till domstol för att få klarlagt om Daniella verkligen var rättmätig arvinge till huset i Castello Cabiaglio – eller snarare om Daniella verkligen var äkta dotter till Enrico. Hotet hade fått Antonio att kallsvettas av skräck.

"Jaha, Gianluigi, du har gått från fastighetsförvaltare till utsugare och tjuv", öppnade Antonio i dystert konstaterande ton. "Har du inte redan fått det som du var ute efter?"

"Du menar Crespi-tavlan?" Gianluigi försökte anlägga en min av sårad stolthet. "Du kanske trodde att du var smart när du slängde ut ett lockbete åt mig, men jag vet genom mina medarbetare att det fanns något som var betydligt mer värdefullt i det där huset."

"Medarbetare…" Antonio sög på ordet. "Du menar nog medlöpare. Hur bär du dig åt egentligen för att hitta dina skumma kumpaner? Annonserar du i tidningen?"

Gianluigi fick något hårt i blicken och rösten var vass när han svarade: "Under mina år som slav åt den där snikna gubben lärde jag känna massor med folk, och vissa av dem var skyldiga mig några… gentjänster."

"Som att bedriva spionage mot oskyldiga människor?"

Efter en blick bort mot bardisken, där en servitör precis

hade dykt upp, sänkte Gianluigi rösten till en väsning: "Viss övervakning, ja. Men ingen person har blivit hotad. Hittills i alla fall…"

Antonio såg på Gianluigi med en blick som uttryckte både ilska och medlidande.

"Du passar illa i rollen som gangster, Gianluigi", sa han lugnt. "Och du har fel som påstår att ingen har blivit hotad. Det kan verka skrämmande för vem som helst att känna sig förföljd av skumma individer."

"Ingenting av det där hade behövt ske om du hade varit ärlig ifråga om arvet. I Enricos testamente betonade han att *alla* inventarier i huset skulle tillfalla hans dotter. Du måste ha känt till vilka 'inventarier' det handlade om, eller hur?"

"Nej, jag hade verkligen ingen aning…"

"Och en sak till", avbröt Gianluigi. "Som jag har sagt till dig tidigare, så hyser jag starka tvivel på att den här Daniella verkligen är Enricos dotter."

Ett spår av osäkerhet märktes i Antonios röst när han svarade: "Och vad grundar du det på?"

"Det räcker med att se på henne, det finns inte tillstymmelse till likhet med Enrico. Däremot är du och Daniella oerhört lika", konstaterade Gianluigi med ett menande flin.

"Det händer väl inte alltför sällan att barn saknar drag av sina föräldrar", sa Antonio och hoppades att hans inre oro inte skulle avspegla sig i ögonen. "Dessutom har du ju ingen aning om hur hennes mamma, Gia, såg ut."

Gianluigi gjorde en lång paus medan han noga granskade Antonios ansikte, som om han letade efter avslöjande särdrag som kunde bevisa hans tidigare antydda teori.

"Nu råkar jag faktiskt veta hur hon såg ut", sa han till slut, med illa dold självbelåtenhet. "Jag såg en bild av Giovanna som Enrico förvarade på kontoret. Ja, just då visste jag inte att det var hon, men det framkom senare."

"Du menar alltså att du snokade bland Enricos privata handlingar. Och vad mer 'råkade' du hitta?" Ingenting som Gianluigi avslöjade kunde förvåna Antonio längre.

"Det behöver du inte veta", sa Gianluigi i spydig ton. "Men man kan väl säga att jag till viss del kompenserade mig själv för allt som jag fick utstå från den där slavdrivaren."

Antonio lät höra en djup suck, samtidigt som han funderade över vad som hade fått Gianluigi att stanna kvar i Enricos tjänst under alla dessa år, om det nu var så att han ständigt hade känt sig illa behandlad. Men även om han var nyfiken på svaret aktade han sig noga för att ställa fler frågor.

"Vill du ha något att dricka?" undrade Gianluigi och reste sig hastigt.

Antonio skakade på huvudet, trots att han egentligen längtade efter något stärkande. Det skulle bara kännas obehagligt att dricka tillsammans med den här osympatiske figuren och dessutom hoppades han att deras möte snart skulle vara över.

Gianluigi gick fram till baren och beställde en Campari med tonic. När han betalade för drinken lade han en extra tjugoeuro-sedel på disken och bad bartendern att inte visa sig på en stund.

Med drinken i handen återvände Gianluigi till sin plats vid bordet. Han tog en djup klunk och sa: "Nå, ska vi nu närma oss kärnfrågan, Antonio? Att du tipsade mig om tavlan var ganska genomskinligt – ett villospår som du hoppades skulle få mig att tappa intresset. Men eftersom jag har haft er under… eh, uppsikt, så vet jag att det finns andra 'inventarier' i huset än den där lilla Crespi-tavlan – som förresten inte inbringar särskilt mycket. Två, tre tusen euro, på sin höjd."

"Din girighet är inte klädsam, Gianluigi."

"Kanske inte, men jag bryr mig inte så mycket om mitt

utseende. Ska vi slå fast att det handlar om ett instrument? Ett värdefullt sådant."

Antonio kände tumskruvarna dras åt. Han var visserligen övertygad om att Gianluigi redan kände till fiolens existens, men han kände sig ändå tvungen att försöka med en desperat skenmanöver.

"Du tänker på flygeln? Ja, det är ett vackert instrument som säkert skulle inbringa många tusen…"

"Spela inte dum, Antonio", fräste Gianluigi. "Jag vet redan det mesta om fiolen, tack vare mina medarbetare. Ni hämtade den från huset och begav er sedan direkt till den där instrumentkillen, Mattia Brunetti. Jag utgår från att ni ville få den värderad, även om Brunetti var ovillig att erkänna det när vi pratade med honom."

Antonio hann sända en uppskattande tanke till Mattia Brunetti, innan han började formulera ett svar i huvudet. Försöket att introducera flygeln hade varit dömt att misslyckas och nu hängde allt på hur han valde sina ord i fortsättningen.

"Okej", sa han i spelat obesvärad ton. "Du har rätt i att det fanns en fiol i huset, men resten har du fått om bakfoten. Vi tog visserligen med den till Brunetti, men inte för att få den värderad utan snarare reparerad. Saken är den att Daniellas dotter Bianca, och hennes son, båda två är duktiga violinister som gärna ville spela på instrumentet. Brunetti hjälpte oss att laga några skador på fiolen, kanske bytte han strängar också – jag kan ingenting om sånt."

För ett ögonblick såg Gianluigi ut att tappa fattningen, men snart återvände hans tidigare arroganta min.

"Bra försök, Antonio", skrattade han rått. "Jag kanske skulle ha gått på det om du inte hade ansträngt dig så mycket med att lägga ut rökridåer tidigare."

Antonio kände hur han rodnade. En av hans brister – som

egentligen borde betraktas som en dygd – var oförmågan att ljuga på ett övertygande sätt, men om han inte lyckades övertala Gianluigi att släppa taget, skulle det bli nödvändigt att hala fram det allra sista trumfkortet.

"Jag vet inte varför du tror att fiolen är dyrbar", sa Antonio och försökte hålla blicken stadig. "Det är, såvitt jag förstår, ingenting ovanligt med den och jag tror inte att den betingar något högre värde."

Gianluigi ruskade på huvudet så att de slappa kinderna fladdrade. Sedan smackade han menande med tungan och sa: "Antonio … som advokat borde du ha lärt dig att ljuga lite mer övertygande. Om nu inte fiolen är särskilt värdefull, hur kommer det sig då att du släpar med den till kontoret nästan varje kväll? Ja, jag kan svara på frågan själv: det måste bero på att du låser in den i ett kassaskåp över natten."

Antonio rös till när han insåg att både han och de övriga hade varit bevakade från det ögonblick då Daniellas familj klev av tåget. Och tydligen hade han själv misslyckats fullständigt med uppgiften att uppträda diskret.

"Varför tror du att jag tar med mig fiolen till kontoret?" undrade han nervöst, väl medveten om att han alltid varit noga med att dölja instrumentet i en väska.

"Du avslöjar dig med dina vanor", sa Gianluigi, med ett ironiskt leende på läpparna. "Vi har ju mötts ibland genom åren när du har varit på väg till eller från kontoret och då har du nästan alltid gått tomhänt. Men under den senaste veckan har du ofta burit på en stor sportbag, som jag gissar döljer en fiol – om det nu inte är så att du har börjat träna på gamla dar. Och om jag fortsätter att gissa så är det samma väska som står vid dina fötter nu."

Förbannat också! Antonio insåg med ens att alla hans försiktighetsåtgärder snarare hade haft en motsatt effekt – och han förstod samtidigt att Gianluigi var betydligt mer förslagen än hans burdusa uppträdande gav vid handen. Den till synes beskedlige, närmast flegmatiske, mannen liknade mest av allt ett rovdjur som vägrade släppa taget om sitt byte.

Antonio hade, under den gångna veckan, insett att det skulle komma en tidpunkt då alla hans försvarslinjer var genombrutna och det endast återstod en sista sak att offra. Tydligen var han framme vid den stunden nu.

"Ja...", började han tvekande, "jag tog faktiskt med mig fiolen. Enligt Enricos testamente tillhör den Daniella, men för att få ett slut på den här löjliga katt-och-råtta-leken tänkte jag föreslå att du låter göra en värdering. Sedan kan vi diskutera en eventuell ersättning för att slippa ha dig flåsande i nacken."

"Eller också", morrade Gianluigi, "så kan du ge mig fiolen som betalning för att jag inte går vidare i undersökningen om släktskapet mellan Daniella och Enrico."

Antonio studsade till. Det verkade inte finnas några gränser för hur långt Gianluigi var beredd att gå, och han själv var inte rustad för att fullfölja striden mot denna giriga och skrupelfria fiende.

Sedan gick hans tankar till Daniella – och Johannes. Vid de diskussioner som Antonio och Daniella haft beträffande fiolen, hade hon flera gånger hävdat att fiolens värde i sig var oväsentligt, istället handlade det enbart om instrumentets betydelse för Johannes. Och uppenbarligen hade pojken blivit i det närmaste besatt av fiolen.

Dessutom, fortsatte Antonio sitt resonemang, har det ju visat sig att fiolen, i händerna på Johannes, kunde ha en stark – och ibland destruktiv – inverkan på andra människor. Med andra ord fanns det mycket som talade för att Johannes och fiolen borde hållas åtskilda. Att slänga den i gapet på Gianluigi skulle dessutom innebära att Daniella slapp fatta beslut om instrumentets framtid – och att hon skulle slippa den hotfulla närvaron av Gianluigis hejdukar. Antonio fingrade återigen på väskans handtag. Att falla till föga för utpressning var emot alla hans principer, men han måste erkänna att fiolen kändes som ett billigt pris för att slippa träffa det här samvetslösa kräket igen. Och han var säker på att Daniella också skulle offra fiolen mot att få behålla huset och bevara hemligheten om hennes egentliga blodsband.

Med en uppgiven suck grep Antonio tag i väskan och lyfte upp den i knät.

"Du ska veta, Gianluigi", muttrade han, "att du begår en stor missgärning. Inte mot mig, eller Daniella, utan mot Johannes. Han kommer att bli oerhört besviken när han får veta att du har stulit fiolen."

"Stulit?" Gianluigi gav upp ett rått skratt. "Jag stjäl inte, jag bara återbördar det som egentligen är mitt."

"Och du kommer naturligtvis att dela bytet med alla övriga släktingar till Enrico?"

"Nej, det är bara rättvist att jag får en kompensation för allt som jag har tvingats uthärda genom åren. Du kan aldrig göra dig en föreställning om hur det var att jobba som livegen åt den där jävla gubben. I trettioåtta år!"

"Bara av ren nyfikenhet, Gianluigi, om det var så hemskt varför sa du helt enkelt inte upp dig?"

Gianluigi såg ut att föra en inre strid mellan viljan att tiga och önskan att bikta sig. Till slut drogs läpparna samman till ett smalt streck och han väste fram: "Den satans fähunden hade en hållhake på mig. En försyndelse som jag begick i ungdomen och som bara han kände till. Enrico hotade med att avslöja alltihop om jag inte gick med på hans villkor."

Antonio var inte säker på att han ville veta svaret, men han frågade ändå: "Och vilka var villkoren?"

"Jag skulle sköta alla smutsiga sysslor som Enrico själv inte ville befatta sig med. Hyresindrivning, svarta pengar, vräkningar..."

Trots att Antonio och Enrico varit både vänner och samarbetspartners under många år, kom Gianluigis avslöjande som en överraskning. Att hans vän ibland agerade i något slags ekonomisk gråzon var ingen hemlighet – Antonio skötte trots allt de flesta av fastighetsbolagets juridiska ärenden – men att verksamheten gränsade till grov kriminalitet var definitivt en nyhet för Antonio.

När bilden av Enrico nu började krackelera kände Antonio hur en sten lyftes från hjärtat, och hur hans egna skuldkänslor lättade en aning. Visserligen hade han inte känt till något om Enricos dunkla verksamhet vid tidpunkten för snedsprånget med Gia, men i ljuset av det som Gianluigi avslöjat framstod hans eget brott som mindre allvarligt.

Antonio skämdes för sina tankar, men det kändes nästan befriande att Gia inte hade gift sig med en halvkriminell fastighetspamp. Eller... Antonio blev tveksam... var det så att Enrico hade börjat med sina tvivelaktiga affärer *efter* det att Gia givit sig iväg? Kanske hade han i ren besvikelse kastat alla moraliska betänkligheter överbord?

I så fall var Antonio dubbelt skyldig.

Hur han än vände och vred på frågorna visste han bara två saker säkert: Enrico hade tagit med sig sina hemligheter i graven och han själv fick fortsätta att leva med sina egna.

Han suckade inombords när han tänkte på vilka konsekvenserna skulle bli om det bevisades att Daniella var hans dotter. Till att börja med – och det var det minsta problemet – skulle Enricos testamente troligtvis överklagas och därmed riskera att göra Daniella arvlös.

De största farhågorna gällde dock, åtminstone ur Antonios synvinkel, hur Marina skulle reagera om hon fick en syster vid 61 års ålder. Antonio kände sin dotter och visste att hon var en tolerant och empatisk person som garanterat skulle ta emot Daniella med öppna armar, men han var mer osäker på hur hon skulle reagera på beskedet att hennes pappa hade undanhållit sanningen under alla år.

"Se till att få fram den där fiolen någon gång."

Gianluigis sträva stämma väckte Antonio ur malströmmen av tankar och han blev tvungen att ruska på huvudet för att återvända till den bistra verkligheten.

Redan för flera dagar sedan, efter det första samtalet med Gianluigi, hade Antonio förstått att denne inte skulle nöja sig med något annat än fiolen. De tafatta villospår som Antonio lagt ut hade varit lätta att genomskåda och egentligen bara varit ett sätt att vinna tid.

Antonio hade hela tiden anat att det skulle sluta så här och därför var det nu dags att sätta punkt för hela historien.

"Du ska veta en sak", muttrade Antonio medan han sträckte ner handen i väskan och fick grepp om fiollådan. "Det vilar en förbannelse över det här instrumentet – och jag hoppas att den drabbar dig hårt."

"Vi får väl se", sa Gianluigi med ett lystet leende på läpparna. "Den förbannelsen kan knappast vara värre än att ta hand om allt skitgöra åt Enrico."

Antonio fick upp lådan ur väskan och räckte över den. Innan han släppte taget om fiollådan tittade han Gianluigi djupt i ögonen och sa: "Kan jag nu lita på att du upphör med trakasserierna av Daniella och hennes familj? Och att du inte gör några försök att upphäva Enricos testamente?"

"Du har mitt hedersord."

"Det ger jag inte mycket för. Jag skulle hellre se att du undertecknade det här avtalet." Antonio grävde i väskan och fick fram ett brunt kuvert som han överlämnade tillsammans med en penna.

"Advokat ända ut i fingerspetsarna", muttrade Gianluigi och drog upp ett ensamt pappersark som han snabbt började ögna igenom.

Antonio visste inte själv hur giltigt avtalet skulle vara i händelse av en rättstvist, men han kände sig ändå nöjd när Gianluigi sköt det undertecknade papperet över bordet. Nu hade han gjort allt som stod i hans makt...

"Ja, då kanske vi är klara här", sa Gianluigi och reste sig från stolen.

"Det hoppas jag", svarade Antonio och kastade en sista blick på fiollådan som Gianluigi höll i handen. Tankarna gick till den uppmaning som Giovanni Navarro hade riktat till en framtida ägare av fiolen: *Tag dig noga i akt!*

Antonio tänkte definitivt inte upprepa den varningen fler gånger för Gianluigi.

Istället hoppades han på häxkraften hos "La Strega".

27

"Men … men, var är mamma?" stammade Bianca fram när Marina anlände, ensam, med bilen till sjukhuset i Varese.

Några dagar tidigare hade Bianca ägnat flera timmar åt att boka om alla flygbiljetter – inklusive Daniellas – för att de tillsammans med Erland skulle kunna återvända till Sverige, och det var uppgjort att Marina skulle skjutsa Daniella till Varese, tillsammans med Erlands resväska och pass. Men uppenbarligen hade någonting fått Daniella att ändra sig.

"Du får ringa och prata med henne", var det enda besked som Marina kunde ge. "Jag vet inte varför, men hon var mycket bestämd med att hon ville stanna kvar i Laveno."

"Och det meddelar hon först nu", muttrade Bianca, samtidigt som hon halade fram sin mobil.

"Är du helt säker?"

Bianca kunde knappt tro på något av de två överraskande, för att inte säga chockartade, besked som Daniella hade framfört i telefonen.

Det som upprörde Bianca minst var bekräftelsen på att hennes mamma *inte* hade för avsikt att göra dem sällskap ombord på planet hem till Stockholm, trots att hon hade en bokad biljett. Daniellas förklaring – att hon ville stanna kvar i Italien ytterligare en tid för att ta farväl av sin pappa – lät märkligt krystad med tanke på att hon inte ens hade besökt Enricos grav under hela tiden som de hade vistats i Laveno.

Bianca hade svårt att acceptera den genomskinliga

ursäkten, men hon fann tröst i tanken på att hennes mamma uppvisade tecken på en livslust som stod i skarp kontrast till den mörka sinnesstämning i vilken hon hade lämnat Sverige för snart två veckor sedan.

Daniella berättade också att hon tänkte bo kvar hos Antonio under en tid, men att hon – så snart hennes hälsa tillät – skulle flytta in i *la casa della strega*. Bianca hade välkomnat beskedet även om hon oroade sig för hur hennes mamma skulle orka.

"Marina och Antonio har lovat att hjälpa till", hade Daniella svarat på Biancas bekymrade fråga.

Den andra nyheten som Daniella presenterade var betydligt mer omskakande: "Fiolen har blivit stulen!"

Bianca blev först stum av förvåning, men när hon hämtat sig vällde frågorna fram i en osammanhängande ström: "Var ... jag menar, hur? Och vem kan ha gjort det?"

Daniella kunde inte säga mer än att det hade skett ett inbrott på Antonios kontor och att tjuvarna tydligen hade letat specifikt efter fiolen eftersom ingenting annat saknades.

"Men vem kunde känna till att Antonio förvarade en värdefull Guarneri i sitt kassaskåp?" undrade Bianca bestört, trots att hon förstod att stölden måste ha ett samband med den mystiske mannen som hade skuggat dem under vistelsen i Lombardiet.

Även på den senare frågan hade Daniellas svar varit svävande, och Bianca förvånades över att hennes mamma inte var mer upprörd över stölden.

Samtalet med Daniella hade pågått under tiden som Bianca, tillsammans med Erland och Johannes, väntade på den taxibil som skulle föra dem från sjukhuset i Varese till flygplatsen i Milano. Visserligen hade Erland repat sig förvånansvärt snabbt efter sin hjärtinfarkt, men han var ändå – fyra dagar efter händelsen – tämligen medtagen och hade av läkarna beordrats att skyndsamt bege sig till Sverige för fortsatt utredning.

Med ett läkarutlåtande och en remiss i fickan satt Erland nu i framsätet på taxin, medan Bianca och Johannes hade tagit plats där bak. Stämningen mellan de tre hade förbättrats avsevärt under de senaste dagarna, men ingen vågade ännu snudda vid tanken på en familjeåterförening – alltför mycket låg outtalat mellan dem.

"Vad funderar du på?" viskade Bianca tyst till sonen, samtidigt som taxin sattes i rörelse.

"Nonna … och fiolen", kom det dröjande svaret efter en stund.

Bianca rös till av olust, och rösten var ostadig när hon sa: "Men du kommer snart att träffa mormor igen, och när det gäller fiolen så är det nog lika bra att du tar en paus från den. Det ligger en fara i att fästa sig för hårt vid föremål. Visst, den där fiolen är fantastisk, men det är faktiskt du själv som åstadkommer musiken och jag tror att du har fått en insikt om vad du är kapabel till – och att du kan uppnå det utan några … eh, konstgjorda hjälpmedel."

"Den där fiolen är inte konstgjord", mumlade Johannes, "den *är* ett konstverk."

"Kanske det, men det är fortfarande du som skapar konsten. Musiken finns i dig, inte i instrumentet."

Johannes nickade sakta, men såg ut att vara långt ifrån övertygad, och Bianca bestämde sig för att släppa ämnet. Någon gång skulle hon bli tvungen att berätta för honom att fiolen var stulen, men det fick vänta tills tiden var mogen. Eller tills Johannes är mogen, avslutade hon tankegången.

Medan taxin tråcklade sig genom staden och vidare ut på motorvägen, vandrade Biancas tankar till den senaste veckans omtumlande upplevelser. Så här i backspegeln kunde hon konstatera att fiolen inte bara hade dragit in en mängd människor i sitt kraftfält, utan dessutom påverkat dem, både fysiskt och mentalt.

Bianca funderade över om någonting överhuvudtaget skulle ha inträffat utan fiolens inverkan: Daniella skulle inte ha tillfrisknat så att hon kunde ta sitt ärvda hus i besittning, Johannes skulle inte ha befriat sig från det skal som så länge hållit honom instängd. Och Erland... ja, det återstod att se om hans påstådda metamorfos var bestående, men åtminstone verkade han ha begåvats med en ödmjukhet som tidigare saknats bland hans personliga egenskaper.

Och hur var det då med henne själv? Bianca försökte minnas något tillfälle när fiolens "övernaturliga" kraft hade drabbat henne, men det enda hon tydligt kunde erinra sig var det ögonblick, under Johannes framförande av *Le Streghe*, då hon fyllts av en befriande känsla, som om alla hennes bekymmer hade skingrats och hjärtat stod vidöppet för... ja, vadå? Förlåtelse kanske? Eller kärlek?

Bianca sneglade mot Erland, som hon bara kunde se i halvprofil, och hon frågade sig än en gång om det var möjligt för dem att hitta tillbaka till varandra. Skulle hon någonsin våga lita på honom efter allt som hade hänt? Och viktigast av allt: hade hon själv några känslor kvar för Erland, eller lurade hon sig att tro på en romantiserad bild av deras förhållande?

Som om han hade kunnat läsa hennes tankar vände sig Erland om och sökte Biancas blick.

"Du funderar över framtiden, gissar jag?" sa han tyst.

"Ja", svarade hon försiktigt, "men inte bara vår framtid." Bianca gjorde en menade ögonrörelse åt Johannes håll.

"Vi har en del att prata om när vi kommer hem", fortsatte Erland, "men du ska veta att jag står fast vid det jag bad dig om på sjukhuset."

"Vilket då?" undrade Bianca. Erland hade pratat mycket, och ibland osammanhängande, under sina första vakna timmar och hon hade inte kunnat avgöra om det var under medicinernas påverkan eller om det var PTSD som spökade.

"Om att inte stänga dörrar..." Det såg ut som om han hade mer på tungan som han inte ville säga i Johannes närvaro och Bianca nickade lätt som tecken på att hon hade förstått.

Som om han medvetet ville skingra den krampaktiga stämningen log Johannes hemlighetsfullt och sa: "Mamma, när vi kommer hem vill jag spela tillsammans med dig, och kanske med pappa också."

Bianca kände hur hennes ögon tårades och hur en klump i halsen hindrade henne från att svara, men efter att ha svalt några gånger kom orden äntligen fram: "Det är klart att vi ska spela, Johannes. Och jag är säker på att pappa vill vara med. Eller hur Erland?" fortsatte hon med högre röst.

Erland vred på huvudet så att han kunde betrakta sin hustru och sin son. Han log konspiratoriskt och sa: "Jag är med... på ett villkor."

"Vadå?" undrade Johannes.

"Att vi inte spelar någonting av Paganini. Eller åtminstone inte *Le Streghe*. Jag har fått nog av häxkonster."

28

Antonio blickade upp mot Sasso del Ferro och konstaterade att molnen som drogs samman över berget snart skulle släppa ifrån sig de första regndropparna. Himlen ovanför den taggiga alpkedjan som skymtade i fjärran var redan blygrå, och väderprognosen hade utlovat ihållande regn till kvällen.

Än hade dock solen inte hunnit gå i moln och Antonio svettades när han stretade uppför backen till kyrkogården. Han hade bråttom innan regnet kom, eftersom det fanns så mycket att berätta för Angela. Dessutom ville han presentera Daniella, som gick vid hans sida, stödd på bara en krycka.

"Förbaskade kärlkramp", muttrade han flåsande en stund senare när de äntligen stod framför graven.

"Sätt dig på bänken och vila en stund", sa Daniella med orolig röst. "Du skulle inte haft så bråttom."

Antonio grymtade något ohörbart och tog sedan några steg i riktning mot bänken, där han slog sig ner med en ljudlig suck. Daniella satte sig vid hans sida, och under tystnad betraktade de Angelas gravsten.

I tankarna förde Antonio en monolog med sin hustru, där han avslöjade allt som hänt sedan han senast besökte henne: uppgörelsen med Gianluigi, Erlands snabba tillfrisknande efter hjärtinfarkten, Daniellas beslut att stanna kvar i Italien och – kanske viktigast av allt – att fiolen äntligen hade upphört att tynga hans axlar.

Naturligtvis gav han också Angela en utförlig beskrivning av kvinnan som satt bredvid honom på bänken, och han kunde nästan höra hustruns röst som sa: "Jag önskar att jag hade fått träffa Daniella, hon verkar vara en underbar person. Men vet du säkert att hon är din dotter?"

Antonio sneglade mot Daniella och granskade hennes ansikte, vars drag var så lika hans egna. Ja, han var övertygad om att hon var hans dotter, men helt säker skulle han aldrig bli. Om släktskapet mellan dem blev bekräftat skulle gamarna – med Gianluigi i spetsen – göra allt för att Enricos testamente skulle ogiltigförklaras. Dessutom hade han ju Marina att ta hänsyn till...

"Får jag kalla dig pappa?"

Daniellas fråga fick Antonio att rycka till. Ända sedan han avslöjat sina misstankar för Daniella hade de tvingats dölja hemligheten för omvärlden och de var båda två medvetna om att denna teater måste fortsätta.

"Visst", svarade Antonio med ett stolt leende, "det får du gärna göra, men bara så länge vi är ensamma."

Han lät blicken svepa över gravstenarna innan han muttrade: "Det är i alla fall ingen här som kommer att skvallra."

"Funderar du på att kolla upp det?" Daniellas fråga lät oskyldig, men rymde ett stort allvar.

"Vilket då?"

"Släktskapet... alltså låta göra en dna-undersökning för att fastställa om du är min pappa."

"Spelar det någon roll?" Antonio ryckte lätt på axlarna. "Det räcker väl med att vi ställer oss framför en spegel."

Daniella lade en hand på hans arm och kramade den hårt innan hon fortsatte: "För mig är det viktigt. Jag har saknat en pappa under hela mitt liv. Saknat och undrat..."

Antonio klappade lite tafatt hennes hand och sa: "Vi kanske inte behöver gå så långt som en dna-undersökning, eftersom jag råkar känna till Enricos blodgrupp... ja, min egen också, så klart, efter alla läkarbesök."

Daniella upplevde en pirrande känsla i magtrakten, som om hon var inbegripen i ett pokerparti och just skulle visa vilka kort hon hade på handen. Och som tidigare sjuksköterska visste hon självklart vilken blodgrupp hon tillhörde.

"Jag har blodgrupp noll", sa hon med darr på rösten.

"Samma här!"

"Och Enrico?"

"AB."

I huvudet gick Daniella igenom vilka blodgrupper som kunde överföras från föräldrar till barn och hon kom snabbt fram till svaret: oavsett vilken grupp Gia hade tillhört kunde inte någon man med AB få en avkomma som hade blodgrupp noll. Däremot var det mycket sannolikt att en förälder med blodgrupp noll skulle få ett barn som också tillhörde den gruppen.

Givetvis var detta inte något definitivt belägg för att Antonio faktiskt var hennes pappa, men det uteslöt åtminstone Enrico. Och med tanke på att Gia sannolikt inte hade haft sexuellt umgänge med några fler män betraktade Daniella saken som avgjord.

"Jag behöver inga fler bevis", viskade hon, samtidigt som hennes ögon fylldes med tårar. "Det här bekräftar bara det jag anade redan vid vårt första möte."

"Men hur kunde du…?" Antonio var inte säker på hur han skulle fortsätta, "…jag menar, då visste du ju inte ens vem det var som låtit dig ärva huset?"

Daniella strök tårarna ur ögonen och sökte sin pappas blick, innan hon sa: "Det märktes direkt på dig. Du kanske trodde att du var diskret, men under hela den där första måltiden på pizzerian granskade du mig ingående, som om du jämförde mitt utseende med ditt eget – och Enricos, förmodar jag. Jag gissar att du redan då fick bekräftelse på dina misstankar om att jag kunde vara din dotter?"

"Eh..." Antonio kände sig skamsen, som om han hade ertappats med att ha gjort något otillåtet. "Jag måste erkänna att mina misstankar väcktes när Enrico skrev sitt testamente, där det framgick att Gia hade efterlämnat en dotter. Eller... det är inte sant, jag hade mina föraningar redan långt tidigare, när Gia försvann så hastigt och oförklarligt."

Som en dramatisk avslutning på deras samtal gick solen i moln och de första lätta regndropparna föll från himlen. Daniella reste sig från bänken, tog stöd av kryckan, och erbjöd Antonio hjälp att komma på fötter.

Med en sista nick i riktning mot Angelas grav, och ett tyst löfte om att ses snart igen, började Antonio gå mot grinden med Daniella tätt vid sin sida.

De hade bara hunnit ta några steg då solen åter bröt fram genom en lucka i molnen och kastade knippen av ljus över kyrkogården. Antonio vred på huvudet och betraktade Angelas gravsten, som skimrade i ett nästan overkligt ljus.

"Jag tror...", började Antonio osäkert, "nej, jag är övertygad om att Angela har förlåtit mig. Och jag är lika säker på att hon skulle ha omfamnat dig som sin egen dotter. Sådan var hon min hustru – en ängel på jorden."

Daniella betraktade sin pappa en lång stund innan hon sa: "Du hade rätt..."

"Om vad?"

"Minns du att jag sa till dig att jag reste till Italien i säker förvissning att jag skulle dö här? Och du svarade något om att det kanske bara var mitt gamla liv som tog slut och att en ny tillvaro skulle börja. Du hade faktiskt helt rätt i det – jag har återfötts som italienska och som din dotter."

"Men är du helt säker?" sa Antonio tvekande. "Jag menar, vill du verkligen lämna ditt gamla liv bakom dig? Skiljas från din dotter – och från Johannes, som är så starkt beroende av din närvaro."

Daniella vände ansiktet mot himlen och lät de fina regndropparna blandas med tårarna som nu rann längs hennes kinder. Hon drog efter andan och sa, med tjock röst: "Ja, visst gör det ont att skiljas, men det är ju inte för evigt. Bianca förstår mina skäl och jag tror också att hon anar hur det ligger till med din och min ... eh, relation."

"Och Johannes?"

"Det blir så klart svårare, men jag vet också att han skulle må bra av att frigöra sig från mig. Han behöver lära sig att stå på egna ben, även om det inte blir så enkelt. Men du märkte ju själv vilka positiva förändringar som skedde med pojken under tiden som han vistades här. Och mycket är ju tack vare fiolen ..."

"Fiolen, ja", sa Antonio tankfullt. "Hur tror du att Johannes kommer att reagera när han får veta att den är borta?"

Daniella lyckades åstadkomma ett konspiratoriskt leende innan hon svarade: "Jag tror att det var det bästa som kunde hända Johannes: han var på väg att utveckla ett lika starkt beroende av fiolen som av mig – och det skulle inte ha varit nyttigt i längden. Nej, jag hoppas och tror att han lär sig att lita på sin egen stora begåvning – och att hans nyvunna självförtroende ska hålla i sig."

"Jag saknar honom redan", sa Antonio med en suck, "ja, Bianca också. Det känns nästan overkligt att jag har begåvats med ytterligare en dotter, och dessutom med ännu ett barnbarn. Och mitt första barnbarnsbarn."

"Och du sörjer att du måste hålla det hemligt, förmodar jag?"

En skugga drog över Antonios ansikte och utan att svara började han sakta gå mot grinden i det tilltagande regnet. När Daniella slöt upp vid hans sida grep han tag i hennes hand och mumlade rätt ut i luften: "Jag ingick en överenskommelse med Gianluigi ... för vad den nu är värd. Men det finns ju andra släktingar till Enrico som skulle kunna orsaka problem. Så om du vill behålla huset är det nog bäst att vi är fortsatt försiktiga."

"Men det är egentligen inte den saken som bekymrar dig mest?" undrade Daniella retoriskt.

"Nej ..." Antonio verkade ha svårt att få fram orden. "Jag är säker på att Marina skulle välkomna dig som sin syster, och jag vet att hon skulle bevara hemligheten, men jag är rädd för vad hon skulle tycka om mig."

"Jag är övertygad om att Marina skulle förstå... och acceptera."

"Kanske", mumlade Antonio, "men jag är inte beredd att ta risken. När jag är borta kan du välja att avslöja allting för Marina, men fram till dess vill jag hellre att hon lever i okunskap."

"Men det känns så fel att behöva ljuga för Marina."

"Det handlar inte om att ljuga", sa Antonio bestämt, "utan om att skona henne från sanningen. Precis som jag gjorde med Angela under alla år."

Daniella visste inte vad hon skulle säga. Hon kunde förstå Antonios argument, men hon ogillade starkt att själv behöva bli indragen i lögnen, som inte bara omfattade Marina, utan också Bianca och Johannes.

Med en rysning konstaterade Daniella att hon, mot sin vilja, var på väg att bli precis som sin egen mamma, Gia, som hade slagit vakt om en livslång hemlighet.

Tanken på Gia fick Daniellas hjärta att värka av vemod. Nu när hon förstod orsaken till mammans mörkläggning, blev tragiken uppenbar: Gia måste ha plågats av dåligt samvete under hela sitt liv, något som förklarade varför hon haft så svårt att älska sitt barn. Nu när Daniella hade hela bilden klar för sig, kände hon en oändligt stor sorg över Gias förspillda liv – och hennes oförmåga att visa moderskärlek.

Som om Antonio hade kunnat läsa hennes tankar stannade han till vid grinden som ledde ut från kyrkogården, och sa: "Varje gång som jag ser på dig påminns jag om Gia, och hur hon fick lida hela livet för vår kortlivade passion. Jag är övertygad om att hon bevarade hemligheten för min skull – för att rädda mitt äktenskap – och för det är jag henne evigt tacksam. Men jag känner samtidigt en stor skuld…"

"Precis som jag", suckade Daniella. "Om jag bara hade vetat sanningen skulle nog inte sprickan mellan mig och mamma ha behövt uppstå. Jag önskar bara att jag hade fått försonas med Gia medan hon ännu levde."

En lång stund stod Antonio blickstilla medan regnet föll på hans snövita hår. Han betraktade sin dotter med ömsint blick och munnen sprack upp i ett varmt leende.

"Du får väl göra som jag ofta gör med Angela. Prata med henne, så lyssnar hon säkert."

Daniella fick en klump i halsen när hon tänkte på att hon aldrig hade besökt graven i Milano där Gia vilade – lika ensam i döden som hon varit i livet.

"Vi kanske kan prata med henne båda två", snyftade hon fram. "Jag är säker på att du också har en del att berätta."

"Absolut", log Antonio. "Då kan jag avslöja hur glad jag är över att ha funnit dig, min dotter."

"Och jag…" Daniella drog häftigt efter andan. "Jag ska berätta för mamma att jag är lycklig över att äntligen ha fått en pappa…"

Hon tystnade för att pröva smaken av ordet "pappa".

Det smakade alldeles utmärkt.

EPILOG

Johannes känner sig fullständigt förvirrad där han står med den öppna fiollådan i händerna.

Det är helt enkelt obegripligt hur fiolen kan ha hamnat här på sin gamla plats – instrumentet hade ju, enligt vad han fått höra av sin mamma, blivit stulet ur Antonios kassaskåp för ett år sedan.

Han lyfter upp fiolen ur fodralet och betraktar den ingående, men han behöver egentligen inte förvissa sig – redan när han såg fiollådan förstod han vad den innehöll.

Johannes tvingar tillbaka en första impuls att hämta en stråke och sedan låta sig svepas med av den berusande kraft som detta märkvärdiga instrument besitter. Han vet dock mycket väl vad som kommer att ske om han ger efter för begäret, och han minns också fjolårets djupa saknad – ja, nästan abstinens – efter den försvunna fiolen.

Ändå är det något som lockar honom, som om fiolen talar till honom med en röst som lovar framgång och erkännande. Under det senaste året har Johannes gjort betydande framsteg, både på det personliga området och på det musikaliska: han har övervunnit mycket av sin tidigare osäkerhet och har samtidigt upptäckt glädjen i att musicera tillsammans med andra människor, men han har aldrig helt kunnat glömma den påstått förlorade fiolen.

Med saknad och längtan minns Johannes den euforiska känslan när han lät sig vägledas av det unika instrumentet till att bemästra några av de svåraste utmaningar som en violinist kan ta sig an. Under året som gått har Johannes vid upprepade tillfällen försökt att spela samma kompositioner av Paganini, men aldrig lyckats tillnärmelsevis lika bra som när den "magiska" fiolen visade honom vägen.

Genom fönstret som står öppet mot trädgården kan han höra sin mamma och mormor högljutt diskutera placeringen av ett antal bärbuskar som Daniella har fått av sin närmaste granne. Johannes kan inte låta bli att le när han lyssnar till sin mormors ivriga röst – hon har på kort tid blivit en självklar och uppskattad medlem av gemenskapen i trakten, och även om Johannes saknar den tidigare täta kontakten med sin älskade nonna kan han glädja sig åt att hon har hittat tillbaka till sina rötter.

Johannes överväger om han ska gå ut till Daniella och berätta om sin upptäckt – det är ju trots allt hon som äger fiolen – men han beslutar sig för att vänta en stund. Han vill dra ut på den sällsamma känslan av att vistas i fiolens kraftfält, samtidigt som han prövar sin viljestyrka att stå emot dess lockelse.

Det är först när han, motvilligt, är på väg att lägga tillbaka fiolen som han upptäcker föremålet som ligger på lådans botten. Han plockar upp det krämfärgade kuvertet och ser sitt eget namn skrivet med sirliga bokstäver. Med mindre stil har Antonio – för det måste ju vara han som är upphovsmannen – lagt till ordet "konfidentiellt".

Ett vemodigt leende drar över Johannes läppar när han tänker på den gamle mannen, som visade så mycket vänlighet och omsorg under den korta tid som de hann umgås.

Varligt, som om han hanterar ett spädbarn, lägger Johannes ner fiollådan i lönnfacket och stänger sedan igen den nästan osynliga luckan. Alla de frågor som upptäckten av fiolen har väckt måste han skjuta på framtiden, nu är han mest nyfiken på innehållet i Antonios brev.

Jag saknar honom, konstaterar Johannes sorgset medan han sprättar upp kuvertet med pekfingret och drar ut två pappersbuntar, varav den ena består av ett tre sidor långt handskrivet brev som bär Antonios karaktäristiska signum. I hallen där Johannes befinner sig råder dock halvmörker och han måste gå fram till det enda fönstret innan han kan ta del av innehållet.

När han läser de inledande orden – *Min käre pojke* – kan Johannes nästan höra Antonios milda, vänliga röst och hjärtat pressas samman i bröstet när han fortsätter läsningen:

Det är med både glädje och sorg som jag skriver dessa rader. Glädjen beror på att jag fick förmånen att lära känna dig, och sorgen kommer sig av att det inte blev tillfälle att träffas något mer innan mitt frånfälle.

För så är det: när du läser dessa rader är jag borta, och genom Marinas försorg har du kommit i besittning av nyckeln till det lönnfack som vi en gång utforskade tillsammans. Du har också upptäckt fiolen, och förmodligen häpnat över det faktum att den är återfunnen (eller snarare aldrig har varit försvunnen).

Innan jag ger mig in på mitt egentliga ärende vill jag helt kort ge en förklaring till – och be om ursäkt för – den lögn som jag ansåg nödvändig beträffande fiolens öde.

Som du känner till var omständigheterna kring din mormors arv starkt ifrågasatta av vissa människor och du kunde själv, genom din goda observationsförmåga, avslöja att vi emellanåt stod under bevakning. Eftersom jag hade vissa (välgrundade) misstankar om vem som låg bakom alltihop kontaktade jag (utan er vetskap) personen ifråga i hopp om att kunna nå en uppgörelse.

Dessvärre var alla mina ansträngningar förgäves och det

framkom dessutom att min motståndare (jag skriver avsiktligt inte ut hans namn) hade kännedom om fiolens existens – om än inte dess historia och förmodade värde.

Nåväl, det kom till en punkt när jag såg mig tvungen att tillgripa en sista förtvivlad åtgärd för att rädda fiolen: i största hemlighet reste jag till Varese där jag (till avsevärd kostnad) förvärvade en äldre fiol av vår bekant, Mattia Brunetti. Vid ett möte senare samma dag med min antagonist överlämnade jag den nyinköpta fiolen, under förespegling att den hade hittats i Enricos hus.

Bluffen måste ha lyckats eftersom jag inte har hört något från mannen ifråga (jag kan avslöja att han är bosatt i Laveno och att jag ser honom i staden ibland).

Kontentan av det hela blev att jag återbördade "din" (eller snarare Daniellas) fiol till sitt ursprungliga gömställe, samtidigt som jag spred ut lögnen om att den blivit stulen ur mitt kassaskåp.

Men det var inte enbart för att gäcka våra förföljare som jag gömde undan fiolen, jag gjorde det också för din skull, Johannes.

Ända sedan den dagen då "La Strega" (ja, det var Paganinis namn på fiolen) hamnade i dina händer kunde jag märka hur starkt instrumentet påverkade dig – både i positiv och negativ bemärkelse. Genom att spela på fiolen utvecklade du en självtillit och en passion som var häpnadsväckande att se. Men – och jag tror att du håller med mig om detta – fiolen gjorde dig samtidigt beroende! Eller jag kanske borde säga att beroendet uppstod när du insåg vilka musikaliska möjligheter som instrumentet skänkte dig.

Jag är själv inte någon musikalisk person, och kan därför inte leva mig in i din upplevelse, men jag kan i viss mån förstå känslan av att få ett fulländat musikinstrument i handen.

Eftersom jag har haft förmånen att höra dig spela vet jag

att tonerna som du lockade fram ur "La Strega" var rent ma-
giska, och att de dessutom åstadkom smärre mirakel (men
även skada) i din omgivning.

Johannes stannar upp i läsningen och begrundar den senas-
te av Antonios många parenteser där ordet "skada" lyser som
i eldskrift.

Vid de tillfällen då Johannes spelade på fiolen förra som-
maren hade faktiskt "smärre mirakel" inträffat – först med
honom själv och sedan med Daniella – men den skada som
Antonio syftar på måste vara Erlands hjärtattack.

Fast å andra sidan, fortsätter Johannes sin tankegång, om
pappa inte hade drabbats av hjärtinfarkten, så skulle han
kanske inte ha återvänt till oss.

Som ett ackompanjemang till funderingarna kring Erland
kommer tonerna från den nystämda flygeln svävande från
undervåningen. Satie, konstaterar Johannes när han känner
igen det vemodiga stycket Gymnopédie nummer ett. Hans
pappa kunde knappast ha valt en lämpligare bakgrunds-
musik till den sinnesstämning som Johannes befinner sig i.

Ett trevande leende bryter fram på Johannes läppar när
han konstaterar att musiken alltid har varit betydelsefull för
att kommunicera känslor mellan honom själv och hans för-
äldrar.

Sedan ruskar han på huvudet för att skingra tankarna,
och återupptar läsningen av Antonios brev.

Nu, Johannes, ska jag närma mig den egentliga anledningen
till varför jag skriver dessa rader.

Mitt beslut att rädda "La Strega" kan verka förhastat och
onödigt, med tanke på att fiolen även i fortsättningen innebär
ett problem och möjligen också en fara. Vi (eller snarare du
och din familj) står med andra ord inför samma fråga som

271

tidigare: Vad ska hända nu med "La Strega"?

Jag gissar att du i denna stund håller fiolen i din hand och känner dig starkt lockad att spela på den. Men innan du ger efter för frestelsen vill jag komma med ett råd: Låt bli!

Det kan synas märkligt att jag avråder någon från att spela på det enastående instrumentet, men jag gör det med ditt eget bästa för ögonen, och jag vill att du ställer dig följande fråga: Önskar du bli en förstklassig musiker av egen kraft, eller den absolut främste med hjälp av "La Strega"?

Jag hoppas att du förstår skillnaden och att du inser faran med att låta fiolen äga dig, istället för tvärtom.

För att du bättre ska förstå vad jag pratar om har jag bifogat ett manuskript som ursprungligen låg gömt tillsammans med fiolen i lådan. Jag borde kanske långt tidigare ha låtit er ta del av hela innehållet i denna redogörelse – skriven av Giovanni Navarro – men någonting fick mig att avstå: kanske rädsla, eller helt enkelt misstro (det är svårt att bedöma sanningshalten i Navarros berättelse).

Jag vill att du läser igenom skildringen ordentligt (om inte annat är det en intressant historia) och att du fäster extra vikt vid de avslutande orden: Tag dig noga i akt!

Till sist måste jag nämna något om den lösning på fiolfrågan som Daniella och jag diskuterade så många gånger, nämligen avyttrande.

Det enda jag kan säga är att ingenting egentligen har förändrats ifråga om de problem som kan uppstå vid en eventuell försäljning av "La Strega": Enricos släktingar finns kvar och skulle säkert göra stora ansträngningar för att komma över fiolen – eller pengarna som den genererar. Risken för att de skulle lyckas är väl inte särskilt stor, men det skulle förmodligen innebära en långdragen och uppslitande rättsprocess (som jag är säker på att Daniella helst vill slippa).

Det är väl inte omöjligt att din mormor skulle välkomna

ett ekonomiskt tillskott ("la casa della strega" är inte gratis att
underhålla), men på den punkten kan Daniella vara lugn. Jag
har i mitt eget testamente sett till att hon får en summa pengar
som bör räcka ganska långt (och om jag inte missminner mig
har hon dessutom sålt sin lägenhet i Stockholm). Med and-
ra ord behöver inte din mormor vara orolig över ekonomin i
framtiden.

Nu återstår bara att säga farväl, vilket jag gör med blan-
dade känslor. Vemodet som jag känner inför avskedet från dig
och din familj har sällskap med förväntan på att få återför-
enas med min kära hustru, Angela.

Du ska också veta, Johannes, att jag känner en stor kärlek
till dig, blandad med stolthet, och att jag alltid kommer att
betrakta dig som mitt "barnbarnsbarn".

Fidelis ad mortem
Antonio Monteverdi

Johannes stirrar på det avslutande ordet i Antonios brev.
Barnbarnsbarn? Varför har han skrivit så?

Funderingarna ger dock snart vika för den mer akuta frå-
gan om fiolens framtid. Även om Johannes är medveten om
att fiolen tillhör Daniella, och att det bara är hon som kan
besluta om dess öde, känns det som om han – nu när instru-
mentet är återfunnet – har fått tillbaka en länge saknad vän.
En vän som han helst inte vill skiljas från igen.

Johannes kan inte låta bli att jämföra sig med Frodo i
Tolkiens böcker: ringen – eller i hans fall fiolen – utövar en
lockelse, eller snarare en kraft, som är oerhört svår att mot-
stå. Samtidigt kan han inte blunda för allvaret i Antonios
råd, i det fall att lusten att spela på fiolen blir för stark: *Låt*
bli!

Med en vemodig suck stoppar Johannes tillbaka Antonios

brev i kuvertet och tar fram den andra pappersbunten: fem gulnade och styva ark med tätskriven och bitvis svårläst text. Han håller fram papperen i ljuset och börjar läsa: *Mitt namn är Giovanni Navarro ...*

* * *

Johannes har gåshud på armarna. Berättelsen som han just har läst är upphetsande av två anledningar: dels för att den till stora delar handlar om hans musikaliska förebild, Niccolò Paganini, dels för att den ger en kuslig bild av hur fiolen, "La Strega", tycks ha väckt samma starka habegär hos Paganini som hos Johannes själv. Det är inte heller svårt att se parallellerna mellan Navarro och Antonio – båda ville förhindra att fiolen orsakade bedrövelse för sina ägare, och för omgivningen.

Det är speciellt Navarros beskrivning av åhöraren som drabbades av en förmodad hjärtinfarkt som berör Johannes, eftersom tragedin har så tydliga likheter med den som Erland råkade ut för.

Men trots att Johannes nu har fått ytterligare belägg för fiolens destruktiva egenskaper (och han kan inte begripa varför inte Antonio avslöjade dem tidigare), vet han av egen erfarenhet att "La Strega" även har förmåga att åstadkomma goda saker. Dessutom finns det rent musikaliska värdet: klangen hos "La Strega" överträffar allt som Johannes någonsin har hört hos en fiol, och det vore näst intill brottsligt att inte låta fler människor få njuta av tonerna från det unika instrumentet.

Medan blicken söker sig mot det ställe i golvet där fiolen ligger gömd slås Johannes av tanken att han är utsatt för ett test. Antonio hade inte behövt avslöja någonting alls – han kunde ha gömt undan fiolen för alltid om han hade velat. Antonios avsikt måste ha varit att utsätta honom för frestelsen och få honom att fatta ett viktigt beslut.

Samtidigt med denna insikt vaknar misstanken att även hans mormor kan ha varit delaktig i planen – annars skulle Antonio inte ha kunnat gömma fiolen i *la casa della strega.* Frågan är bara hur mycket hon faktiskt känner till?

Han vrider på huvudet och betraktar genom fönstret sin mamma och sin mormor, som kämpar på ute i trädgården. Daniella ser så genuint lycklig ut och hon rör sig helt obehindrat, nästan spänstigt. Det går knappt att tänka sig att hans älskade nonna satt i rullstol när de anlände till Italien för ett år sedan.

Johannes kan lätt föreställa sig vad som skulle hända om fiolens existens blev offentlig: det skulle onekligen kasta skuggor över den idylliska tillvaro som hans mormor har skapat åt sig.

Men måste han berätta för henne att han har upptäckt instrumentet? Det skulle vara så lätt för honom att byta ut den egna fiolen (som han har tagit med sig hit) mot "La Strega" och därefter smuggla med den hem till Sverige. Och sedan? Han skulle ändå bli tvungen att avslöja allting för Bianca och Erland. Dessutom: om han faktiskt tog med sig fiolen, skulle det göra honom till en tjuv.

Hur mycket han än grubblar kan han inte komma fram till något beslut, och han börjar önska att Antonio inte hade utsatt honom för det här plågsamma testet.

Men så till slut, när huvudet hotar att sprängas av alla motstridiga frågor, dyker en mening ur Antonios brev upp i minnet: *Önskar du bli en förstklassig musiker av egen kraft, eller den absolut främste med hjälp av "La Strega"?*

Ja, tänker Johannes, det är nog inte svårare än så. Kanske räcker det med vetskapen om att fiolen finns här och väntar på mig, ifall det rätta tillfället infinner sig någon gång i framtiden.

Beslutsamt lägger han ner alla papper i kuvertet och tar sedan trappan ner till undervåningen. Han stannar till på det nedersta trappsteget och kastar en blick in i salongen där hans pappa sitter vid flygeln, med ryggen mot honom, djupt försjunken i Gymnopédie nummer tre.

På tysta fötter korsar Johannes den stora salen och öppnar dörren till ett mindre rum, som Daniella har döpt till arbetskammare (även om det huvudsakligen fungerar som upplagsplats för allsköns prylar).

Han sveper med blicken över rummet innan han bestämmer sig för skåpet under skrivbordet, där Daniella förvarar en osorterad samling "saker som eventuellt kan komma till användning".

Resolut drar han ut den nedersta lådan och lägger ner brevkniven bland alla de obskyra föremål som redan trängs där.

Lättad går Johannes ut i trädgården, där hans mamma och mormor tycks ha avslutat planteringsbestyren och nu pustar ut i varsin korgstol. Svetten blänker i deras pannor och de nöjda minerna skvallrar om att de är stolta över sitt dagsverke.

"Där är du ju, Johannes", säger Daniella med ett leende. "Vi undrade just var du höll hus."

Johannes sneglar försiktigt mot sin mormor. Han letar efter tecken på att hon är inblandad i det karaktärsprov som Antonio har utsatt honom för.

Daniellas blick är dock stadig, och rösten oskyldig, när hon säger: "Slå dig ner en stund och drick ett glas saft. Vad tycker du om om vårt jobb med vinbärsbuskarna som jag fick av min granne, Federico?"

Johannes blickar ut över trädgården och försöker återskapa bilden av hur den såg ut när de kom hit första gången. Då hade allting varit övervuxet och förvildat, men under året som gått har Daniella, med god hjälp av sin granne, lyckats tukta naturen på utvalda ställen: fruktträden har beskurits, trädgårdslanden har återställts och stigar har röjts i det höga gräset. Det är fortfarande en naturtomt, men inte längre någon vildmark, och Johannes kan märka hur nöjd Daniella är över sitt verk. Och nu när vinbärsbuskarna är på plats återstår egentligen bara några vinstockar vars grenar ska bilda tak över pergolan på baksidan av huset.

"Det ser väl okej ut", säger Johannes som svar på Daniellas fråga, "men jag trodde att du ville ha rosenbuskar också."

"Vet du, jag hade faktiskt tänkt att spara dem till sist. När allting känns klart liksom."

"Blir en trädgård någonsin klar?" undrar Johannes.

"Nej, vad jag menar är när *jag* känner mig klar, alltså redo att flytta hit på riktigt."

"Men har du inte redan gjort det? Du har ju sålt lägenheten i Stockholm."

Daniella söker Johannes blick och när hon svarar är rösten allvarlig, nästan sorgsen: "Du vet ju att jag bodde hos min ... eh, Antonio under hela förra vintern, men nu när han är borta så måste jag klara mig själv. Ja, jag *vill* klara mig själv, även på vintern."

"Men om det blir för kallt? Huset är ju väldigt stort och kanske svårt att värma upp."

"Mormor har stora planer", flikar Bianca in. "Bergvärme, luftvärmepump, solceller ..."

"Stopp, stopp." Daniella håller upp båda sina händer. "En sak i sänder. Men det är sant att jag ska låta undersöka vilka alternativ som kan fungera bäst. Det kommer faktiskt en firma hit i nästa vecka som ska göra en inventering och lämna förslag."

Johannes känner sig varm om hjärtat när han hör sin mormor dra upp planer för framtiden, men han är också lite sorgsen eftersom det betyder att de inte kommer att träffas lika ofta.

"Kommer du inte att känna dig ensam?" undrar han.

Daniella sitter tyst en stund, som om hon överväger sitt svar, och när hon sedan tar till orda är rösten samlad: "Jag är inte ensam så länge jag har dig och Bianca. Visst, vi bor långt ifrån varandra, men det betyder inte att banden mellan oss blir svagare. Och när vi väl ses – som nu, när ni ska stanna hos mig hela sommaren – får samvaron ett rikare innehåll. Håller du inte med om det?"

"Jo, kanske ...", säger Johannes.

"Och för egen del", fortsätter Daniella, "så har jag verkligen levt upp sedan jag flyttade hit. Det kanske låter konstigt, men det känns som om jag har kommit hem – vilket faktiskt är precis vad jag har gjort."

Johannes ler instämmande.

"En annan bra sak", säger Daniella med ivrig röst, "är att jag har fått många nya vänner, både här i trakten och i Laveno. Av en ren slump stötte jag ihop med ett svenskt par, Clara och Leo, som bor strax utanför Laveno. Vi kom att prata – ja, mest om Sverige till att börja med – och sedan blev jag inbjuden till deras hus, som lustigt nog är ganska likt mitt eget."

Bianca, som suttit tyst och lyssnat på samtalet mellan Daniella och Johannes, blir nästan tårögd när hon hör sin mamma berätta om sitt nya liv och sin återvunna livsglädje, som står i skarp kontrast till den stämning som rådde för ett drygt år sedan.

"Jag är så glad att du trivs, mamma", säger hon, "men ibland blir jag orolig för hur du ska klara dig, speciellt nu när Antonio är borta."

Daniella har något sorgset i blicken när hon svarar: "Jag saknar Antonio, det gör jag verkligen, men du behöver inte oroa dig för min skull, Bianca. Om det verkligen kniper – jag menar om det exempelvis skulle bli för kallt i vinter – så har Marina och Lorenzo lovat att jag kan bo hos dem."

"Mm, det har verkligen ordnat sig bra för dig", säger Bianca, med en gnutta avund i rösten.

Sedan lägger hon märke till att pianomusiken inifrån huset har upphört och att Johannes har försvunnit iväg någonstans. Bianca ska just fråga Daniella vart han tog vägen, när hon uppfattar spröda toner från hans fiol.

Ljudet blir starkare och Johannes dyker upp i dörröppningen, med halvslutna ögon och en hemlighetsfull min. Han spelar ett stycke som Bianca inte känner igen, men som låter spännande – glatt och livfullt.

Utan att avbryta sitt spelande kommer Johannes närmare, gungar med huvudet i takt med musiken så att det lockiga, svarta håret slänger fram och tillbaka.

När den sista tonen klingat ut tar Bianca och Daniella upp en spontan applåd – med understöd av Erland, som har dykt upp i dörröppningen. Johannes bugar lite överdrivet, som om han stod inför en fullsatt konsertsal.

"Det lät väldigt fint, Johannes", säger Bianca, "men jag känner inte igen musiken. Eller kompositören."

Sonen har ett belåtet leende på läpparna när han svarar: "Jag har skrivit stycket själv, men tanken är att det ska spelas med två fioler tillsammans med piano."

"Jaså, verkligen! Och du har förstås redan funderat ut vilka som ska bli dina medmusikanter ...", säger Bianca och ler menande mot Erland, som nu har anslutit sig och lagt armen om Johannes axlar.

"... och du har säkert också tänkt ut ett namn på vår lilla ensemble?" avslutar Erland hennes mening.

"Nej ..." Johannes verkar lite ställd över frågan. "Men vi kanske kan tänka ut något tillsammans."

"Får jag redan nu komma med ett förslag?" säger Bianca, med ivrig röst.

"Öh ... ja, visst."

"Vad sägs om *trio con brio*?"

Johannes smakar på orden.

Så fyrar han av ett brett leende.

"Det blir perfekt, mamma. Och så kan vi specialisera oss på musik som spelas ..."

"... *con brio*", fyller Erland i.